KB096889

우리 성장속도는 시속 10Km

우리 성장속도는 시속 10km

펴 낸 날/ 초판1쇄 2018년 11월 23일
　　　　　개정판1쇄 2021년 6월 23일
지 은 이/ 소성현 최준기 김주향 이승은 황보순 조경희
편　　　집/ 책마을해리

펴 낸 곳/ 도서출판 기역
펴 낸 이/ 이대건
출판등록/ 2010년 8월 2일(제313-2010-236)
주　　　소/ 경기도 파주시 회동길463-8
　　　　　전북 고창군 해리면 월봉성산길 88 책마을해리
문　　　의/ (대표전화)02-3144-8665, (전송)070-4209-1709

ⓒ 소성현 외, 도서출판 기역, 2021

ISBN 979-11-85057-51-4 03810

이 도서의 국립중앙도서관 출판예정도서목록(CIP)은 서지정보유통지원시스템 홈페이지(http://seoji.nl.go.kr)와
국가자료종합목록시스템(http://www.nl.go.kr/kolisnet)에서 이용하실 수 있습니다. (CIP제어번호: CIP2018037162)

특수교육 현장 에세이

우리 성장속도는 시속 10km

소성현 최준기 김주향
이승은 황보순 조경희

ㄱ

"저는 특수교사입니다"

개성 있는 6인의 특수교사들이 뭉쳤습니다. 이 책은 다양한 경력을 가진 특수교사들의 특수교육 현장 이야기를 담고 있습니다. 특수교육이나 장애 관련 서적을 찾아보면, 대학생들을 위한 전공서적 혹은 유아 서적이 대부분입니다. 특수교사의 생생한 특수교육 현장 이야기가 담긴 에세이집을 출간하고 싶었습니다. 장애학생 합창단 이야기, 장애학생에 대한 차별과 편견 이야기, 중도 지적장애인의 자립과 미래, 장애학생들이 겪는 성장통과 진로이야기, 장애를 가진 가족 이야기 등 그 외 특수교육과 관련한 다양한 이야기를 통해 특수교사, 학부모, 통합교사가 공감하는 계기를 만들기 위해 이 책을 집필하게 되었습니다.

이 책을 집필한 6인의 교사들은 모두 특수학급에서 근무를 하고 있습니다. 30대에서 40대의 다양한 연령과 경력을 가진 특수교사들이 특수교육과 장애에 대한 자신의 경험과 생각들을 과감하게 발산하였습니다.

아이들과 함께 온몸으로 부대끼고 정을 나누자는 교육철학을 가지고 있는 최준기 선생님은 노래로 세상을 아름답게 만들어가는 파랑새 합창단의 보석 같은 이야기를 들려주고 있습니다.

도전을 좋아하고, 열정과 신념이 있는 소성현 선생님은 특수학교와 특수학급에서 겪었던 특별한 이야기와 장애인의 편견과 차별에 대한 글을 썼습니다.

보통의 날들 속에 더 괜찮은 내일을 꿈꾸는 김주향 선생님은 그저 당연하게 바라보아왔던 것들에 대해 특수교사로서의 시선을 내면의 성찰을 통해 담담히 글 속에 담았습니다.

장애인 가족을 둔 이승은 선생님은 장애인 형제자매가 겪는 일들, 그리고 특수교사가 된 후 더 넓은 관점으로 돌아보게 된 장애인의 미래 삶에 대해 솔직한 생각을 담았습니다.

함께 걸음을 응원하고, 든든한 지원군이 되고자 노력하는 황보순 선생님은 장애학생들이 교실 속에서 함께 어울리고, 자신에게 맞는 교육을 받으며 진로를 준비할 수 있기를 바라는 마음으로 글을 썼습니다.

꽃 피우길 기다리며 열심히 학교에서 아이들과 만나고 있는 조경희 선생님은 교사로서 아이들과 만나며 겪은 소소한 경험과 에피소드, 그리고 장애를 가진 동생을 둔 가족으로서의 고민에 관한 단상들을 담았습니다.

한국의 특수교육은 상당히 발전한 듯 보입니다. 특수교육의 기회를 제공하고 특수교육 여건을 개선하기 위한 법률인 '특수교육진흥법'이 1979

년 처음 시행되었습니다. 그 후 2008년 '장애인 등에 대한 특수교육법'이 새롭게 시행되고 벌써 10년 가까운 시간이 흘렀습니다. 지금은 특수학급이 설치되어 있는 일반학교를 흔히 볼 수 있습니다.

하지만 얼마 전, 서울 강서구 주민들은 특수학교 건립에 반대하는 항의를 강하게 하고 나섰습니다. 이 과정에서 장애아를 둔 학부모가 무릎을 꿇고 눈물로 호소하는 모습이 매스컴을 탔습니다. 부동산 가치를 걱정하는 주민들과 장애 자녀의 교육권을 요구하는 부모들의 팽팽한 신경전을 보며 많은 사람들이 안타까워했습니다.

여전히 많은 사람들은 특수학교를 혐오시설로 생각하는 것 같습니다. '화장터도 모자라 특수학교라니'라는 충격적인 제목을 가진 인터넷 포털 기사도 있었습니다. 마치 화장터보다 더 무서운 곳이 특수학교인 양 뉘앙스를 풍깁니다. 한국은 특수교육 관련법은 발전하였는지 몰라도 사람들의 특수교육에 대한 인식은 정체되어 있는 것 같습니다.

이 책 속에 등장하는 다양한 사건과 인물들은 저자들의 기억을 바탕으로 서술되어 있습니다. 이 책을 읽고 저자들의 기억이 잘못되었다고 느끼는 사람도 있을지 모르겠습니다. 최대한 객관적인 사실과 경험을 바탕으로 기술하고자 노력하였으나, 일부 부족한 면을 발견하시더라도 너그럽게 이해해 주시길 바랍니다.

저자들의 이야기와 의견이 다소 불편한 분이 있을지 모르겠습니다. 반대 의견을 가지고 있는 교사와 학부모가 있을 수도 있습니다. 하지만 여러 경력과 각기 다른 성격의 특수교사들이 이야기를 모아 놓은 만큼 생각은 다양하게 열려 있다고 생각합니다. 다양한 생각과 토론은 특수교육을 더 발전시킬 것입니다.

누구도 쉽게 할 수 없었던 특수교육 현장 이야기를 책으로 엮어내는 것은 생각보다 어려운 일이었습니다. 어렵게 엮어낸 6인의 특수교육 현장 이야기. 이 이야기가 사람들에게 특수교육을 다시 한번 생각해 보게 하는 특별한 이야기가 되었으면 합니다.

일러두기

▢이 책에 등장하는 특수교육 용어 해설
- 특수학급: 특수교육대상학생들의 통합교육과 개별화 교육을 위해 일반학교에 설치된 학급
- 통합학급: 특수교육대상학생들의 통합교육이 실시되는 일반학급
- 완전통합: 특수교육대상학생이 일반학생들과 함께 모든 교육과정을 일반교육과정에 참여하는 것

▢ Part 4의 '정은이 이야기'에서는 실명을 사용하였고, 그 외 에피소드에는 개인정보보호를 위해 모두 가명을 사용하였음을 알려드립니다.

차례

Part 1

파랑새가 된 아이들

최준기

―――――

책 쓰는 것을 권유 받았을 때 '어떤 이야기를 하면 좋을까?'
곰곰 생각해 보았다.
'그래, 광주파랑새합창단.'
'광주파랑새합창단' 활동을 통해
특수교사로서 나를 되돌아보고 반성하는 계기가 되었다.
장애 아이들을 잘 알고 교육한다 생각했는데,
아이들의 능력에 한계선을 그어놓고 자만에 빠져 있었다.
하지만 아이들은 내가 생각한 한계를 넘어섰고,
무한한 잠재력을 보여주었다.
그리고 특수교육은 나 혼자가 아닌
모두가 함께하는 교육이라는 것을 알게 해 주었다.
'광주파랑새합창단'을 하면서 느끼고 배웠던 경험을
지금부터 이야기해 보려 한다.

―――――

세상을 바꿀 한 통의 전화

2010년 3월 어느 일요일 오전 한 통의 전화가 걸려왔다.

"여보세요?"

"안녕하세요! 최준기 선생님이시죠?"

"네, 최준기입니다."

"저는 승리중학교에 근무하고 있는 이유진이라고 합니다. 제가 이번에 교과연구회로 발달장애학생들로 이루어진 합창단을 만들어 보려고 하는데, 정현주 선생님께서 선생님을 추천해 주셔서요."

"아 그래요. 그런데 제가 도움이 될지 모르겠네요."

이렇게 말을 하면서도 벌써 내 머릿속에서는 의문이 생겼다.

'우리 아이들로 합창단을 만든다고? 그게, 가능할까?'

시각이나 청각 장애인으로 이루어진 합창단은 언뜻 들어봤지만, 발달장애인으로 이루어진 합창단은 들어본 적이 없었다. 특수학교에서 근무하면서 여러 아이들을 지도했지만, 합창은 많은 인원이 함께 한 목소리로 노래를 불러야 하는데, 녹록지 않게 느껴졌다. 그래서일까, 선뜻 대답을 할 수 없었다.

"선생님, 제가 올해 특수학교에만 있다가 일반학교 특수학급으로 처음 이동해서 환경도 낯설고 업무도 익숙하지 않아 어려울 것 같습니다."

특수학급에서 가장 바쁘다는 3월, 처음 접하는 환경에 적응하느라 한참 정신이 없는데, 발달장애학생들로 이루어진 합창단까지 하는 것은 내게 무모한 도전처럼 느껴졌다. 그래서 피하고 싶은 마음이 들었다.

"선생님이 꼭 같이해 주셨으면 합니다. 제발 부탁드립니다."

장시간의 통화와 간곡한 부탁에, 같이할 교사를 구하느라 어려움이 많아 이렇게까지 부탁하는데, 도와드려야겠다는 마음이 들어 더 이상 버티지 못하고 참여하기로 마음을 먹었다.

"네, 그럼 부족하지만 함께 하도록 하겠습니다."

'발달장애학생들로 이루어진 합창단이 잘 운영될 수 있을까?'하는 걱정도 많았지만, 특수교사로서 나의 교사 역량을 알 수 있는 기회라 생각하고, 또 나를 통해 우리 아이들이 조금이라도 성장하는 데 도움이 될 거란 작은 기대를 갖고 시작하게 되었다.

최선을 다해 합창단을 이끌겠다는 마음가짐을 가지고 광주파랑새합창단을 창단하는 지도교사의 일원이 되어 새로운 도전에 몸을 맡기기로 했다.

합창단 창단을 위한 준비 시간은 그리 많지가 않았다. 지도교사가 구성되자마자 바로 회의부터 가졌다. 나를 포함해 여섯 명의 선생님이 함께 하였다.

첫 회의부터 열띤 토의가 이루어졌다. 아이들을 지휘할 지휘자와 피아노를 연주할 반주자 섭외, 합창에 참여할 학생 선발, 합창을 연습할 장소 섭외 등 해야 할 일들이 산더미처럼 많았다.

우선 창단 날짜를 잡고 창단 날짜에 맞춰 합창단원 모집 일정, 지휘자와 반주자 섭외, 오디션 날짜 등을 정했다.

먼저 각 학교로 공문을 보내 합창 지원자를 받았다. 합창단을 지원하는 학생이 없으면 어쩌지 하고 걱정했는데, 다행히 어떻게 아셨는지 장애학생 합창단이 창단된다는 소식을 먼저 들은 학부모님들이 지원을 많이 해 주셔서 지원자 걱정은 줄어들었다.

지휘자 공고도 냈는데 두 분이 지원을 했다. 한 분은 외국에서 공부를 하신 분이고, 다른 한 분은 광주시립합창단 단원으로 계시는데 정말 하고 싶다면서 바로 서류도 준비하고, 직접 만나서 이야기를 나누자며 정말 적극적이셨다. 지휘자를 누구로 할지 신중하게 회의를 한 후, 광주시립합창단원인 분을 선정하였다.

연습장소는 광주시립장애인복지관을 찾아 관장님께 우리 합창단에 대해 소개를 하고 협조를 구했는데, 어려움 없이 바로 공간을 내어주셔서 창단을 위한 기초 작업이 마무리되었다. 하지만 마음 한편에 합창단이 제대로 운영될 수 있을까, 하는 걱정은 계속 남아 있었다.

아주 특별한 오디션

합창단을 창단하기 전 지원자들에 대한 간단한 오디션을 보기로 했다. 지정곡 1곡, 자유곡 1곡 그리고 면접 순으로 진행하기로 했다. 지원자는 약 30명 정도가 되었다.

이 오디션이 아이들과의 첫 만남이었다. '과연 어떤 아이들이 지원했을까?' 기대 반 설렘 반으로 오디션 보는 곳으로 갔다. 많은 아이들과 학부모들이 일찍부터 와 계셨다. 많이 시끄럽고 정신없을 것이라 생각했는데, 뛰어다니는 학생이 몇몇 있기는 했지만 대체적으로 부모님이 계셔서인지 차분하고 조용하였다.

아이들만 오디션 장에 들여보내 앉게 하였다. 역시 각각의 개성이 있는 다양한 아이들이 모였다. 부모님과 떨어져 있었지만 다들 새로운 환경이어서 그런지 크게 소리 내는 학생 없이 선생님의 지시를 잘 따랐다.

먼저 지정곡을 부르게 하고 본인이 부르고 싶은 자유곡을 부른 후, 선생님들이 간단한 질문을 하는 면접 순으로 오디션을 진행하였다.

합창을 목적으로 하고 온 지원자들이어서 그런지, 대체로 지정곡과 자유곡은 잘 준비되어 있었다. 낯선 환경에 수줍어 노래를 부르지 못하는 학생도 있었지만, 옆에서 선생님이 같이 불러주면 따라 부르려고 노력하였다.

면접을 할 때 학생 개개인의 성격이 그대로 나타났다. 한 여학생은 정말 말을 잘하면서도 감성이 풍부했다.

"합창이 어떤 것인지 알고 왔나요?"

"네, 합창은 모두가 함께 아름다운 노래를 부르는 것입니다. 저는 노래를 부르면 가슴이 막 뛰고 심장이 터질 것 같아요. 많은 사람들이 제가 앞에서 노래 부르는 모습을 보며 기뻐하는 모습을 상상해 봐요……."

정말 말을 끊지 않으면 계속 이야기를 할 아이였다. 이 아이는 합창단 활동 중간에도 노래에 감정을 빼앗겨 눈물을 흘리거나, 감정 조절을 잘 못하는 경우도 많았지만, 항상 아름다운 표현으로 선생님들을 즐겁게 해 주었다.

아저씨 같은 걸걸한 목소리의 남학생도 있었다.

"합창을 하게 되면 1시간에서 2시간 정도 앉지 않고, 서서 계속 노래를 불러야 하는데 할 수 있겠어요?"

"잠깐만요."

학생은 한참을 생각하더니 말을 이었다.

"뭐 힘들 것 같긴 해도 할 수 있을 것 같네요."

"합창단 하다가 힘들 수도 있는데 참고 할 수 있나요?"

"아직 잘 모르겠고 그때 가 봐야 할 것 같아요."

아저씨가 말하는 것처럼 느긋했던 이 아이는 합창단에서 가장 큰 형님으로 아이들을 챙기는 역할을 했다.

다운증후군 아이들은 역시 흥이 많았다.

"노래 말고 잘 하는 거 있어요?"라고 물으면 바로 "네, 춤 잘 춰요"라고 말하면서 거침없이 몸을 흔들어 댔다. 정말 이 아이들의 이런 부분은 배우고 싶었다. 다운증후군 아이들이 서너 명 정도 되었는데, 이 아이들이 합창단의 분위기 메이커 역할을 톡톡히 하였다.

한 남자 아이는 몸을 가만히 있지 못하고 손을 자신의 얼굴로 가지고 가서 튕기는 행동을 하였는데, 말을 하면 멈추는 것 같으면서도 금방 다시 하였다. 면접을 하면서 이 아이에게

"합창단은 차렷 자세를 하고 가만히 서 있어야 하는데 할 수 있겠어요?"

"네."

"그런데 선생님이 보니까 계속 몸을 움직이고 손을 가만히 두지 못하는데!"

하고 말을 하자 바로 차렷 자세를 하고 눈치를 보며 버티려 애썼다. 그 모습을 보면서 이 학생은 '정말 합창이 하고 싶은 아이구나'하는 느낌을 받았다. 내가 일반적으로 봐 왔던 자폐 아이들은 자신의 행동을 통제하는 일이 상당히 어렵다. 그런데 이 아이는 자신이 좋아하는 것을 위해 잠시 동안이지만 조절하려고 노력하는 모습을 보였다. 이 모습을 보면서

'아, 우리 아이들도 마음만 먹으면 되는 구나'라는 생각을 하였다.

이렇게 모든 아이들의 오디션을 마치고, 선생님들끼리 많은 이야기를 나누었다. 잘하는 학생도 있지만 그렇지 못한 학생들도 많아, 어떻게 할 것인지를 결정해야 했다.

"합창이라는 것이 노래를 불러야 하는데 그게 잘 안 되는 학생들을 어떻게 해야 할까요?"

"오늘 노래는 잘 못 불렀지만 가만히 움직이지 않고 노래 부르려고 노력하는 것만으로도 좋았던 것 같아요."

"우리가 꼭 여느 합창단처럼 제대로 된 합창을 하면 좋겠지만, 우리 합창단은 교육적 측면에서 아이들에게 도움을 주기 위한 목적이 크다고 생각합니다."

"합창을 통해 아이들이 변화한다면 그것도 좋을 것 같습니다. 그리고 합창의 매력은 모두가 노래하면 좋겠지만 립싱크도 가능하다는 거죠."

"오늘 본 아이들이 크게 폭력성 같은 문제 행동을 안 보이고, 한 번만 보고 아이들을 파악한다는 것이 쉬운 것이 아니니, 모두 같이 하면서 좀 더 지켜보는 것도 좋을 것 같습니다."

이렇게 해서 오디션을 본 모든 아이들을 선발하는 것으로 합창단을 구성하였다. 그리고 이 아이들을 어떻게 지도할지는 하나의 과제로 남았다.

우리가 몰랐던 아이들의 열정

아이들과 창단식을 하고 매주 화요일에 광주시립장애인복지관 강당에서 연습을 시작하였다. 처음 시작하는 날, 걱정이 앞섰다. 아이들이 노래를 부르기는 하지만, 평소 혼자만 불러 봤지 다른 사람과 어울려 불러 본 적이 없어 노래를 부를 때 음정, 박자가 제각각이었다. 그리고 자기만의 느낌으로 부르는 아이도 있어 시장통이 따로 없었다. 화음은 고사하고 다른 아이들과 음정과 박자를 맞추는 것부터 시작해야 했다.

'정말 이렇게 해서 합창을 할 수 있을까?'

10월에 연주회도 해야 하는데 짧은 시간에 가능할지 가늠하기도 힘들어 보였다.

합창을 시작한 지 얼마 되지 않은 날 지휘자가 와서 물었다.

"혹시 아이들이 글을 다 읽을 수 있나요?"

"왜 그러세요?"

"읽을 수 있는 아이도 있지만 그렇지 못하는 아이가 더 많은데요."

"아니, 아이들이 너무 잘 따라 불러서 가까이 가서 봤더니 악보를 거꾸로 해 놓고 부르고 있더라고요."

우리는 그 말을 듣고 모두 웃음을 터뜨렸다. 악보도 처음 보고 글도 모르는데 악보를 나누어주니, 바른 건지 틀린 건지도 모르고 올려두기만 하고 노래는 외워서 부른 것이다.

글은 모르지만 음악을 듣고 노래 부르는 것을 좋아해서, 평소에도 자신이 좋아하는 가요를 외워서 부르는 습관이 이런 상황을 연출하게 된 것이다. 선생님들은 이런 아이들의 특성을 생각해서 평소에도 다니면서 듣고 노래할 수 있도록 아이들에게 음악파일을 주어 부르게 했다. 어머니들께도 아이들이 지금 배우는 노래를 많이 접할 수 있도록 집에서도 곡을 자주 틀어 외울 수 있게 해 달라고 부탁드렸다. 부모님들은 교사들의 요구에 적극적으로 따라 주셨다. 특히 동건이의 경우가 좋은 사례였다.

동건이는 자폐 아이로 합창을 할 때 정말 산만하였고 가만히 있지를 못했다. 손을 자신의 얼굴에 가져가 튕기며 반복하기를 좋아하였다. 그래서 노래를 따라 부르기 어려워했고 가사를 읽을 수는 있었지만, 음정과 박자를 맞추지 못하고 가만히 있는 경우가 많았다. 이러다 보니 요구 사항이 많아졌다.

"어머니, 동건이가 노래를 잘 안 부르는데, 집에서 가사를 외울 수 있게 해 주세요."

"어머니, 동건이가 계속 손을 움직이는데 한 번씩 말을 해 주세요."

계속 되는 우리들의 요구에 어머니는 화가 날 만도 하신데, 그럴 때마다 항상 웃으면서 "네, 알겠습니다"하고 답변했다.

선생님들의 지도와 어머니의 노력의 영향이었을까? 동건이가 노래 부르는 태도가 좋아졌고, 노래도 곧잘 부르게 되었다. 나는 어머니께 말했다.

"어머니, 동건이가 처음보다 많이 좋아진 것 같아요."

"집에 가서 계속 동건이에게 노래를 들려주고, 이야기를 많이 해 주었어요."

어머니는 합창이 끝나고 집에 가시면 우리가 부탁드린 것을 실천하셨던 것이다. 동건이가 가사를 외울 수 있게 옆에서 계속 봐 주고, 동건이를 데리고 차로 이동할 때마다 노래를 틀어줘서 외울 수 있게 하셨다. 그리고 합창할 때의 바른 자세에 대해서도 항상 조언을 했다. 동건이도 합창단에 와서 노래 부르는 것을 너무 좋아한다면서 어머니는 동건이가 합창하는 것에 만족감을 표현하셨다.

"어머니, 동건이는 왜 저만 보면 긴장을 하고 정색을 한대요? 관심도 많이 가져주고 예뻐해 주는데."

"그러게요. 선생님이 좋다면서 그러네요."

"동건아, 선생님 말 잘 듣고 합창 잘할 수 있지?"

"네."

손가락 튕기는 행동이 많이 줄고 노래도 잘 따라하게 된 동건이와 나는 서로 농담도 하는 편한 사이가 되었다. 합창하는 시간에 아이를 맡기는 데서 그치지 않고 옆에서 헌신한 어머니의 노력 덕분이었다. 처음 동건이를 보았을 때 "정말 저런 아이가 합창을 할 수 있을까?"라고 모든 선생님들이 우려의 말씀을 하셨는데, 합창 공연을 할 때가 임박했을 때, 돌이

켜보면 가장 많은 변화를 가져 온 아이가 동건이라고, 모두 입을 모아 말하였다.

주민이가 합창단에 지원할 때, 특수학급 선생님께서 학교에서 약간의 폭력성이 있는데 어떨지 모르겠다는 말씀을 하셨다. 그래서 오디션을 보면서 주의 깊게 살펴봤는데 그런 모습은 보이지 않았다. 오디션 면접을 할 때 물었다.

"합창단은 함께 하는 것인데 친구들과 싸우면 될까요?"

주민이는 금방 대답했다.

"아니요."

주민이는 합창단을 하는 동안 폭력적인 모습을 한 번도 보여주지 않았다. 창단 초기에는 긴장을 많이 하고 아이를 대했는데, 전혀 그런 모습이 보이지 않아 긴장을 놓게 되었다. 어느 날 주민이의 특수학급 선생님을 교육 연수에서 우연히 만났다.

"선생님, 합창단에서 주민이가 잘하고 있나요?"

"네, 열심히 잘하고 있어요."

"합창단 하면서 주민이가 학교에서 폭력적인 모습이 많이 줄어서 너무 잘했다 싶더라구요."

선생님 말은 주민이의 학교생활이 많이 달라졌다는 것이다. 합창단을 하기 전에는 학교에서 친구들과 싸우고 화도 자주 내서 도움실로 내려오는 경우가 많았는데, 합창단 활동을 하면서 폭력적인 모습이 줄어들더니 지금은 거의 나타나지 않는다는 것이다.

자신이 좋아하는 합창을 함으로써 폭력적 감정들을 해소할 수 있는 여건이 만들어져서가 아닐까 생각한다. 우리 아이들에게도 스트레스를 풀 수 있는 활동이 필요하다는 생각이 들었다.

1시간 반이라는 긴 시간 동안 합창을 연습한다는 것은 아이들에게 고된 일이다. 아무리 좋아하는 음악을 한다고 하지만 오랜 시간 집중해서 그것도 서서 있다는 것은 쉽지 않은 일이다.

합창을 시작하면 아이들은 쉽게 지치고 금방 산만해지기 일쑤였다. 이런 태도로는 1시간 반이라는 연주회를 해내는 데 어려움이 있었다. 그래서 우리는 아이들의 승부욕을 자극하기로 했다. 다른 아이보다 잘해서 칭찬을 듣고 싶어 하는 아이들의 심리를 이용하기로 한 것이다.

"지금부터 서서 노래를 부르는데, 잘하는 사람은 앉아서 부를 수 있도록 해 줄 거야."

"네."

합창을 할 때 남학생과 여학생으로 팀을 나누어 경쟁을 유도하고, 잘하는 팀이나 학생에게는 앉을 수 있는 특권이 주어지니 서로 잘하려고 노력을 하고 집중도 하였다.

합창을 할 때 우리 아이들에게 가장 어려운 일은, 장시간 한 자세로 서 있는 것이다. 평소에 많은 활동량을 보이는 아이들이 가만히 서 있어야 하는 일은 그 자체로 고역이다.

그래서 천천히 시간을 늘리는 전략과 칭찬을 사용하였다. 처음에는 30

분 연습을 한 후 쉬는 시간을 가졌다. 그러다 점점 연습시간을 늘려가면서 쉬는 시간을 두 번에서 한 번으로 줄였다. 여기에서도 당근과 채찍을 적절히 사용하면서 아이들의 심리를 이용하여 지도하였다.

"정말 잘 했어. 그러면 지금부터 앉아서 부르는데, 집중해서 부르지 않으면 다시 서서 부른다. 민석이처럼 입을 크게 벌리고 큰 소리로 불러 보자. 이 정도로는 부족한데 조금만 힘을 내서 불러보자."

지휘자가 칭찬도 하고 격려도 하며 아이들에게 말을 하면 아이들은 큰소리로 "네"라고 대답을 하면서 집중을 하며 열심히 불렀다.

처음에는 앉아서 연습하는 시간이 많았다가 점점 서서 노래 부르는 시간을 늘려가니 어느덧 아이들이 오랜 시간 서서 노래를 부를 수 있도록 단련되었다.

우리 친구들은 평소 눈치가 빠른 편이다. 주변 친구들이 다 같이 한 자세를 유지하면서 노래를 부르는 것을 보거나, 우리가 자세가 틀어진 사실을 말해 주면 인식을 하고 따라 하려고 노력하였다. 그리고 주변 친구들도 함께 부르다가 자세 지적을 많이 받는 학생이 있으면 찬찬히 보다가 본인들이 선생님처럼 자세를 바르게 하라고 말을 해 준다. 또 옆에서 손을 잡아 주고 몸을 살짝 치는 등 자세를 바로잡을 수 있도록 격려해 준다. 연습 시간 내내 계속 이렇게 자각하는 과정이 반복되어 합창하는 동안은 자세를 바르게 하고 불러야 한다는 것을 몸소 체득하게 됐다.

특히 자폐 아이들의 경우 이런 부분이 안 되었는데, 합창을 하면서 점점 무리에 동화되고 당연히 해야 할 행동으로 정형화되면서, 그 많던 상동행동*이 상당히 줄어들었다. 지금은 연주회 때 심하게 움직이는 학생을 찾아보기 어려울 정도로 거의 완벽한 모습을 갖추게 됐다.

합창을 하면 모든 아이들이 노래를 부르는 것은 아니다. 아이들이 노래를 부를 때 가사를 제대로 보면서 노래를 정확히 크게 부를 수 있는 아이들도 있지만, 가사를 못 읽거나 노래를 따라 부르는 데도 어려움을 느끼는 아이들도 많다. 그러다 보니 합창에서 립싱크가 큰 몫을 한다.

노래를 전혀 따라 하기 힘든 아이들에게 무조건 가사를 외우고 노래를 크게 부르게 하는 데는 한계가 있다. 이런 아이들에게 무조건 외우기만을 강요한다면, 아이들도 계속되는 지적에 노래에 흥미를 잃게 되고 합창단 생활도 즐겁지 않을 것이다. 합창이라는 것은 잘하는 일부가 충분이 이끌어 갈 수 있다. 그래서 이런 아이들에게는 노래를 부를 때 노래를 알든 모르든 무조건 입을 크게 벌리도록 지도하거나, 자세를 바르게 잡고 노래 부르는 합창 태도 부분에 주안점을 두어 지도하였다. 그러자 아이들도 꼭 제대로 불러야 한다는 부담에서 벗어나, 본인이 느끼는 대로 입을 벌리고 노래가 익숙해지니 자신감도 가지게 되면서 곧잘 따라 부르게 되었다.

처음 장애 아이들에 대한 이해가 부족하여 어떻게 지도해야 할지 몰라 난감해했지만 어느새 아이들을 이해하고 아이들의 눈높이에 맞춰 열정적

---

*의미를 가지지 않는 이상한 행동을 반복적으로 되풀이하는 신체 행동.

으로 지휘를 하는 지휘자, 노래를 잘 못 외우거나, 음정이나 박자를 잘 모르는 학생들 한명 한명에게 눈을 마주치며 집중하도록 유도하고 모델링이 되어 같이 노래를 부르며 가사를 외울 수 있도록 돕거나 하나하나 짚어주면서 최선을 다해 지도해 주는 선생님들, 아이들이 최대한 합창단 활동에 참여할 수 있도록 물심양면으로 도와주시는 학부모들, 그리고 합창단의 일원으로 서로 격려하며 열심히 노래 부르는 아이들…….

이 모두가 하나로 움직이자 따라 부르지 못하고 가만히 있던 아이들도 조금씩 부르게 되고, 음정을 맞춰 입을 크게 벌리고 소리를 낼 수 있게 되었다. 점점 합창단으로서의 면모가 갖춰졌다.

아이들이 노래를 하면서 좋아지는 모습을 어머니들도 보면서, 우리 애들이 집이든 차 안이든 계속 노래를 틀어 달라고 한다며 불만 아닌 불만을 말씀하시면서도 너무 좋아하셨다.

그리고 아이들이 다니고 있는 특수학급 선생님께서는 매 쉬는 시간이나 점심시간마다 합창단 노래를 틀어달라고 해서 틀어주는데, 너무 즐거워하고 학교에서도 많이 밝아졌다면서 좋아하셨다.

합창을 통해 아이들의 생활이 많이 바뀌었다. 아이들의 학교생활이 밝아졌고 자신감이 넘쳤다. 아이들이 삶에서 즐거움이라는 것을 알고 지내게 되었다.

처음에 '발달장애 아이들로 이루어진 합창단이 가능할까?'라는 의문에서 시작한 나는 점점 합창단에 빠져들었다. 우리의 노력에 변해가는 아이들의 모습을 보면서 여러 생각이 들었다.

'정말 음악이라는 것이 대단하구나.'

'우리 아이들도 자신이 하고자 하니 정말 이루어낼 수 있구나.'

처음 '합창이 될까?'라는 아이들에 대한 불신의 마음으로 바라본 내가 부끄럽고 미안했다. 그리고 특수교사로서 아이들을 바라보는 시각도 많이 바뀌었다.

즐거움이라는 묘약

합창단을 하면서 즐거움이라는 단어에 대해 많은 생각을 하게 되었다.

합창단에서 여름 방학 기간 1박 2일로 월출산 관광호텔에서 여름 캠프를 하였다. 합창 일정을 마친 그날 밤 장기자랑 시간을 주어 아이들이 자신의 끼를 보이도록 하였다. 자신감 넘치는 아이들이 나와 춤을 추고 노래를 부르고 자신의 끼를 맘껏 뽐냈다. 그러다 취침 시간이 다가와 한 명만 더하고 멈추기로 하였다. 그래서 뽑기를 해서 한 명만 정하였는데 선생님 한 분이 다가와 말씀하셨다.

"선생님, 승재가 울고 있는데요!"

"왜요?"

"조금 전에 마지막으로 한 명만 하기로 했을 때 뽑히지 않아서 속상한가 봐요."

"아 그래요. 그럼 기회를 줘야겠네."

"승재야, 선생님이 노래 틀어주면 잘할 수 있지?"

이끌려 나온 승재는 가만히 고개만 끄덕였다.

그런데 음악을 틀어주는 순간 언제 울었냐는 듯 몸을 막 흔들어 대면서 음악에 맞춰 춤을 추었다. 그래서 결국에는 모든 아이들이 자신의 장기를 선보일 수 있도록 하느라 밤늦게야 끝이 났다.

합창을 하다보면 독창을 하는 부분이 있다. 독창할 사람을 뽑는 것도 치열한 경쟁을 거쳐야 한다. 노래를 좀 하거나 그렇지 못한 아이들도 우선 손부터 들고 본다. 그러면 누구 하나 빼지 않고 다 시켜준다.

이렇게 합창단에서 적극적인 모습을 보이는 아이들이 학교에서는 정반대인 경우가 많다. 특히 특수학교가 아닌 일반학교에 다니는 아이들이 그렇다.

합창단이라는 공간은 즐거움의 공간이다. 그리고 자신을 표출하는 것을 최대한 수용해 준다. 학교라는 공간은 즐거움의 공간이 될 수도 있겠지만 그렇지 못한 공간이 될 수도 있다. 일반학급에서 거의 그림자처럼 하루 일과를 보내는 모습을 보면서 안타까운 경우가 많다.

'과연 이 아이들에게 이게 좋을까?'

합창단은 장애학생들로 이루어져 있기 때문에 그 누구도 열외가 되지 않는다. 그리고 우리 아이들의 시선에서는 모두가 같은 합창을 하는 친구이며 동료이다. 그래서 차이라는 것이 없고 차별이라는 것도 없다. 하지만 학교에서 우리 아이들은 아직도 이방인과 같은 존재로 느껴진다. 통합교육이라 하여 일반 학생과 같은 공간에는 있지만 통합학급에서 소속감을 찾기는 정말 어렵다. 일반 아이들에게 비치는 우리 아이들은 장애를 가지고 있어 보호되어야 할 존재, 활동에 제약을 주는 존재, 심한 경우는 나의 학교생활을 방해하는 존재로까지 인식된다. 우리 아이들은 일반 교실 안에서 자신의 존재감을 잃은 채 따라가기도 어려운 공부를 붙잡고 힘들어하며 하루하루를 보내고 있다.

유빈이는 키가 작은 조그맣고 내성적인 아이이다. 오디션을 할 때 노래를 제대로 부르지 않고 가만히 있었는데, 좀 더 지켜보기로 했다. 합창 연습을 하고 쉬는 시간에 잠깐 유빈이와 이야기를 하였다.

"노래 부르는 거 좋아하니?"

"아니요."

"그럼, 합창단에 왜 지원했어?"

"엄마가 하라고 해서 왔어요."

그래서 유빈이 어머니와 따로 이야기를 하였다.

"어머니, 유빈이가 합창을 해야 하는데 노래도 부르지 않고, 적어도 입이라도 벌려야 하는데 그렇게 하지도 않네요."

"아, 그래요."

"어머니, 합창단에 지원한 이유가 있으실까요?"

"주변 엄마가 합창을 하면 좋을 것 같다고 해서 데리고 왔어요."

"유빈이가 좋아하거나 잘하는 거 있을까요?"

"잘 모르겠네요."

유빈이처럼 관심이나 흥미도 없는데 합창단에 오는 경우는 대부분 중간에 그만둔다. 유빈이 같은 경우 본인이 노래 부르는 것을 싫어하는데 옆에 선생님이 와서 "계속 소리 내 봐야지", "입을 크게 벌려 보자"하고 말하면 이게 잔소리처럼 들리고 스트레스가 되어 더욱 행동을 위축시키게 된다.

합창단 초기 멤버들은 노래를 좋아하고 자신이 좋아하는 노래를 계속하기 위해 자신을 변화시키려는 노력을 해서 즐겁게 합창단 활동을 할 수 있었다. 그렇게 노래를 하고자 하는 의지가 강해야 합창단 활동도 할 수 있다. 그런데 합창단에 있는 아이가 장애가 심한데 좋아졌다, 라는 말만 듣고 아이의 의견은 들어보지도 않고 무턱대고 시키려는 부모님들이 종종 합창단에 찾아온다.

"저희는 합창을 하는 곳이기 때문에, 노래를 부르지 않는 아이는 뽑지 않고 있습니다. 그리고 뽑히더라도 약 3주 정도 지켜본 후에 확정짓습니다. 아이를 저희가 한번 보고 판단할 수도 없고 또 아이가 합창을 하고자 하는 의지가 있는지를 파악하는 기간이라고 생각하시면 됩니다."

이렇게 말을 해 드려도 막상 그 시기가 와서

"3주 동안 지켜보았는데 전혀 노래를 하지 않고 본인도 하고자 하는 의지가 없네요."

"조금 더 지켜봐 주세요. 잘할 겁니다"하면서 계속 더 봐 주기를 바란다. 하지만 대부분 공연을 하고 나서 마음을 바꾸는 경우가 많다.

공연을 갔는데 자신의 자녀가 입도 벌리지 않고 가만히 서 있기만 한다. 전혀 노래를 부르지 않는 모습을 보고 속상한 마음이 든 후에야 합창단이 안 맞는다고 생각하신다. 그럼 1년 동안 합창단 활동을 한 것은 이 아이한테는 마이너스밖에 되지 않는다. 차라리 아이에게 좀 더 도움이 되는 활동을 찾았다면 더 좋지 않았을까 하는 안타까운 상황이 연출된다.

지금 우리 아이들의 학교생활도 같지 않을까 싶다. 아이가 일반학교 생활에 즐거움을 느낀다면 일반학교에 보내는 것이 맞지만, 그런 즐거움도 없이 의무적으로 또는 부모님의 생각대로만 일반학교에 보낸다면 조금 더 생각해 보셨으면 한다.

내가 고등학교에 진학하는 아이들 진학 상담을 하는 경우 학부모에게 항상 말씀드리는 것이 있다. 정말 이 아이가 즐겁게 생활할 수 있는 곳이 어디인지를 생각하고, 꼭 아이를 데리고 그 학교를 방문해 보고 결정하라고 말씀을 드린다.

우리 아이들도 자신이 좋아하는 것, 하고 싶은 것이 있다. 이것을 얼마나 부모님들이 잘 알고 파악하여 지원해 주느냐에 따라 아이의 미래를 바꾸어 놓을 수 있는 것이다. 누구나 자신이 싫어하고 힘들어 하는 일을 하는 것보다 즐겁고 잘하는 것에서 성과를 보인다. 잘하지는 못하더라도 즐거움이 있다면 한번 해볼 만하다.

우리 아이들에게 특히 즐거움이라는 것은 많은 변화의 기폭제가 된다. 합창단이라는 공간은 우리 아이들에게 자신을 표출할 수 있는 장이 되어 주었고, 즐겁게 노래를 부르는 동안 자신도 모르게 생활에 변화가 생기고 문제 행동도 좋아졌다.

나는 주변에 합창단을 자랑스럽게 소개한다. 아이들의 변화를 보았기 때문이다. 그리고 즐거움이라는 것이 얼마나 큰지도 안다. 꼭 합창이 아니더라도 축구와 같은 운동이든 피아노 같은 악기든 아이가 좋아하는 것을 찾아 하도록 해주면 좋겠다. 가능하다면 단체 활동을 할 수 있는 합창, 축구 등이 좋을 듯하다. 아이들끼리 단체 생활을 하면서 지켜야 할 규칙과 예의 등 다양한 것을 배울 수 있기 때문이다.

잊을 수 없는 10월의 첫 연주회

드디어 첫 연주회 날짜가 정해졌다. 10월 22일 광주 유스퀘어 금호아트홀에서 공연을 열기로 했다. 공연이 있는 달인 10월은 거의 매일 나와 연습을 하였다. 모두 고된 연습에 지칠 법도 한데 전혀 내색하지 않고 서로 격려하며 열심히 노래를 불렀다. 합창을 하는 데 도움이 필요한 학생들이 있기 때문에 이번 연주회에 지도교사 선생님 네 분이 함께 무대에 오르기로 하고, 아이들과 함께 피나는 연습을 하셨다.

공연 하루 전날, 마지막 리허설을 하였다. 그러면서 우리 아이들이 지금까지 연습한 것을 부모님들에게 먼저 보여드리는 시간을 가졌다. 연습실 앞에 아이들이 자신의 자리를 찾아 줄을 서고 부모님들은 아이들이 앉았던 의자에 앉아 공연을 보게 되었다. 연습장 내에는 긴장과 고요로 숨이 탁 막혔다.

첫 노래가 시작되는 순간 '아' 탄성이 나왔다. 아이들이 하나가 되어 딱 맞춰 노래를 시작하는 모습을 보니 너무 감동적이었다. 마지막 끝나는 부분에서도 아이들이 지휘자님을 쳐다보면서 정확히 소리를 맞춰 끝내니, 감탄이 절로 나왔다.

한 곡 한 곡이 끝날 때마다 여기저기에서 환호와 탄성이 울렸다. 부모님의 눈에는 기쁨과 감동의 눈물이 흐르고 있었다. 이렇게 리허설이 멋지게 마무리되었다. 어머니들은 리허설의 여운을 잊지 못해 감정을 주체하지 못하셨다.

"아이들 정말 잘하지요?"

"정말 멋져요. 우리 애들이 더 커진 느낌이 들어요."

"정말 고생하셨네요. 내일 공연 잘 될 것 같아요."

"어떻게 한명도 움직이지도 않고 지휘자님을 보면서 노래를 부르는지, 애들이 정말 의젓해지고 많이 달라진 것 같아요."

"내일 아는 사람들 많이 초대해야겠어요. 이 정도일 줄은 몰랐어요."

어머니들은 아이들에게 대견스럽고 자랑스럽다며 칭찬을 되풀이했다.

드디어 2010년 10월 22일 오후 7시 30분, '파랑새합창단 음악 발표회'라는 이름으로 첫 연주회가 시작되었다. 아이들도 그렇고 아이들과 함께 합창을 하는 선생님들도 긴장을 많이 하여 상기되었다. 객석에는 초대받은 가족들과 교육청 관계자, 동료 선생님들로 많은 자리가 메워졌다.

드디어 우리 아이들이 무대 주인공이 되어 공연을 시작하였다. 첫 무대는 '마음을 여는 노래'로 '여유 있게 걷게 친구', '선생님 사랑해요', '노래로 세상을 아름답게'라는 곡을 불렀는데, '노래로 세상을 아름답게'라는 노래를 부를 때 객석에서 박수로 아이들의 흥겨운 리듬에 박자를 맞추어

주었다.

두 번째 무대는 '정겨운 우리 곡'으로 '도라지꽃', '산유화', '산촌'을 불렀는데, 어려운 우리 가곡을 아이들이 정말 잘 불러서 큰 박수를 받았다.

세 번째는 초대 소프라노의 무대로 '넬라 판타지아(Nella fantasia)', '이탈리아 거리의 노래(Italian street song)'가 이어졌다.

네 번째 무대는 수영이의 단독 피아노 연주였다. 혼자 따로 연습하다 보니 합창단에서 연습하는 것을 볼 기회가 없었다. "모차르트 피아노 소나타 12번 바장조(Piano Sonata No. 12 in F Major,K.332)', 'River Flows In You(네 맘 속에 강이 흐른다)' 두 곡을 연주했는데 정말 실수 없는 깔끔한 연주에 감탄을 자아냈다. 어머니 말씀이 수영이가 오늘을 위해 하루 2시간 이상씩 맹연습을 했다고 한다.

정말 우리 아이들이 보여준 기대 이상의 능력에 대해 다시 한 번 생각하게 되고 존경의 마음까지 들었다.

다섯 번째 무대는 상훈이와 다희의 이중창 무대로 '10월의 어느 멋진 날에'를 불렀다. 단 둘이 올라가는 무대라 많이 떨렸을 텐데도 의젓하고 큰 목소리로 청중들에게 10월의 멋진 밤을 선사하였다.

초청 소프라노, 피아노 독주, 이중창 무대가 이어지는 동안 뒤에서는 아이들이 의상을 바꾸느라 정신이 없었다. 단복에서 흰색 티와 청바지로 바꿔 입어야 했다. 짧은 시간에 급하게 바꿔 입어야 하다 보니 머리가 풀려서 다시 묶는 아이, 흰색 티에 화장이 묻어서 닦아내고 있는 아이, 옷을 못 입고 있어서 일일이 입혀줘야 하는 아이, 화장실 가는 아이 등 정말 정신이 하나도 없고 온몸에 땀이 흥건해졌다.

다행히 시간 내에 준비가 되어 언제 그랬냐는 듯이 멋진 모습으로 다음 무대에 나갔다. 마지막 무대는 우리 아이들만의 무대로 지도교사 없이 성가곡으로 '야곱의 축복', '또 하나의 열매를 바라시며', '찬양 메들리'를 불렀다. '야곱의 축복'을 부르는 동안 선생님들의 깜짝 선물이 있었다. 노래를 부르는 중간에 선생님들께서 '너의 하나님의 선물, 사랑스런 하나님의 선물'이라는 노랫말처럼 아이들을 사랑하는 마음과 축복의 의미를 담아 준비한 장미꽃을 아이들에게 한송이씩 주었다.

깜짝 선물에 아이들은 꽃을 받으면서 눈이 동그래지기도 하고, 부끄러움과 수줍음에 몸을 꼬는 아이도 있었다. 아이들을 사랑하는 마음이 듬뿍 담긴 선물이 아니었나 싶다. '찬양메들리'를 부를 때는 율동과 함께 노래를 불렀다. 지연 선생님이 두 달 동안 공을 들여 아이들에게 율동을 가르치며 많은 노력을 하셨다. 아이돌처럼 칼군무는 아니지만 각자 나름대로 최선을 다해 율동을 하였다. 특히 민철이는 연주회 얼마 전 갑자기 다리를 다쳐서 휠체어를 타고 무대에 올랐는데 정말 열성적으로 휠체어에 앉아 상체를 흔드는 모습이 너무 귀엽고 사랑스러웠다.

객석에서도 이런 아이들의 모습에 즐거움의 웃음이 입가에서 떠나지 않았다. 이렇게 모든 연주회 준비 음악이 마쳐지는 순간 객석에서 열화와 같은 함성과 함께 앵콜 신청이 빗발쳤다. 앵콜 신청에 응하지 않으면 연주장 밖으로 못 나갈 것 같은 두려움이 들 정도의 열광적인 요청이었다.

앵콜 무대로 '얼굴 찌푸리지 말아요'와 공일오비의 '이젠 안녕'을 불렀다. '얼굴 찌푸리지 말아요'를 부르면서 아이들이 율동을 하는데 이미 객석은 즐거움과 흥에 겨워 박수와 함성으로 연주회장이 떠나갈 듯하였다.

마지막 곡인 '이젠 안녕'을 부르는데 방금 전과 다른 분위기로 모두 손을 머리 위로 올려 좌우로 흔들면서 무대와 객석이 모두가 하나가 되어 함께 노래를 불렀다. 관객들 얼굴에 미소와 함께 감동이 흘러넘쳤다. 기쁨의 눈물을 흘리고 계시는 분들도 많았다.

그렇게 1시간 30분 동안의 무대의 막이 내려졌다. 연주회 밖에서는 아이들이 부모님과 친구들에 둘러싸여 축하 꽃다발을 받으며 행복한 미소를 보이고 있었다. 특히 주현이는 감정에 북받친 나머지 자리에 주저앉아 '엉엉' 울고 있었다. 부모님들이 지휘자와 반주자 지도 선생님들께 와서 정말 멋진 공연이었다고 지금까지 고생 많으셨다면서 감사의 마음을 표하셨다. 이런 모습을 옆에서 지켜보면서 지금까지 열심히 한 아이들에 대한 고마움과 이런 많은 사람들 앞에서 우리 아이들이 멋지게 노래를 했다는 자부심, 또 '우리가 해냈다'는 성취감 등 만감이 교차하였다.

잊을 수 없는 10월의 밤이었다.

유별난 엄마들

합창단 어머니들은 정말 유별나다. 그런 어머니들 때문에 지금의 합창
단이 만들어졌다. 합창단은 지휘자와 반주자가 아이들의 합창 지도를 담
당하고, 지도교사는 아이들이 합창에 잘 참여할 수 있도록 옆에서 보조
하고, 사업 계획과 예산 집행 등 합창단 운영 전반적인 일을 담당한다. 어
머니들은 아이들의 이동과 합창단 행사 때 아이들 의상 및 메이크업 등
아이들 관리를 담당하신다.

2013년 7월 전국 지적장애인 합창대회에 출전하게 되어 서울 건국대학
교로 가게 되었다. 합창단 아이들 중에 손이 가는 학생이 많아, 항상 시
간이 되는 어머니들이 따라 오셔서 아이들을 봐주신다. 그날도 새벽에 출
발하는 일정이라 정신이 없었다. 어머니들께서 아이들의 간식을 봉지에
싸서 개인별로 먹을 수 있게 준비해 주셔서 가는 동안 아이들이 즐겁게
올라갔다. 건국대학교에 도착하고 대회 출전을 위해 아이들을 준비시키
는데, 어머니들께서 풀 메이크업 장비를 열어서 아이들 하나하나 화장을

시작하였다.

"정재 어머니, 아들은 어디다 두고 열심히 아이들 화장시키고 계시대요?"

"근처 어디에 있을 거예요."

"그래도 아들 챙기셔야죠."

"여기 있는 애들이 다 내 새끼들인디, 우리 아들은 잘 있을 거예요."

그 말씀에 어머니들의 평소 모습이 생각되었다. 그래 어머니들이 합창 연습실에서나 행사에 가서나 내 자식만 챙기는 어머니는 본 적이 없다. 내 자식보다도, 챙김이 필요함에도 부모가 같이 오지 못한 아이들부터 챙기셨던 것 같다. 아이 하나하나가 소외되지 않고 함께 할 수 있도록 부단히 뛰어다니는 어머니들이셨다.

하루는 어머니 한 분이 오셔서 집안 행사가 있어서 합창 못하고 바로 가봐야 한다고 하셨다.

"어머니 그럼 그냥 연락을 하셔도 되는데 이렇게 오셔서까지 말씀을 하세요."

"제가 오늘 아이들 간식 당번이라 간식 넣어주고 가려고 왔어요."

"간식은 하루쯤 없어도 되고 안 되시면 다른 분께 부탁하지 그러셨어요."

"아니요. 아이들이 간식 먹는 것을 좋아하는데 그럴 수가 없어서요. 갑자기 일이 생겨서 부탁하기도 어렵구요."

이렇게 아이들을 위해서라면 뭐 하나 쉽게 생각하지 않는 어머니들이다. 하루는 친한 어머니와 대화를 나눴다.

"요즘 많이 바쁘신데 아들 데려다 주시느라 힘드시죠?"

"뭐가 힘들어요. 당연히 해야 할 일인데……. 그리고 덕분에 나도 즐겁게 있다 가는데."

"어머니들이 모이면 뭐 하세요?"

"애들 이야기도 하고, 여러 가지 정보도 공유하고, 남편들 흉도 보면서 애들 기다리죠."

어머니들도 합창하는 아이들을 데려다 주시면서 마음에 위안을 받으시는 것 같다. 항상 아이들만 따라 다녀서 자신의 시간을 갖는 것이 어렵고, 장애 아이들을 데리고 있는 입장에서 비장애인 부모님과 이야기하는 것이 부담스러울 수도 있다. 합창단은 같은 환경에 있는 어머니들끼리 서로 정보도 공유하고 아이들 이야기도 하면서, 서로 공감하고 마음을 터놓을 수 있는 어머니들을 위한 모임의 장 역할도 톡톡히 하는 것 같다.

자신의 자녀가 가장 빛나기를 바라고 여러 가지 운영상의 미숙에 화도 낼 법한데, 합창단이 잘 운영되고 아이들의 웃음이 끊이지 않기를 바라는 마음에 묵묵히 아이들을 돌봐주시고, 또 지도교사의 요구에 반대하거나 묵살하는 것이 아니라 인정하고 믿어주는 어머니들에게 항상 고마움을 느낀다. 이런 유별난 어머니들의 사랑과 헌신이 있기에 합창단은 더욱 견고해지고 발전하고 있다.

등대가 되는 법

'우리 아이들에게 어떤 부모가 가장 좋은 부모일까?'

합창단이 모 단체에 초청을 받아 갔을 때의 일이다. 합창단 학생 한 명이 노래를 하지 않고 집에 가겠다고 울며 떼를 쓰고 있었다. 방금 전까지 다른 아이들과 잘 놀고 리허설까지 마쳤는데 공연을 얼마 남겨 놓지 않은 시점에 집에 가겠다는 것이다. 엄마는 아이를 달래느라 정신이 없고, 선생님들도 그 애 주변에 모여 갖은 말로 설득을 했다.

평소에도 합창 연습을 할 때 자주 떼를 쓰며 집에 가겠다고 연습실 밖으로 나갔다가, 달래면 다시 들어와 언제 그랬냐는 듯 연습을 하는 아이였다. 그 모습을 보던 한 어머니가 나에게 다가왔다.

"선생님, 저 애는 관심 받고 싶어서 그러는 거예요. 저런 행동을 계속 봐주면 매번 공연 때마다 같은 행동을 할 거예요. 저런 행동을 하면 선생님들이 나서서 강하게 지도해 주셔야 해요."

"저희도 그러고 싶지만, 요즘 잘못하면 괜한 오해도 사고 어머니들이 보시면 속상해 할까 조심스럽네요."

"저도 애를 대할 때 미안하기도 하고 짠한 마음도 들어 계속 받아 주며 지금까지 살았는데, 그게 아이를 위한 것이 아니더라구요. 작년에 어떤 모임에 갔는데, 아이가 거기서 자기 마음대로 하고 싶어 계속 떼를 쓰는데, 처음으로 아이와 1시간 동안 사람 많은 곳에서 실랑이하며 싸웠네요. 그다음부터 그런 행동이 있을 때마다 강하게 했더니 지금은 그 행동들이 많이 줄었어요. 지금 와서 생각해 보면 좀 일찍 할 걸 하는 생각이 드네요. 고등학생이 되었을 때 아직도 기본예절도 모르는 아이를 보면서, 우리 아이가 앞으로 어떻게 살까를 생각하면 무조건 받아주는 것만이 좋은 것이 아니고 필요하다면 강하게 지도해야 한다는 생각이 들더라고요."

나는 맞는 말이라고 대답해 드렸다. 학부모님들을 상담하다 보면 자녀의 장애를 감추고 밖으로 돌출되는 것을 싫어하는 경우가 많다.

"아이가 도움실 학생인 것을 모르고 있습니다."

"아이가 도움실 오는 것을 싫어하니, 통합반에서만 수업을 받게 해 주세요."

마치 아이가 그러기를 원하고 그것이 아이를 위한 일이라고 생각하면서 말한다. 하지만 정작 장애를 감추어 일반 학생들이 인지하지 못한 상태에서 커다란 문제가 발생돼서 도움실로 들어오게 된 아이들을 보면, 처음에는 좀 힘들지만 금방 적응하고 도움실 생활에 만족하며 지내는 경우가 많다. 이런 부모님들은 자녀를 먼저 생각해 주고 헌신은 하지만 정작 자녀에게 가장 필요한 부분이 무엇인지 간과한 것이다.

중학교에서 지도했던 수현이란 아이의 어머니는 사회생활도 많이 하고,

교육계 집안으로 아는 것도 많은 분이셨다. 수현이는 초등학교에서도 많은 문제행동으로 유명세를 타고 있었다. 수현이 어머니는 초등학교 운영위원회부터 아이를 위한 모든 활동에 참여하면서 아이를 물심양면으로 챙기셨다. 정말 아이에게는 없어서는 안 될 존재였다.

수현이의 문제행동으로 어머니와 많은 상담을 하고 도움을 요청하였다. 그때마다 어머니께서는 수현이의 문제 행동 중재를 위해 함께 노력하고, 적극적으로 따라 주셨다. 수현이의 문제행동은 중학교 입학 때보다 많이 좋아졌다. 하지만 수업시간 방해와 대인관계 문제는 상당 부분 남아 있었다. 1학년 때부터 어머니께 말씀드린 것이 있었다.

"어머니 지금은 중학교라 반 친구들이 성적에 크게 연연하지 않아 수현이를 받아 주지만, 고등학교에 가면 대학 입학을 준비해야 돼서 태도가 달라집니다. 지금 같은 문제행동이 좋아지면 상관없지만 그렇지 않으면 특수학교도 한번 생각해 보면 좋을 듯합니다."

"네, 알겠습니다. 저도 교육 쪽에 아는 분들도 있고, 제가 알아서 판단하도록 하겠습니다. 아직은 특수학교로 보낼 생각이 없습니다."

3학년 1학기가 되어서까지 어머니의 생각에는 크게 변화가 없었다. 그런데 3학년 2학기 고등학교 원서를 쓰는 시기가 오자, 어머니께서 특수학교로 신청을 하였다.

"어머니, 특수학교로 신청을 하셨네요. 결정하느라 고민이 많으셨을 텐데."

어머니는 이렇게 말씀하셨다.

"제가 내려놓으니, 결정이 쉬워지더라구요. 내가 노력하면 아이가 변화되고 좋아지는 모습이 보여 쉽게 포기하지 못했는데, 중학교에 와서 더 이상 바뀌지 않고 퇴보하는 모습을 보면서 여기까지인가 하는 생각이 들더라구요. 그리고 오빠가 고등학생인데, 그 반에도 장애학생이 있어 주변에서 그 아이를 최대한 배려하고 도와주는데, 그 아이는 그런 것을 이해하지 못하고 본인이 원하는 대로 행동을 해서 친구들이 너무 힘들어 하고, 그러다 보니 반에서 미움을 받게 되었다면서 수현이가 고등학교에 가면 그렇게 되지 않을까 걱정이 된다고……. 마지막으로 선생님께서 말씀하신 수현이가 가장 즐겁게 다닐 수 있는 학교가 어디인가를 곰곰이 생각하다, 직접 그 학교를 방문해서 보니 생각보다 좋고 즐겁게 다닐 수 있겠다 싶어 결정했네요."

나는 잘하셨다고 말씀드리고, 수현이가 학교생활을 잘했으면 한다고 했다. 고등학교를 졸업하면 사회에 나가 혼자 독립적인 생활을 해야 하는데, 자녀를 믿지 못하고 위험에 처할까 봐 온실의 화초처럼 모든 것을 제공하는 것이 최선이라 생각하며 사는 부모들이 많다. 고등학교 3학년 졸업생 어머니들 중 "조금만 더 일찍 우리 아이를 강하게 키웠더라면……" 하고 후회를 하는 분들이 많다. 졸업하고 나면 학교처럼 더 이상 아이를 보호해 주는 곳은 존재하지 않고, 아이는 너무 부족한 게 많기 때문이다.

이처럼 부모는 아이에게 헌신하고 관심을 가져 주는 것도 중요하지만 그것보다 먼저 아이의 장애를 인정하고 이해하면서 현재 가장 필요한 것이 무엇인가를 빨리 찾아 그것을 할 수 있도록 도와주는 등대와 같은 존재가 되어야 하지 않을까 생각한다.

13년 차 교사의 깨달음

합창단을 하면서 많은 것을 느끼고 깨달았다. 처음 합창단을 시작했을 때 '과연, 합창단이 가능할까?'에서 시작된 나의 물음에 아이들은 '당연히 가능하죠!'라는 답을 주었다.

노래를 좋아하는 아이들이 모여 지휘자의 지휘, 선생님들의 지도, 부모님의 헌신, 아이들의 열정과 마음이 만나 이룰 수 없을 것 같은 일을 성취했다. 그러한 모습을 보면서 '내가 정말 어리석고 우리 아이들의 능력을 과소평가했구나!'라는 미안함이 들었다.

그리고 이 경험은 나의 교육관에도 많은 영향을 주었다. 지섭이는 자폐가 심한 학생으로 합창단 중간에 들어 온 학생이다. 내가 합창단 지도를 가지 않는 날 두 번 왔었다. 선생님들이 크게 문제행동이 없어 보인다고 해서, 합창단 활동을 하게 하자고 부모님께 말씀드렸다. 그런데 이후 지섭이의 문제행동이 발생하였다. 합창을 하는 동안 계속 몸을 흔드는 행동, 큰 소리를 내서 합창을 방해하는 행동이 나타난 것이다.

교직 경력 13년차. 짧다면 짧다고 할 수 있지만, 지금까지 눈빛 카리스마만으로도 아이들을 압도하고, 졸업할 때 문제 행동을 최대한 줄여서 졸업시키는 등, 나름 아이들 지도에 자신이 있었던 나인데도 어떻게 통제를 할 수가 없었다.

내가 아는 특수교육의 총 지식을 동원하여, 합창하다 밖으로 나가는 타임아웃도 시켜보고, 먹을 것을 주는 보상과 칭찬 등 다양한 방법을 사용하였지만, 어쩌다 한 번 좋아질까, 거의 같은 모습을 보였다. 어느 날 지휘자님이 오셔서 하소연을 하였다.

"지섭이가 소리를 지르는 것 때문에 도저히 합창을 할 수가 없네요. 아이들이 합창에 집중하다가도 지섭이가 소리 내면 지섭이를 쳐다보느라 합창이 깨집니다. 어떻게 좀 해야 할 것 같네요."

선생님들의 긴급회의가 소집되었다.

"어떻게 해야 할까요?"

"합창단에 들어와 3주 정도 지켜보고 안 되겠다 싶으면 탈락시키는 회칙이 있잖아요."

"지섭이가 벌써 합창단복을 맞춰 버려서 하지 말라고 말하기도 그런데 어쩌죠."

장시간의 회의 끝에,

"그러면 어머니께서 합창하는 시간에 들어와 지섭이를 보게 하면 어떨까요?"

"그러죠. 어머니께서 직접 보고 판단하시게 하죠."

그래서 어머니께 있는 그대로 말씀드렸다.

"지섭이가 합창하는 시간에 계속 몸을 흔들고 소리를 내어서 합창에 방해가 심합니다."

"저희가 최대한 자제시키려고 했는데 저희 말을 듣지 않네요."

"어머니께서 수고로우시겠지만 합창하는 시간에 들어오셔서 지섭이 옆에서 지도해 주시면 감사하겠습니다. 그렇게 하고도 합창에 계속 방해가 되면 합창을 같이 하는 것이 힘들 것 같습니다."

이 말씀을 어머니께 드리면서 '아, 학생을 내 손에서 해결하지 못하고, 부모님의 손을 빌리는구나!'하는 자괴감도 들었다.

그 다음 시간부터 어머니께서 들어오셔서, 지섭이 옆에 앉아 지섭이가 몸을 움직이거나 소리를 지르려고 하면 제지하셨다. 그런데 어머니가 들어 오시고부터 지섭이의 이런 문제 행동들의 강도가 약해지기 시작했다. 어머니는 처음이라 지섭이가 불안해서 그런 행동을 했던 것 같다고 말씀하셨다. 그런 불안을 어머니가 채워주니 문제 행동의 빈도가 줄었다.

지금은 합창단에 완전히 적응해서, 지섭이는 어머니가 계시지 않아도 지휘자의 지휘에 따라 일어서기도 하고 앉기도 하면서 노래를 즐겁게 부른다.

어머니께서 지섭이가 매주 화요일만 되면 합창단 간다고 가방을 싼다고 하시면서, 지섭이가 변해 합창단에서 자신의 몫을 하는 모습을 보며 이제 걱정이 아닌 흐뭇함을 보이신다.

지금까지 아이들의 모든 교육적 활동을 교사로서 내가 떠안고 해결하려는 마음이 강했는데, 지섭이를 보면서 자존심만 세우지 말고 주변의 도움을 받을 필요성도 느꼈다. 나 혼자만으로 안 된다면 부모님 또는 지역기관을 이용해야겠다는 생각을 가지게 되었다.

지금도 학교에서 학생들을 지도할 때, 내가 부족한 게 있으면 학부모에게 도움을 부탁드린다. 교사와 부모는 아이를 대하는 공간은 다르지만 목표는 같다고 생각한다. 교사와 부모는 아이가 학교생활을 잘하고 자립할 수 있는 역량을 키우는 데 함께 노력하는 동반자가 되어야 한다.

합창단 활동을 통해 특수교육이라는 것은 어느 누구 하나가 잘한다고 되는 것이 아니라는 것을 깨달았고, 나의 부족함을 느끼고 되돌아보는 계기가 되었다.

아홉 살 파랑새의 노래

　벌써 합창단을 창단한 지 9년째가 되어간다. 9년째인 만큼 많은 발전이 있었다.

　2010년 광주파랑새합창단이 창단되어 정말 축복 같은 한 해를 보내고 광주발달장애인합창단의 시발점이 되었다. 광주파랑새합창단을 기점으로 초등장애학생 합창단인 '초특즐'이 창단되고, 엠마우스 복지관과 서구문화센터에서 장애인 합창단이 생기는 등 많은 영향을 주었다. 그러면서 장애인의 문화생활 변화에도 영향을 주었다.

　창단 후 2013년 전국지적장애인 합창대회에 참여해 대상을 받고 2016년에는 광주광역시를 대표하여 '장애인 행복 나눔 페스티벌'에서 은상을 받는 등 여러 전국대회에 나가 수상도 했다. 복지관이나 특수학교 및 일반학교 행사에도 초청을 받아 공연하는 등 장애 인식 개선에도 많은 노력을 하고 있고, 지금은 장애인 합창단이 아닌 다른 합창단들의 공연에도 찬조 출연을 할 정도로 이름 있는 합창단이 되었다.

장애인들은 아무것도 하지 못하는 사람, 도와주어야 하는 사람이라는 인식이 우리 사회에 깔려 있다. 하지만 장애인도 해 보지 않았을 뿐이지 할 수 있는 것이 많고, 도움만 받는 존재가 아니라 자신의 재능을 필요로 하는 사람들에게 베풀 수 있다. 장애인이 사회의 주변인이 아닌 사회 구성원으로 들어와 함께 공존하는 사회가 되는 데 광주파랑새합창단이 일조하고 있다.

우리가 내세우는 모토가 있다.

"노래로 세상을 아름답게."

이 모토에 맞게 오늘도 세상을 아름답게 하기 위해 아이들은 열심히 노력하며 아름다운 노래를 부르고 있다. 미래에는 국내가 아닌 국외의 초청을 받으면서 공연할 수 있는 세계적인 합창단으로 거듭나기를 기원한다.

Part 2

특별하게 자라는 아이들

소성현

———

특수학교에서 5년을 근무하였고, 지금은 특수학급에서 7년 차 근무 중입니다.

저는 이 책을 쓰기 위해

저만의 특수교육 이야기를 찾아 여행을 시작했습니다.

제가 특수교사로서 처음 근무했던 설렘부터

지금까지 만났던 학생들을 곰곰이 생각해 볼 수 있었던 소중한 여행이었습니다.

다른 사람들에게 특수교육을 알리고 싶어 시작한 글쓰기는

저를 돌아보는 소중한 시간이 되었고,

책으로 출간되는 영광을 안겨주었습니다.

이 이야기는 모두 장애학생과 관련된 이야기입니다.

장애학생들의 안타까운 사연과 여러 에피소드를 책 속에 담아보았습니다.

저의 글을 통해 장애학생의 교육을 위해 열심히 노력하는 모든 분들에게

작은 격려가 되었으면 합니다.

———

무서운 아이

나는 장애학생의 교육을 담당하는 특수교사다. 특수교사는 특수학교
에서 근무하기도 하고, 일반학교에서 장애학생들을 위해 별도로 마련된
특수학급에서 근무하기도 한다.

2009년 특수학교에서 근무할 때 겪었던 일이다.

따스한 봄기운이 느껴지던 날, 수업을 하던 중 복도가 웅성웅성 시끄럽
다. 특수학교에서는 간혹 시끌벅적한 사건이 일어나기도 하기에 서둘러
복도를 내다봤다. 그 순간 나는 깜짝 놀랐다. 한 젊은 여선생이 이동침대
에 실려 가고 있는 것이 아닌가. 젊은 여선생은 많은 학생들과 교사들이
지켜보는 가운데 구급차에 실려 학교를 빠져나갔다. 여선생은 장기간 스
트레스를 받아 몸과 마음이 많이 상해 있었고, 결국 교실에서 쓰러진 것
이다. 사연을 듣고 나니 내 마음이 묵직해졌다. 젊은 여선생에게 스트레
스를 준 사람은 바로 현수라는 아이였다. 현수는 고2 학생으로 학교에서
유명한 친구였다.

2년 전 나는 현수의 담임을 맡았다. 누구보다도 현수를 잘 알고 있었다. 현수는 폭력성을 가지고 있는 아이였다. 같은 반 친구들을 때리는 것은 물론이고, 자기 몸을 스스로 다치게 하는 자해행동도 남달랐다.

어느 날 교실에서 벌어진 일이다. 현수가 거울 속 자신의 얼굴을 보고 있었다. 현수는 거울 속에 비친 얼굴을 모르는 사람인 양 빤히 쳐다보았다. 현수의 눈빛은 영롱하고 아름답고 신비로운 무언가를 발견한 사람과 흡사했다. 일순간 현수는 자신의 코를 가위로 잘라버렸다. 다행히 코끝이 살짝 베이는 것에 그쳤지만, 거울을 바라보던 현수의 눈빛을 아직도 잊을 수 없다.

현수네 집 가정방문을 갔을 때였다. 힘들게 현수의 집을 찾아갔다. 현수의 집은 허름한 주택단지에 있었다. 낡은 2층 주택 건물이었다. 운송업에 종사하는 현수 아버지는 집에 없었고, 어머니가 가정방문을 온 나를 맞아주셨다. 현수 어머니는 긴 웨이브 머리에 안경을 쓰고 있었고, 지적인 느낌을 풍겼다. 중학교 3학년 아들이 있을 정도의 나이로는 보이지 않았다. 반면에 현수의 집은 뭔가 칙칙하고 어두운 느낌이었다. 여기저기 옷가지가 널브러져 있었고, 세간살이들이 정리되어 있지 않았다. 어질러진 집 안을 하얀 털을 가진 말티즈 한 마리가 돌아다녔다. 잠시 후 현수 어머니가 주시는 찻잔을 들면서 나는 상담을 시작했다.

"현수 같은 애들을 한 명도 아니고 여러 명 보시려면 정말 힘드시겠어요."

현수 어머니와의 상담은 다른 부모들과의 상담과는 조금 다른 느낌을 주었다. 현수 어머니는 현수의 학교생활이나 교육적인 것에는 전혀 관심이 없었다. 오히려 현수 같은 아이들을 지도해야 하는 나를 걱정해주었다. 현수 어머니가 현수에게 워낙 무관심했기 때문에 현수의 친모가 아닐수도 있겠다는 생각마저 들었다.

어머니와 대화 중에 말티즈가 다가와 내 품에 안겼다. 새까맣고 동그란눈이 예쁜 강아지였다. 말티즈는 무언가 두려운 지 바들바들 떨고 있었다. 말티즈를 꼭 안아 목덜미를 쓰다듬어 주자 말티즈의 떨림이 줄어들었다. 이윽고 현수가 나타났다. 아마도 말티즈는 현수를 피해서 나에게 도망 온 듯싶었다. 어머니는 현수가 말티즈를 많이 괴롭힌다고 말했다. 또현수가 그릇을 깨기도 하고, 옷장에 있는 옷가지들을 매일 헤쳐 놓아 힘들다고도 했다. 그나마 아버지를 무서워해서 아버지의 말은 조금 듣는편이라고 했다. 현수 어머니는 현수를 보살피는 것에 대해 상당히 지친표정을 보였다.

현수와의 학교생활은 걱정했던 것보다 나쁘지 않았다. 나는 현수와 많은 시간을 함께 했다. 현수는 속눈썹이 진했고, 동그랗고 큰 눈을 가지고있었다. 처진 진한 눈썹은 현수의 귀여움성을 배가시켰다. 한 번씩 활짝 웃을 때는 반달눈을 만들어 눈웃음을 쳤다. 가지런한 치아와 보리통한 뺨이 둥글둥글한 턱과 잘 어우러졌다. 그런 현수가 귀여웠다.

그렇지만 현수가 아무리 귀여워도 자해행동을 한다든지, 친구들을 때리는 폭력적인 행동을 하면 무섭게 꾸짖었다. 현수에게는 신체적인 체벌은아무런 의미가 없었다. 그 어떤 신체적인 체벌보다 수위가 높은 자해행동을 하는 아이였기 때문이다. 그런데 현수와 함께 생활하면서 나는 현수가 무서워하는 게 무엇인지 조금씩 알게 되었다. 현수가 무서워하는 그것은 바로 사람들에게 버림받는 것이었다.

버림받는다는 것

　현수를 포함한 우리 반 몇 친구들은 학교에서 제법 유명한 문제행동을 가지고 있었다. 한 친구는 180센티미터가 넘는 키에 학교를 여기저기 뛰어다니면서 괴성을 질렀다. 조금이라도 거슬리는 사람이 있으면 손바닥으로 뒤통수나 안면을 가격했다. 다른 한 친구는 폭력성은 없지만 교출*의 위험을 가지고 있었다. 사실 그 학생의 교출행동보다는 하루에도 몇 번씩 반복하는 되새김질 지도가 더 힘들었다. 특이하게도 아침에 먹은 것을 위에서 꺼내 다시 삼키고 하는 행동을 반복했다. 교실에서는 항상 구토 냄새가 났다.

　현수는 반 친구들과 잘 지냈다. 현수는 키가 180센티미터가 넘는 거구 친구에게 뒤통수를 한번 맞더니 그 후로 잘 피해 다녔다. 현수는 되새김질하는 학생을 괴롭히려고 몇 번 시도했지만 모두 실패했다. 되새김질하

---

*학교 밖을 뛰쳐 나가는 행동

는 학생은 눈치가 빨랐기에 현수가 자신을 괴롭힐 낌새가 조금이라도 보이면 순간이동을 한 듯, 바로 내 옆에 와 있었다. 물론 문제의 되새김질도 내가 안 볼 때만 잽싸게 했다.

나는 정이 많은 편이었다. 나를 잘 따라주는 현수가 귀여웠고, 그런 현수에게 사랑을 듬뿍 주었다. 현수는 자기를 좋아하는 사람과 싫어하는 사람을 본능적으로 알고 있는 듯했다. 현수는 나와 있을 때는 순한 양처럼 말을 잘 따라주었다. 간혹 수업을 들어오는 부담임 교사에게서 탈출하거나 약 올리는 행동을 하는 것을 제외하고는 별다른 일 없이 일 년을 보냈다. 하지만 나는 현수에게 사랑을 듬뿍 주다가도 현수가 문제행동을 보였을 때는 차가워져야만 했다.

현수를 진급시키고 난 후, 나는 고등학교 3학년 담임을 맡게 되었다. 다행히 현수는 나와 친분이 있었던, 정이 많은 선생님을 담임으로 만나게 되었다. 나는 새로운 반 학생들을 지도하느라 현수를 생각할 겨를이 없었다.

그렇게 일 년이 지났다. 현수의 담임은 한 차례 더 바뀌었고, 나 또한 새로운 반의 부담임이 되었다. 그런데 오늘, 잘 지내는 줄만 알았던 현수 때문에 담임선생님이 구급차에 실려 갔다. 도대체 무슨 일이 있었던 것일까?

선생님들에게 수소문해 현수 이야기를 전해들을 수 있었다. 작년까지만 해도 현수는 학교생활을 잘 했다고 한다. 그런데 연말에 급격히 현수의 문제행동이 심해졌다. 현수 어머니는 그런 현수를 감당하지 못해 정신병원에 입원시켰다. 현수는 정신병원에서 한 달도 버티지 못하고 퇴원하고 말았다. 현수는 병원에서 약물을 투여 받았지만, 자해행동과 폭력적인 행동을 멈추지 않았다. 병원에서는 현수를 통제하기 어려워 양팔을 묶어 놓기까지 했다. 결국 현수는 유일하게 움직일 수 있었던 자신의 혓바닥을 잘근잘근 씹고 말았다. 이러다 현수가 죽을 것 같았는지 병원에서는 더 이상 현수를 치료하지 않았다. 현수는 진정제와 수면제가 듣지 않는 괴팍한 환자였던 것이다. 현수는 핼쑥하고 허여멀건한 몰골이 되어 학교에 다시 나타났다. 움푹 파인 두 눈은 흐리멍텅해졌고, 통통했던 양 볼은 모두 꺼져버렸다. 현수의 하얀 혀는 여러 번 깨물어서인지 너덜너덜해져 있었다.

정신병원에서 나온 현수는 집에 온 지 얼마 지나지 않아 다시 말티즈를 괴롭히기 시작했다. 현수가 말티즈에게 다가가자, 말티즈가 후다닥 도망갈 곳을 찾아 몸부림을 쳤다. 방문과 창문을 모두 닫아 놓은 상태여서 말티즈는 도망갈 길이 없었다. 평소 말티즈를 예뻐해 주는 어머니도 없었다. 현수가 말티즈의 목덜미를 거칠게 쥐어 들자 말티즈는 괴성에 가까운 소리를 질러댔다. 현수는 말티즈를 붙들고 화장실로 다가갔다. 화장실에서 변기 뚜껑을 열고 말티즈의 머리를 변기 구멍에 처박았다. 그리고 변기통의 물 손잡이를 아래로 내렸다. 말티즈가 허공을 찢어버릴 듯 날카로운 소리를 지르며 다리를 흔들어 댔다. 몇 차례 변기물이 내려가는 소리가 난 후, 말티즈는 더 이상 아무런 소리도 내지 못했다.

현수 어머니로부터 말티즈 사건을 듣게 된 교사들은 경악을 금치 못했다. 많은 교사들이 현수의 문제행동을 교정해보려 했지만, 현수의 폭력성은 더욱 짙어져만 갔다. 현수는 다른 장애를 가진 친구들의 얼굴에 뾰족한 연필을 찍어대려 했고, 교실의 거울은 모조리 깨트렸다. 특수교사들이 현수를 달래도 보고, 무섭게 훈계도 해보았지만 전혀 소용이 없었다. 현수는 교사들마저 가격하기 시작했다. 현수 반에 수업을 들어오는 교사 대부분이 현수에게 뺨을 맞거나 머리를 공격당했다. 하지만 그런 현수의 폭력성을 잠재워 주는 노래가 있었다. 바로 '방구대장 뿡뿡이'라는 노래이다.

"우리 현수, 방귀대장 뿡뿡이 좋아하지? 선생님과 같이 뿡뿡이 노래 들으면서 춤춰 볼까?"

신기하게도 현수는 유치원생들이 좋아하는 '방귀대장 뿡뿡이' 노래를 들으면 다시 생글생글 웃으며 얌전해졌다. 하지만 '방귀대장 뿡뿡이'도 교사들이 다른 학생들에게 눈을 돌리거나 현수에게 관심을 주지 않으면 바로 그 효과가 사라졌다.

어느 날 우연히 현수의 집 근처를 지나게 되었다. 나는 잠시 승용차를 주차해 두고, 현수의 집으로 다가갔다. 그리고 현수네 집 창문을 바라보고 서 있었다. 현수 집에 가정방문을 했을 때, 내 품에 안겼던 말티즈가 떠올랐다. 순간 누군가 내 어깨를 붙들었다. 하마터면 소리를 지를 뻔했다. 뒤를 돌아보니 현수 아버지가 서 있었다.

"현수 어미를 기다리고 있네요. 이 놈의 여편네가 바람이 나서 집을 나간 지 꽤 됐죠. 그 바람에 현수를 병원에 처박아 놓고, 이제는 수급비를 더 받으려고 현수를 데려갔지 뭐요."

현수 아버지는 청각장애를 가지고 있었다. 말투가 좀 어눌하긴 했지만, 보청기를 사용하여 일상적인 대화가 가능했다. 현수 아버지와 자판기 커피를 마시며 그간의 사연을 들을 수 있었다. 현수 아버지는 서른 살 때, 열여덟 살의 현수 어머니를 만났다. 두 사람은 한눈에 서로에게 반했다. 현수 어머니는 임신하게 되었고 둘은 결혼을 결심했다. 하지만 집안의 반대에 부딪혀 야반도주하여 살림을 시작하게 되었다.

열여덟 살의 어린 현수 어머니는 생활고에 부딪혔고, 장애를 가진 현수마저 출산하게 되었다. 그래도 십 년이 넘는 시간 동안 현수 어머니는 현수도 잘 키우고, 현수 동생도 잘 보살폈다. 그런데 현수 아버지는 2년 전부터 현수 어머니에게서 이상한 낌새를 느꼈다고 했다. 매사에 짜증을 내고 현수 이야기만 나오면 진저리를 쳤다는 것이다.

"여편네의 버릇을 고치기 위해 하루 날 잡아 매질을 흠씬 했네요. 그러더니 다음날 집을 나가 들어오질 않아요. 일도 못 나가고 집 앞에서 혹시 집에 들어오지 않을까 감시하고 있네요."

나는 현수 아버지에게 별다른 말을 해주지 못했다. 기다리면 돌아올 거라는 희망적인 이야기조차 해주기 힘들었다. 현수 아버지도 지친 기색이 역력했다. 다부진 어깨에 우락부락해 보이는 인상을 가졌는데도 측은함이 느껴졌다.

그후 현수는 현수 어머니가 감당하기 어려워 아버지와 함께 살게 되었다. 아버지와 함께 지내면서 현수는 다시 안정을 되찾았고, 무사히 졸업할 수 있었다. 아마도 현수는 병원에 혼자 맡겨진 것을 자신이 버림받았다고 생각한 것 같다. 불안정한 어머니의 심리상태로 인해 현수는 어머니와의 애착이 온전히 형성되지 않았을 것이다. 지적 장애를 가지고 있는 현수의 자해행동과 폭력적인 행동은 모두 사랑받기 위함이었을지도 모른다. 현수는 언제나 버림받는 것에 대한 두려움을 가지고 있었을 것이다. 어쩌면 현수는 어머니에게서 버림받을 것을 미리 알고 있었는지도 모르겠다.

"선생님, 잠 좀 재워 주세요"

특수학교에서 5년을 근무하다가 2012년에 처음 특수학급으로 발령을 받았다. 인사발령 발표를 확인하고 발령 난 학교에 전화를 걸었다. 몇 날 몇 시까지 교무실로 오라는 이야기를 듣고 전화를 끊었다. 마음속에 걱정거리가 한가득이었다. 나는 이미 특수학교에 익숙해져 버린 상태였다. 불과 1년 전쯤에는 '특수학교는 불합리한 점이 많다'고 생각할 정도로 지쳐 있었다. 어서 빨리 특수학교에서 뛰쳐나가고 싶었다. 하지만 막상 특수학교가 아닌 일반학교에서 홀로서기를 한다고 생각하니 막연한 두려움이 가슴 속에 스며들어 왔다.

'이제는 일반학교에 있는 특수학급을 책임져야 한다. 장애학생들이 온전히 또래의 친구들과 어울려 생활하게 만들어야 한다.'

그것은 굉장히 중요하면서도 어려운 일이었다. 처음으로 특수학급에서 학생들을 만나는 날이었다. 3월 초, 아직은 쌀쌀한 날씨에 학생들은 두터운 겉옷을 입고 있었다. 학생들에게 나를 소개할 때 유독 눈에 띄는 학생이 있었다. 머리는 샛노랗게 염색을 했고, 앞머리를 반듯하게 자른 여학생이었다. 머리는 노랗게 염색을 했지만 화장은 그리 진하지 않았다. 본래 피부가 하얗고 깨끗했다. 큰 눈은 아니지만, 눈, 코, 입이 작은 얼굴에 조화롭게 자리잡고 있어 지적인 느낌마저 풍겼다. 마른 체구에 예쁘장한 아이. 바로 지선이었다. 눈을 반짝거리며 나를 관찰하는 지선이의 눈빛이 따갑게 느껴졌다. 일순간 나와 눈이 마주쳤을 때에도 지선이는 입가에 살짝 미소를 지어 보이기까지 했다. 지선이는 나를 위아래로 훑어보더니 고개를 위아래로 끄덕거렸다. 지선이의 끄덕거림은 나에게 '그럭저럭 봐줄만하네'라고 말하는 것만 같았다.

그 순간 또 다른 학생이 눈에 들어왔다. 덩치가 산만 하고 얼굴이 새까맣고 컸다. 쭉 째진 눈과 시큼한 체취가 강한 학생이었다. 험악한 표정의 민석이는 특수학교에서 많이 본 인상이었다. 민석이 말고도 큰 키에 귀엽게 두 눈을 치켜뜨는 창호, 대화가 잘 안 되지만 눈치가 있는 선호, 큰 눈을 깜빡이는 귀여운 미나, 잘생기고 일 잘하는 동연이까지. 나의 첫 특수학급 일대기는 개성 있는 일곱 명의 학생들과 함께 시작하게 되었다.

처음 맞이하는 특수학급의 3월은 긴장감의 연속이었다. 새로운 특수학급의 업무를 익히는 데도 꽤 많은 시간이 걸렸다. 더구나 여러 가지 선택사항이 있는 경우에는 그 차이가 미미할지라도, 좀 더 나은 선택을 하기위해 몇 시간을 고심하기도 했다.

눈코 뜰 새 없이 바쁘게 일주일을 보내고 난 후 어느 날이었다. 퇴근

후 무거워진 몸을 소파 깊숙이 파묻었다. 잠이 들려던 찰나, 전화 벨소리가 울렸다. 화들짝 놀라 전화를 받아 보니, 도움실의 노란 머리 여학생 지선이었다.

"선생님, 저 지선이에요."

"왜? 무슨 일 있어?"

"저기, 제가 새아빠랑 싸웠거든요. 그래서 집을 나와버렸는데 갈 곳이 없어요. 집에는 정말 못 들어갈 것 같아요."

"이런, 아빠랑 싸웠다고 집을 나오면 어떡하니."

"저, 죄송한데, 이런 말씀 드리긴 좀 그렇긴 한데……."

"왜? 무슨 일인데?"

"저, 정말 죄송한데요. 선생님 집에서, 좀, 재워주시면 안 돼요?"

일순간 머리가 하얘졌다. 새로 맡은 지 얼마 되지 않은 여학생이라 아직 온전히 파악이 안 돼 있던 상태였다.

"선생님 집에서 재워주기는 어렵고, 다른 여자 선생님께 도움을 요청해보자꾸나."

나는 아버지와 싸운 후 가출한 도움반 학생의 신변부터 보호해야 했다.

'저렇게 집에 들어가지 않고 길거리를 헤매다 몹쓸 일이라도 당하면 어쩌나.'

머릿속에서는 걱정거리가 계속 맴돌았다. 더구나 지선이의 외모는 전혀 장애학생처럼 보이지 않았다. 비장애학생들과 비교해도 눈에 띄는 외모였다. 함께 일하는 특수학급 여선생님에게 지선이 사정을 말씀드리고 통화를 해달라고 요청했다. 하지만 지선이는 여자 선생님과는 통화를 거부했다.

"선생님, 저 그냥 집에 들어갈게요. 걱정하지 마세요."

지선이와 통화를 끝내고 난 후, 왠지 모를 불쾌감이 일었다. 나를 남자로 생각하고 시험에 들게 한 것만 같아 기분이 언짢아졌다. 남자교사는 성과 관련하여 문제가 발생하면 교사로서의 생명은 끝이 난다. 혹시라도 내가 지선이의 말만 믿고 집으로 오게 했다면, 그 자체만으로도 큰 문제가 될 수 있을 것이다. '만약'이라는 가정을 하면 할수록 가슴이 철렁거렸다.

다음날, 지선이 전 담임교사와 통화를 했다. 지선이와 관련해서 다양한 이야기를 들었다. 지선이는 이성관계가 복잡했다. 단 하루라도 남자 친구가 없으면 안 되는 학생이었다. 함께 어울려 다니는 친구들도 불량하다고 했다. 지선이 전 담임교사의 이야기를 들으면 들을수록 난감해졌다. '어떻게 지도하면 좋지?' 머릿속이 깜깜해졌다.

사회복무요원의 짝사랑

지선이의 원활한 학교생활을 위해 다각도로 접근했다. 교육청에 상담 프로그램을 신청해서 지선이를 위한 전문적인 상담을 진행했고, 위클래스와도 연계해서 지속적으로 상담했다. 다행히도 지선이는 학교에 잘 적응해 주었다. 특수학급 수업에도 잘 참여하였고, 가끔씩 지각하는 것을 제외하고는 별다른 문제는 없었다.

노란 머리는 어두운 검은색 머리로 염색을 했다. 함께 일하는 여자 특수교사가 지선이를 잘 설득하였다. 그 선생님이 직접 염색약을 구입해서 지선이의 머리를 염색해줬다. 우리는 지선이의 일탈 행동을 예방하고 싶었다. 다행히 지선이도 노란 머리가 조금 지겨워지던 참이었다.

"지선아! 노란 머리보다 검은색 머리가 더 잘 어울린다!"

노란 머리를 아쉬워하는 지선이를 안심시키려 한 말이었지만, 실제로 지선이는 검은색 머리가 더 잘 어울렸다. 같은 도움반 친구 창호는 그런 지선이가 예뻐 보이는지 지선이를 보고 하루 종일 웃기도 했다.

지선이가 착실하게 학교생활을 잘 지내고 있는 동안 나도 특수학급 업무에 점차 적응했다. 특수학급 교육과정도 무사히 잘 계획했고, 개별화교육 협의회도 무사히 잘 마쳤다. 마침내 생경스러웠던 특수학급 근무도 안정기에 접어들었다.

2층 엘리베이터 바로 앞에 자리 잡은 학습도움실에서는 창문으로 운동장이 보였다. 창문으로 학생들이 농구나 축구를 하는 모습을 한눈에 볼 수 있었다. 일반학교 특수학급에 와서 가장 이색적인 것은 바로 체육대회였다. 특수학교에서는 체육대회를 하게 되면 모든 교사들이 특별한 체험 코너를 기획했다.

교사들은 두 명의 학생이 각각 다리를 한데 묶어 달리는 2인 3각 달리기, 과자 따먹기, 미션 게임, 풍선 터뜨리기 등 다채로운 활동을 기획했다. 체육대회라기보다는 장애학생들이 즐겁게 참여할 수 있는 레크리에이션 활동이 더 비중을 많이 차지했다. 게다가 담임교사가 학생들을 하루 온종일 인솔하여 게임에 참여하기 어려운 학생들도 참여하게 만들었다. 학생들은 즐겁지만 특수교사들은 녹초가 되는 행사였다.

일반학교 체육대회는 좀 달랐다. 모든 체육 프로그램을 기본적인 틀만 제공하면 학생들 스스로 행사를 계획하고 추진했다. 교사들도 학생들과 함께 별명이 새겨진 반별 단체복을 입고 열심히 응원에 참여했다. 운동뿐만 아니라 장기자랑이라든지 반별 특별 프로그램을 마련해 다 함께 즐기는 축제 분위기를 자아냈다.

도움반 친구들과 함께 체육대회를 관람하고 있을 때, 특수교육실무사 선생님이 심각한 표정으로 찾아왔다. 지선이의 카카오톡이 수상하다는

것이었다. 조용한 곳으로 이동해 자초지종을 들어보았다. 특수교육실무
사 선생님은 지선이와 함께 직업체험과 사회적응활동을 함께 하고 엄마
처럼 세심하게 챙겨주는 분이었다. 지선이와도 꽤 가깝게 마음을 터놓고
지내는 사이였다.

"선생님, 지선이 카톡 프로필 좀 보세요."

"네, 이게 어때서요?"

"사회복무요원 선생님 카톡 프로필과 똑같잖아요."

"네?"

당시 학교에는 장애학생을 지원하는 사회복무요원이 근무했다. 주로
특수학급 외부 체험활동이나 직업교육을 할 때 사회복무요원의 지원을
받았다. 180센티미터가 넘는 큰 키에 검은 뿔테 안경을 끼고 있던 스물두
살의 사회복무요원은 기타를 좋아하는 착하고 성실한 친구였다. 학생들
은 사회복무요원을 선생님이라고 불렀으나, 실상 고등학교를 졸업한 지
얼마 안 되는 또래라고 봐도 무방했다. 그런 사회복무요원이 지선이와
똑같은 카카오프로필을 설정했다니!

'우연일까? 우연이 아니라면?'

나와 특수교육실무사, 그리고 또 다른 특수교사는 초비상이 되었다.
사회복무요원과 특수학급에서 공부하는 장애학생이 서로 좋아 사귀기라
도 한다면 문제가 심각했다. 그 후 지선이와 사회복무요원의 카카오톡
프로필이 한차례 더 바뀌었다. 공교롭게도 동시에 같은 내용으로 바뀌어
서 의심은 점차 확신으로 변해갔다. 지선이와 사회복무요원의 카카오톡

프로필은 "두근두근"이라는 멘트와 함께 검은색 바탕에 핑크빛 하트가 커졌다 작아졌다 하는 움직이는 사진이 담겨 있었다.

나는 체험활동 중에 사회복무요원에게 넌지시 말을 걸어 보았다.

"태우야, 여자 친구 있어?"

"아뇨, 아직은 없어요."

"그럼 내가 여자 친구 소개해 줄까? 근처 대학교에 아는 친구들이 좀 있는데."

"아뇨, 괜찮아요. 곧 생길 수도 있거든요."

'곧 여자 친구가 생길 수도 있다'라는 말이 어두컴컴한 동굴 속 메아리가 되어 들려왔다. 그 말은 아직 사귀는 사이는 아니지만, 관심 있는 사람과 연애하기 직전의 관계를 유지하는, 요즘 말로 '썸을 타는' 관계라고 볼 수 있었다. 그렇다면 안심해서는 안 되는 상황이었다.

나와 특수교육실무사 선생님은 그들의 사랑을 막아야 한다는 사명감을 가지고 각자 미션을 수행했다. 특수교육실무사 선생님은 지선이와 속마음 토크를 통해 남자 친구에 관한 이야기를 넌지시 건네보기로 했다. 지선이는 '현재 연락하는 남자 친구가 있는데, 잘 모르겠다'라는 대답을 했다. 상황이 묘했다. 다행인 것은 사회복무요원과 특수학급 장애학생이 서로 죽고 못 사는 사이는 아니라는 것이었다. 하지만 서로 호감은 가지고 있는 것은 분명했다. 직업교육 시간이나 사회체험활동에 서로 눈빛 교환하는 것을 여러 차례 목격했다.

사회복무요원을 불러 일대일로 장애학생 인권교육을 실시했다. 사회복무요원은 혼자 별도로 교육을 받는 것을 이상하게 생각했다.

"왜 저만 따로 불러서 이런 교육을 하는 거죠?"

"응. 장애인권교육은 의무로 꼭 실시해야 하거든. 중요한 교육이니깐 잘 들어야 해. 너는 도움반 친구들의 학교생활을 도와주는 아주 중요한 역할을 하러 이곳에 왔어. 도움반 친구들이 또래 친구들과 잘 적응하고, 수업에 잘 참여할 수 있도록 도와주는 것이 너의 역할이야. 혹시 도움반 친구들이 말을 안 듣거나 문제행동을 하더라도 신체적인 체벌이나 언어 폭력을 행사하면 안 돼. 또 도움반 여학생은 미성년자이고, 장애학생이기 때문에 가벼운 스킨십이나 신체 접촉을 해서도 안 돼. 만약 도움반 여학생을 별도로 만나서 스킨십이나 신체 접촉을 한다면 너는 성범죄자가 될 수 있어. 각별히 신경 써서 지원해야 돼. 알겠지?"

"네. 알겠어요."

나름대로 현실적이고 직접적으로 이야기를 해줬다. 직접적인 나의 이야기에 사회복무요원은 고민이 커진 듯했다. 그렇다 할지라도 나는 사회복무요원과 지선이가 사귀는 일은 막아야만 했다. 태우는 장애학생을 보호하고 지원하는 사회복무요원으로서 배치되었다. 그런 태우가 장애학생을 이성으로 느끼고 접근한다면 문제가 생긴다.

하루하루가 긴장감 있는 날의 연속이었다. 그러던 중 사회복무요원이 나에게 불쑥 찾아와 이야기를 했다.

"선생님! 저 소개팅 좀 시켜 주세요."

"그, 그래? 알았어. 내가 알아보고 연락 줄게."

사회복무요원은 뭔가 억울하고 분한 듯이 소개팅을 해달라고 이야기했다. 지선이와의 사이가 틀어진 게 분명했다. 나는 속으로 안심했다. 특수교육실무사 선생님의 이야기로는 지선이가 사회복무요원이 마음에 들지 않아 사귀지 않겠다고 이야기했다는 것이다. 갑자기 사회복무요원이 불쌍해 보였다. 사회복무요원의 카카오톡을 확인해 봤더니 이렇게 쓰여 있었다.

"내 것인 듯 내 것 아닌 내 것 같은 너."

교도소로 편지 보내는 아이

지선이가 교실 한편에 앉아 편지를 쓰고 있었다.

"지선아, 누구에게 편지를 쓰니?"

"아빠요."

"아빠가 멀리 계시니?"

"네, 지금 교도소에 계세요. 아빠에게 보고 싶다고 쓰고 있어요."

지선이는 아버지가 교도소에 있다는 이야기를 서슴없이 했다. 그런 지선이의 얼굴에는 아버지에 대한 그리움이 서려 있었다. 어찌하여 지선이 아버지는 교도소에 계실까?

지선이가 초등학교 5학년 되던 해였다. 아버지가 갑자기 자고 있던 지선이의 옷을 벗기기 시작했다. 아버지의 거칠고 이상한 행동은 그날 이후로도 계속되었다. 지선이는 그것이 아버지의 사랑이라고 생각했다. 아버지의 이러한 몹쓸 짓은 이웃 주민의 신고로 발각되었다. 경찰이 현장에 들이닥쳐 아버지는 현장에서 검거되었고, 지선이는 아버지가 경찰에게 잡혀가는 모습을 지켜보게 되었다.

지선이에겐 이것 또한 충격이었을 것이다. 그 후 지선이 아버지는 교도소에 수감되었고, 지선이는 시설에 맡겨졌다. 지적 장애가 없는 비장애여 학생이었다면, 아버지의 이상한 행동을 분명 의심했을 것이다. 하지만 지선이는 지적장애 학생이었다. 처음에는 아버지의 행동이 무서웠지만 그것이 곧 아버지가 자신을 사랑하는 방법이라고 여기게 되었던 것이다.

아버지에게 편지를 쓰는 지선이에게 '너의 아버지는 욕정을 이기지 못한 짐승이야!'라는 말은 차마 할 수 없었다. 지선이도 그 사실을 알고 있을지 모른다. 어쩌면 지선이는 아버지가 자신에게 한 몹쓸 짓을 원망하기보다는 아버지라는 존재가 더 절실히 필요했을지도 모른다.

수급비 문제로 인해 지선이는 시설에서 나와 친어머니와 함께 살게 되었다. 하지만 상황은 나아지지 않았다. 지선이의 새아버지는 매일 술주정을 하며 지선이 어머니와 동생들을 때리곤 했다. 그런 가운데 지선이에게는 이복동생도 생겼다.

일 년 정도 지나 지선이 친아버지가 출소한다는 소식을 들었다. 혹시 아버지가 지선이를 만날지 몰라 사회복지사와 시설 관계자에게 도움을 요청했다. 사회복지사로부터 지선이의 친아버지는 더 이상 지선이와 접촉할 수 없다는 소식을 들었다. 그 후 지선이는 방황을 했다. 학교도 며칠씩 결석하기 시작했다. 지선이는 친아버지를 만날 수도 없었고, 새아버지는 매일 같이 술을 먹고 가족들을 괴롭혔다. 나는 지선이와 개별적인 상담도 많이 하고, 주민센터와의 연락을 통해 여러 가지 지원 방안을 모색했다. 다행히 지선이의 집도 지원을 조금씩 받을 수 있게 되었고, 지선이도 조금씩 마음의 안정을 되찾게 되었다.

우리들의 일그러진 영웅

지선이와 같이 도움반에서 공부하던 창호는 여드름이 많이 나고 호리한 학생이었다. 일상생활 속에서 기본적인 대화는 잘 되는 편이었지만, 중의적인 표현을 이해하지 못했고 감정표현이 어려운 친구였다. 가끔씩 끔벅끔벅 두 눈을 깜빡거리며 쳐다보는 모습이 귀여운 학생이었다. 창호는 친구들을 좋아했다. 학교에서 비장애학생들과 함께 공부하는 걸 좋아했다. 창호는 수업을 완벽히 이해하거나 성적이 좋은 것은 아니었다. 그저 또래 친구들과 함께 수업에 참여하고, 다양한 학교 행사에 참여하는 것이 좋았다. 그런 창호가 고등학교 3학년이 되었다.

고등학교 3학년이 되면 학생들은 대개 두 부류로 나뉘게 된다. 하나는 끝까지 열심히 최선을 다하는 부류고 다른 하나는 자존감이 바닥을 치며 대학입시를 포기해버리는 부류다. 대학입시를 포기한다고 해서 스트레스에서 완전히 해방되는 것이 아니다. 대학입시가 완전히 끝날 때까지는 모든 학생들이 스트레스를 받는 것이 인문계 고등학교의 현실이었다. 창호

네 반 학생들도 마찬가지였다. 화창한 5월의 어느 날, 여선생님이 도움실로 찾아왔다. 선생님은 상당히 화가 나 있었다.

"창호가 제 수업시간에 이상한 행동을 자꾸 해요."

선생님의 말은 충격적이었다. 선생님이 수업을 위해 교실에 들어오자, 창호가 남자들의 자위행위를 연상케 하는 손동작을 하며 신음소리까지 냈다는 것이다. 선생님은 창호에게 그만하라고 하였지만, 창호반 남학생들이 환호를 지르며 계속 창호를 부추겼다.

"창호가 문제가 아니에요. 창호반 남학생들이 작정을 하고 창호에게 시키는 거예요. 제가 수업에 들어갈 때마다 그런 행동을 합니다."

사실 창호는 학교생활에 큰 문제가 없는 학생이었다. 그런데 요즘 들어 예쁜 여학생이나, 여선생님을 보면 묘한 웃음을 짓는 경우가 종종 있었다. 결국 이 문제로 인해 학교폭력 전담기구가 개최되었다. 이 회의에서는 예상치 못하게 남녀 대결구도가 생겨났다. 나이 지긋한 남자교사는 자기 어렸을 적에는 남자친구들끼리 서로 자위행위를 가르쳐 주기도 했다며 별 큰일이 아니라고 주장했다. 여선생님들은 아무것도 모르는 창호에게 자위행위하는 행동을 시키고 신음소리를 내도록 한 것은 명백히 창호에 대한 성희롱이라며 맞대응했다. 게다가 남학생들은 일부러 여자선생님 앞에서 창호에게 그런 행동을 하게 하였다는 것이다. 나는 창호를 대변했다.

"평소 창호는 성적으로 문제를 일으킨 적이 없습니다. 좀 더 면밀하게 조사해 볼 필요가 있습니다."

나는 창호를 불러 단둘이 면담을 했다.

"창호야, 창호가 교실에서 한 행동이 무슨 행동인지 알고 있니?"

"잘 몰라요. 그냥 재밌는 행동이요."

"그럼, 그런 행동은 누가 가르쳐줬니?"

"친구들이 가르쳐줬어요."

"왜 그런 행동을 선생님 앞에서 했니?"

"친구들이 좋아하니까요. 제가 친구들을 재밌게 해줬어요."

창호와 창호반 친구들을 개별 면담한 결과는 충격적이었다. 창호는 자신이 한 행동이 정확히 어떤 행동이었는지 전혀 알지 못했다. 짓궂은 친구 몇 명이 창호에게 자위행위를 연상케 하는 행동과 신음소리를 내도록 가르쳐 주었던 것이다. 그리고 여선생님이 들어올 때마다 창호에게 그 행동들을 시킨 것이다. 남학생들은 처음에는 그런 행동을 스스럼없이 하는 창호를 놀려댔고, 다음에는 당황하는 여선생님을 놀린 것이다. 면밀한 조사 끝에 관련된 남학생들은 교내 봉사활동 처분을 받았다. 창호가 대학입시를 포기한 고등학교 3학년 남학생들의 스트레스 해소 대상이 된 것만 같아 씁쓸한 사건이었다. 그해 연말, 여선생님 화장실에는 비밀번호 잠금장치가 설치되었다. 남학생들이 여선생님 화장실에 몰래 숨어든다는 소문이 나돌았기 때문이다.

그렇게 2학기가 흘러 창호 반 담임교사가 출산으로 인해 휴직하게 되었다. 새로운 기간제 교사가 자유분방했던 창호의 반을 담당하게 되었다. 담임선생님이 바뀌자 학생들은 술렁이기 시작했다. 창호는 그럭저럭 잘 지내는 듯이 보였다. 그런데 창호 어머니께서 갑자기 도움실에 찾아오셨다.

"요즘 창호가 친구들한테 괴롭힘을 많이 당하는 것 같아요. 아무래도 선생님께 말씀드리고, 담임선생님께도 말씀드려야겠어요."

창호 어머니는 창호 반 몇몇 학생들이 창호에게 쓰레기를 던지기도 하고 스킨십을 가장해서 신체적인 폭력을 하고 있는 것 같다고 이야기했다. 나는 창호 반에 들어가서 장애인식개선교육을 실시했다. 또 어머니께서 말씀하신 몇몇 학생들을 불러 개별적으로 상담을 했다. 창호를 주도적으로 괴롭힌다는 녀석을 찾아 이야기했다.

"솔직히 이야기해줘. 창호에게 그런 행동을 한 적이 있니?"

"아니에요. 선생님, 저는 정말 그런 적이 없어요. 오히려 창호를 잘 챙기는 걸요. 창호가 괜히 이상한 소리를 하는 거예요. 선생님 저를 믿어주세요."

녀석은 속상한 표정을 하며 자신의 억울함을 호소했다. 결국 담임교사 협조를 얻어 익명으로 반 전체 학생들에게 설문조사를 진행했다. 반 남학생들 모두 창호를 대상으로 그런 행동을 하거나, 그런 행동을 하는 친구를 본 적이 없다는 결과가 나왔다. 오직 창호의 증언에 의존할 수밖에 없었다. 반 친구들 대부분 창호가 헛소리를 하는 거라며 말도 안 되는 이야기라고 일축했다. 창호 어머니는 친구들에게 창호를 잘 부탁한다며 이야기하고 더 이상 별말씀이 없이 지나갔다.

2주 후, 창호 어머니께서 다시 학교에 찾아오셨다. 담임선생님과 나와 함께 이야기하고 싶다고 하셨다. 나는 담임선생님과 창호 어머니와의 상담 자리를 마련했다. 창호 어머니는 굳은 표정으로 말씀하셨다.

"반 친구들이 창호를 더 심하게 괴롭히고 있어요. 친구들이 쓰레기를 버리기 전에 창호에게 던져요. 그러면 창호가 쓰레기를 쓰레기통에 버린다고 하는군요. 창호가 쓰레기통은 아니잖아요. 이틀 전에는 창호에게 싸대기를 때리기도 했다더군요."

"어머니, 저희 반 학생들은 절대 그런 학생들이 아닙니다."

"그럼 저희 창호가 거짓말을 하는 건가요?"

창호 어머니는 급기야 울부짖으며 소리쳤다.

"제 평생, 눈물과 한으로 키워온 자식입니다. 제 자식은 좀 모자랄지언정 거짓말은 하지 않습니다. 선생님은 선생님 반 학생들이라고 학생들 편만 드시는 건가요? 우리 창호는 그 반 학생이 아니랍니까?"

어머니의 회한과 슬픔이 담긴 울부짖음에 나는 고개를 들 수 없었다. 담임교사는 좀 더 조사해 보겠다는 말만 남기고 자리에서 일어나 버렸다.

"우리 창호가 괴롭힘을 당하는 것을 몇 번이나 말씀드렸는데, 선생님은 듣지도 않으시고 전화도 안 받으시고 문자도 안 하십니다. 이게 말이나 됩니까? 저는 경찰에 신고하겠습니다."

창호 어머니는 결국 경찰에 신고했고, 학교 측에서는 더욱 면밀한 조사가 시작되었다. 결국 변죽 좋게 벌씬 벌씬 웃어대며 억울함을 호소했던 녀석이 주동자로 밝혀졌다. 주동자는 쓰레기가 생기면 창호의 얼굴에 던졌다. 그러면 창호가 쓰레기를 쓰레기통에 가져다 버렸다.

창호는 가끔 상황 파악이 안 되는 경우가 있다. 웃어야 하는 상황이 발생하면 눈치를 봤다가 뒤늦게 크게 웃어 상황을 더 어색하게 만들기도 했다. 한 번은 주동자 녀석이 기분이 좋지 않았는데 창호와 눈이 마주쳤다. 창호는 쌩글쌩글 웃어주었다. 주동자는 그것이 기분 나빠 창호를 벽에 밀어붙이고 뺨을 때린 것이다. 익명 조사에서 침묵했던 반 학생들이 결국 모든 걸 이야기했다.

학생들이 모두 잘못을 시인하고 용서를 구했다. 창호 어머니는 자식 같은 학생들을 위해 경찰 신고를 취소했다. 학교폭력자치위원회에 앉아 있는 주동자의 뒤통수를 보고 있자니 마치 '우리들의 일그러진 영웅' 엄석대가 떠올랐다. 훗날 주동자 녀석이 다른 힘 있는 녀석에게 뒤통수를 맞았다며 경찰에 신고했다는 소식을 들었을 때는 기가 차서 별 말이 나오지 않았다.

장애학생을 거부하는 선생님

특수학급을 흔히 학습도움실이라고 부른다. 학습도움실에서는 장애학생의 개별적인 학습, 또는 직업교육, 인성교육 등 다양한 교육이 이루어진다. 간혹 비장애학생들 중에 학습도움실에 관심을 보이는 학생들이 있지만, 비장애학생들은 그곳을 장애인들이 가는 '특별한 곳'으로 생각한다.

장애학생들이 일반학교에 다니는 가장 큰 이유가 있다. 그것은 바로 통합교육이다. 통합교육은 장애학생이 일반학교에서 장애유형이나 장애정도에 따라 차별을 받지 않고, 또래 학생들과 함께 동일한 교육과정과 교육환경에서 교육받는 것을 말한다.

장애학생들은 학습도움실에서의 수업보다 일반교실에서 수업을 받는 통합교육을 훨씬 힘들어 하기도 한다. 내가 담당했던 도움반 친구들 중에서 유독 통합교육이 어려웠던 친구가 있었다. 바로 민석이라는 학생이었다.

민석이는 까무잡잡한 피부에 덩치가 큰 남학생이었다. 민석이는 짧게 자른 머리에 쭉 째진 눈과 육중한 몸매 때문인지 인상이 험악해 보였다. 하지만 애교와 귀염성이 있는 친구였다. 학년 초, 비장애 또래 친구들과 친해지기 위해 민석이는 통합교육에 참여할 계획이었다. 그런데 민석이의 통합교육을 실시하고자 하는 교과목 교사들이 난색을 표했다.

"안 그래도 학생들이 수학 시간에 집중을 못하는데, 민석이가 들어오면 수업 분위기가 흐려질까 봐 걱정되네요."

수학과목 이외에도 거의 모든 교과목 교사들이 민석이가 수업에 들어오는 것을 꺼려했다. 민석이의 외모를 보고 장애가 심할 것이라고 짐작하고 걱정하는 것이었다. 학업 분위기가 흐려질까 봐 미리 방어막을 치는 것이다. 나는 통합교육을 시도해 보지도 않고 거부하는 교사들이 야속했다. 몇 시간이라도 통합교육을 해 보고 문제가 있다고 한다면 이해하겠지만, 시도조차 하지 않고 통합교육을 거부하는 것이 억울하게 느껴졌다.

고민 끝에 윤리과목을 담당하고 있는 민석이의 담임교사에게 민석이의 통합교육을 부탁드렸다.

"선생님, 윤리 과목을 학생들이 그다지 중요하게 생각하지 않아요. 그런데 민석이마저 윤리 수업에 들어온다면, 윤리 과목에 대한 학생들의 인식이 더 나빠질 것 같아요."

담임교사의 대답은 매우 충격적이었다. '장애학생이 수업에 들어오면 과목에 대한 인식이 나빠진다'는 담임교사의 말은 장애에 대한 부정적인 생각이 짙게 배어 있었다. 결국 민석이는 일주일에 한 시간밖에 통합교육에 참여하지 못했다. 특수교사로서 통합교육에 대한 고민이 깊어졌다.

진정한 통합교육을 위해서는 우선 교사들의 장애에 대한 인식 먼저 바뀌어야 했다. 교직원회의 시간에 교사들을 대상으로 장애인식개선 연수를 실시했다. 형식적인 연수가 아닌, 동영상 자료와 발표 자료를 준비하여 심도 있게 실시했다. 통합교육의 진정한 의미와 관련 법률도 함께 제시했다. 학부모총회 시간엔 장애인식개선 관련 동영상을 학부모와 교사들에게 상영하고, 유인물을 직접 만들어 배포하기도 했다.

그 후로는 점차 장애학생의 통합교육을 거부하는 교사들이 줄어들기 시작했다. 사실 많은 수의 학생들을 교육하고 지도하는 교사들의 고충도 크다고 생각한다. 하지만 통합교육은 장애학생들이 또래 친구들과 교육을 받을 수 있는 유일한 기회이다. 장애를 이유로 장애학생들의 통합교육이 거부되어서는 안 될 것이다. 시도해 본 것과 시도조차 안 해 본 것은 하늘과 땅 차이라고 생각한다.

장애는 선택이 아니다

어느 날 민석이 어머니가 학교에 찾아왔다. 민석이를 위해 부탁드릴 것이 있다는 말에 조금 긴장이 되었다. '민석이 어머니께서 서운한 게 있으실까?' 괜스레 걱정이 되었다.

"선생님, 민석이를 위해 실비보험을 들고 싶은데요. 보험사에서 거부하네요. 고액 보험도 아니고 그저 실비보험을 들고 싶은데요. 제가 죽고 나서 민석이가 아프면 도대체 누가 민석이를 돌볼 수 있을까요?"

민석이 어머니는 아들을 위해 의료 실비보험을 넣어 보려 했으나 보험사에서 거절한 이야기를 들려주었다. 그후 한 장애인 부모단체를 통해 알게 된 보험회사에서 민석이의 보험 가입을 위해 나와 면담을 하고 싶어 한다고 말씀하셨다. 민석이가 보험 가입이 가능한지 이것저것 질문할 예정이라고 했다.

　나는 보험회사 관계자를 만나기 전에 장애인의 보험가입에 대해 알아
봤다. 상법 제732조에서는 '15세 미만자, 심신상실자 또는 심신박약자의
사망을 보험사고로 한 보험계약은 무효로 한다. 다만, 심신박약자가 보
험계약을 체결하거나 제735조의 3에 따른 단체보험의 피보험자가 될 때
에 의사능력이 있는 경우에는 그러하지 아니하다'고 명시되어 있었다.

　많은 보험회사들이 이 조항을 들어 장애인의 보험가입을 제한하고 있
다고 했다. 믿을 수가 없었다. 의료 실비보험과 사망 보험은 엄연히 다른
데도 불구하고 단지 장애인이라는 이유로 보험 가입을 거부했던 것이다.
명백히 장애인 차별금지법에 위배된다.

　보험회사 관계자는 학교에 찾아와서 민석이의 학교생활에 대해 질문했
다. 주로 민석이가 스스로 안전하게 학교생활을 할 수 있는지, 위험한 행
동은 하지 않는지에 대한 질문들을 여러 차례 했다. 여러 가지 질문에 나
는 한결같이 대답했다.

　"우리 민석이는 매우 똑똑합니다. 위험하다고 알려주면 잘 피하고요.
스스로 등하교도 할 줄 압니다. 평소에 아프지도 않고 아주 건강합니다."

　실제로 민석이는 명료하지는 않지만, 자신의 감정을 표현할 줄 알았다.
단어와 몸짓을 통해 의사를 전달할 수 있었다. 겁이 많아서 위험한 행동
은 하지 않았고, 스스로 등하교도 하였다. 평소에 아프지 않아 결석한 일
도 없었다. 그런데 보험회사 관계자는 같은 질문을 여러 번 하면서 나의
대답을 확인했다. 심지어 나의 대답을 듣고 민석이를 한번 쳐다보며 고개

를 갸우뚱거리기도 했다. 나는 보험회사 관계자 앞에서 일부러 민석이가 평소에 잘하는 심부름을 시키기도 했다. 결국 보험회사 관계자는 고민이 깊어진 얼굴로 회사에 돌아갔다.

그 후 민석이 어머니로부터 민석이가 보험에 가입되었다고 연락이 왔다. 비장애인들은 쉽게 가입할 수 있는 보험이었지만, 장애를 가진 민석이는 매우 험난한 과정을 거쳤다. 그래도 민석이는 의료 실비보험을 가입할 수 있었지만 여전히 많은 장애인들이 보험을 가입하지 못한다고 한다. 장애인들의 사망보험을 담보로 하는 보험의 경우는 문제의 소지가 있을 수 있지만, 장애인들이 의료 실비보험에 손쉽게 가입할 수 있도록 제도 마련이 시급하다.

민석이가 2학년으로 올라가고 얼마 후에, 이사를 가게 되었다. 그동안 전셋집에서 살다가 이번에 집을 구입하여 이사를 가게 된 것이다. 민석이 어머니에게 축하 전화를 드렸다. 그런데 민석이 어머니께서 펑펑 우는 것이 아닌가.

"우리 민석이가 지금 경찰서에 있어요."

민석이가 새로 이사 간 아파트의 주민들은 장애를 가진 민석이를 탐탁지 않게 여겼다. 게다가 민석이는 우락부락한 외모로 인해 사람들의 따가운 눈총을 받아야만 했다. 하루는 민석이가 복지관에 가기 위해 집을 나섰다. 현관문을 조심히 빠져나와 승강기를 탔다. 민석이가 탄 승강기 안에는 초등학교 1학년 여자아이가 타고 있었다. 민석이는 여자아이에게 인사를 건넸다. 하지만 여자아이는 민석이가 무서워 벌벌 떨었다. 민석이는 여자아이가 어디 아픈 것 같다고 생각했다. 민석이가 여자아이에게 "괜찮아?"하면서 다가갔고, 여자 아이는 결국 울음을 터뜨리고 승강기를 뛰쳐나간 것이다.

여자아이의 부모는 민석이가 여자아이를 헤치려 했다며 민석이를 경찰에 신고했다. 민석이와 민석이 어머니는 경찰서로 찾아가 진술하게 되었고, 여자아이 부모님께 사정을 말씀드리고 용서를 빌었다. 여자아이 부모님은 승강기 안 CCTV를 확인한 후에도, 민석이에 대한 의심을 풀지 못했다. 결국 민석이 어머니에게 다른 곳으로 이사를 가라며 종용했고, 아파트 주민들도 함께 거들었다. 안타까운 일이었다.

민석이가 이사 오기 전 10년 넘게 살았던 아파트에서는 이런 일이 없었다고 한다. 어릴 때부터 지켜본 이웃들은 민석이에게 아무 거리낌 없이 가족처럼 대해주었다고 한다. 민석이 어머니는 펑펑 울면서 말씀하셨다.

"우리 아들이 장애가 있다고 무조건 미워하는 거지요. 저는 가슴이 찢어집니다. 우리 아이가 장애가 있어서 죄송하다고 무릎 꿇고 빌었습니다."

민석이와 같이 장애를 가진 학생들을 보면 안타까운 일이 참으로 많다. 단지 장애를 가졌다는 이유로 또래들과 함께 공부하거나 어울리는 일이 쉽지 않다. 장애를 가졌다는 이유로 꼭 필요한 의료실비에 가입하는 것도 어렵다. 장애를 가졌다는 이유로 이사를 다니는 것도 눈치를 봐야 한다.

이 세상 어느 누구도 스스로 원해서 장애를 갖는 사람은 없을 것이다. 그런데 많은 사람들은 장애인을 꺼리고 거부한다. 장애인을 마치 범죄자처럼, 장애 관련 시설을 혐오시설로 오해하는 사람들이 많다. 장애는 범죄가 아닐 뿐더러 혐오해서도 안 된다. 장애는 존재하는 것이 아니다. 그것은 사람들의 편견을 통해 만들어진 것이다. 편견이 없어진다면 장애도 없어질 것이고, 장애인과 비장애인이 함께 행복한 세상을 만들 수 있을 것이다.

빵 두 개의 사랑

지선이와 창호, 민석이가 무사히 학교를 졸업한 2016년, 나는 아이들의 졸업과 함께 근무지를 옮기게 되었다. 학교는 옮겼지만 특수학급의 봄은 여전히 분주했다. 새로운 학생들과 새로운 교육과정을 꾸려야 했다. 이런 저런 서류를 정신없이 작성하다가, 교실을 한번 둘러보았다. 깨끗하게 정돈되어 있다. 오직 내 업무 책상만이 서류뭉치와 필기도구들로 너저분하다. 학생들 책상에는 학생 개인별 시간표가 예쁘게 붙여 있다. 특수교육실무사 선생님께서 미리 센스를 발휘한 모양이다.

다행히 새로 옮긴 학교에는 특수교육실무사 선생님이 있어 많은 도움을 받는다. 특수교육실무사 선생님은 꽃과 식물을 좋아해서 교실에 녹색의 싱그러움을 연출한다. 창문을 바라보니 여린 나무 가지 사이로 연녹색의 잎이 수줍게 고개를 내민다. 봄의 향기에 취해 있는데 문득 핸드폰의 진동을 느낀다.

"선생님, 오늘 찾아봬도 돼요?"

작년에 졸업했던 지선이의 문자였다. 지선이는 내가 좋아하는 아메리카노 네 잔을 포장해 왔다.

"그냥 와도 되는데 뭣하러 돈을 썼어."

말은 그렇게 했지만, 지선이가 한층 더 성장한 것 같아 기특했다. 학교를 찾아온 지선이와 학교 주변의 산책로를 걸었다. 지선이는 그동안 서울에서 액세서리 만드는 일을 했다고 한다. 지금은 다시 집으로 내려와 어머니와 함께 살고 있다. 남자친구의 사진을 보여주며 해맑게 웃는 지선이를 보니, 나도 덩달아 행복해졌다. 하지만 한편으로 걱정이 된다. 얼마 전 지선이 어머니께서 뇌종양 수술을 받았는데, 보험금을 수령해서 수급자 혜택을 더 이상 받지 못하고 있다는 소식 때문이었다. 내가 한번 전화해 보겠노라고 다독거리며 빵집에 들렀다. 어머니와 동생들과 함께 먹으라고 이것저것 빵을 담아줬는데, 지선이가 한사코 거절한다.

"그럼 어머니와 막내 동생 것만 가져갈게요."

지선이는 그렇게 두 개의 빵만 챙겨갔다. 지선이를 보내고 난 후, 나는 마음 한 구석이 울컥해졌다. 지선이가 훌쩍 커버린 것만 같았다. 몰라도 되는 것들을 어른들로 인해 너무 일찍 알아버린 지선이. 선생님에게 미안해서 빵 두 개만 챙겨가는 지선이의 마음에 눈시울이 뜨거워진다.

"지선아, 꼭 행복하게 살자꾸나."

Part 3

괜찮아, 나는 특수교사니까

김주향

─────

이것은 어쩌면 나의 민낯에 대한 글쓰기일 수 있다.

그래서 망설였는지도 모른다.

내밀한 것들을 꺼내놓을 만큼 내가 과연 준비되었는지,

이것이 정말 나의 철학인지 자신이 서지 않았다.

그러나 이게 한 특수교사의 시선이었구나.

그렇게 담담히 바라봐 주길.

'우리'에 대해 말하고 싶었다.

이미 흩어져 버린 말들과 그때의 마음들에 대해.

그저 당연하게 바라보았던 것들에 대해.

'괜찮아, 나는 특수교사니까'

그렇게 지나왔던 것들에 대해.

─────

교실 속 타인

진규는 매일 입에 무언가를 넣고 씹는 아이였다. 그 무언가는 실이나 종이, 플라스틱 조각들이다. 나는 진규의 입을 매일 검사했다. 고쳐지지 않는 습관 때문에 우리는 아웅다웅 다투는 사이였다.

진규에게는 세상의 온갖 이야기들을 펼쳐놓는 재주가 있었다. 등교하자마자 꿈 이야기, 어제 본 영화 이야기, 시내 갔다 온 이야기. 그런 사소한 일상부터 유행하는 셔플댄스, 개그콘서트 흉내, 새 핸드폰 기능 설명까지……. 진규의 이야기는 항상 새로웠고, 반짝거렸다. 진규의 하루는 도대체 어떻게 흐르는 것일까. 나는 항상 궁금했다.

어떤 날은 함께 공항에 갔는데, 진규가 공항 직원에게 비행기의 '고도'에 대해 설명했다. 어디선가 들은 말을 꿰어 맞추며 이야기하다가, 자신이 궁금했던 것을 물어보며 신이 난 진규의 모습을 보면서 나는 씨익 웃고 말았다. 나는 녀석의 머릿속이 더 궁금해졌다.

그런 진규는 지적장애 학생이었다. 진규는 글을 서툴게 썼고, 수학 계산을 이해하고 푸는 것을 어려워했다. 하지만 타고난 이야기꾼이었고, 삶의 다양한 모습에 호기심이 반짝이는 아이였다. 이런 진규의 진면목은 특수학급에서만 볼 수 있었다. 통합학급에서는 자신이 할 수 있는 만큼만 하고는, 그저 조용히 지내는 평범한 남학생이었기 때문이다. 진규는 그렇게 남다른 학생이었다. 그런 녀석이 어느 날, 수업 중에 내게 한 말이다.

"선생님, 인생은 바위를 쌓는 것과 같아요."

"응. 왜?"

"잘 모르겠지만요. 그런 것 같아요."

순간, 아무렇지 않게 담담히 말하는 진규의 표정을 바라보며 나는 잠시 손을 멈추었다.

이제 겨우 열다섯 살. 진규의 인생은 열심히 바위를 쌓아가고 있는 걸까. 순간 공감하면서도 쓸쓸한 여운이 나를 붙잡았다.

나는 며칠째 그 말을 곱씹었다.

'그저 어디선가 들은 말인 걸까. 정말 그런 생각이 든 걸까.'

장애학생들과 함께 하면서 장애를 가지고 산다는 것, 장애인 당사자에 대해 때때로 생각한다. 정신지체 학생들에 대해 어떤 사람들은 단순하고, 행복해 보인다는 말을 하기도 한다. 특수학교에서 근무할 때에는 나 또한 그런 생각이 든 적도 있었다. 하지만 비장애인들과 매일매일 함께 살아가는 공간 안에서 장애인들은 자신이 장애인임을 체감하고, 자신을 바라보는 시선에 익숙해 하면서도 낯설고 불편함을 느낀다.

진규와 같은 해에 우리 반이었던 영호는 일반학급 문턱에서 교실 안을 들어가지 못한 채 매일 한참을 서 있던 아이였다. 그렇게 반에 계속 못 들어가게 될까 봐 나는 노심초사 서성이며 아이에게 끊임없이 다독이고, 통합학급으로 손을 잡아끌어야 했다. 한 걸음, 한 걸음 교실로 발을 떼는 데 오랜 시간이 걸렸다. 특수학급에는 서슴없이 들어와 매일 장난을 치던 아이였다.

통합반 비장애 친구들이 영호의 머뭇거림을 지켜보고만 있던 것도 아니었다. 손짓을 하고, 때로는 편한 인사를 보냈다. 담임선생님도 영호에게 함께 공부하자고 손을 잡아 이끌었다. 그러나 굳은 표정으로 우두커니 가방을 메고 복도에 서 있던 영호는 새 학기 한참 동안을 문턱에 서 있었다. 영호의 발걸음을 잡는 마음의 짐은 무엇이었을까.

장애학생들은 일반학교에서 '특수학급'이라는 울타리로 보호되면서도 구분되어진다. 나는 아이들이 가끔은 '교실 속 타인'과 같다고 느꼈다. 교실이란 한 공간에 있지만 비장애학생들과 구별된 우리 아이들은 스스로 그 다름을 느끼고, 자신의 한계를 지어버리곤 했다.

각각의 개성을 가진 사춘기 아이들이 모이는 교실은, 어쩌면 모든 아이들이 제각기 적응하고 생활하는 데 어렵다고 생각할 수도 있다. 그러나 개인에 대한 특별함보다 장애학생에게 부여되는 공통적인 무게는 학급구성원으로 살아가기에 참 만만치 않다. 또한 평범하게 보이는 학교생활을 하기 위해서 장애학생들은 특별한 지원과 노력이 필요하다. 그러기에 장애학생들은 통합학급에서 유달리 말수가 적기도 하고, 소극적이거나, 자신의 모습을 감추려 하기도 하고, 반대로는 문제행동을 통해 자신을 보이려는 경우도 있다. 그렇게 조용히 튀어 보이지 않게 지내거나, 혹은 문제행동으로 자신을 나타내며 '교실 속 타인'이 되어 있었다. 통합교육의 이면에는 그런 학생들이 종종 있었다.

교실에서 자신이 아닌 타인으로서 조용히 자리를 지키고 앉아 있던 진규. 학교에서 느낀 진규의 바위는 그런 게 아니었을까 생각해 본다.

제각기 짊어진 바위를 쌓으려고 애를 쓰지만, 쉽지 않기에 그저 바위 곁에 맴돌고 있는 아이들. 그 아이들이 특수학급에 와서는 통합학급에서와 다른 빛깔을 낸다. 그 빛깔은 본래 자신의 빛깔이었다. 그리고 저마다 느리고 때로 미약하지만 조금씩 바위를 들 수 있는 힘을 길러간다. 나는 아이들에게 바위를 없앨 수 있다고, 바위를 대신 져 주겠다고 속이지 않는다. 장애는 사라지는 것이 아니며, 장애를 인정하고 자신에게 필요한 것이 무엇인지, 어떻게 내가 원하는 삶을 만들어 나갈 것인가를 알아야 하기 때문이다. 살아가면서 100명의 사람들을 만났을 때 100명이 나에게 호의적일 수는 없다.

결국 스스로 장애를 인정하고 어떻게 나를 표현하고 삶을 이끌어 나갈 것인가가 중요하다는 생각을 한다. 나는 아이들이 교실 속에서 타인이기보다 주체이길 바란다. 주체는 자신의 목소리를 가져야 한다. 장애학생이 통합학급에서 매일 누군가와 열 마디 이상을 나눌 수 있다면 그 아이는 통합교육이라는 특수교육의 목표 중 하나에 성공할 가능성이 높은 아이이다.

그래서, '조금만 더 해보자!'라고 매일 말해본다.

조금만 더, 별거 아닌 인사를 반갑게 나누어 보라고 이야기하고,

조금만 더, 너도 친구들에게 이야기를 걸어보라고 한다.

조금만 더, 수업 시간에 선생님의 말씀을 잘 모르더라도 적어보라고 하고,

조금만 더, 반에서 안내한 내용을 잘 모르면 네가 꼭 물어보라고 한다.

조금만 더, 어렵지만 할 수 있는 만큼만 같이 해보라고 하고,

조금만 더, 포기하지 말고 힘을 내보라고 한다.

조금만 더, 너의 생각을 말하고, 써보라고 한다.

조금만 더, 학교생활에 잘 참여해보자고 하고,

조금만 더, 교과 선생님들께도 우리 아이들도 일단 같이 시켜달라고 한다.

말하고 나면 뭐 이런 별거 아닌 걸 굳이 말해야 하나 싶다. 그런데 이런 일이 참 어렵다. 우리의 시간은 항상 더디다. 이렇게 아주 쉬운 것들부터 하나씩 해 나가기가 참 어렵다. 그 '조금만'은 아이들에게도, 교사에게도 가볍지 않은 말이다.

진규의 바위는 며칠 동안 내 바위가 되어 있었다.

하루, 몇 달, 몇 해가 지나며 겨우,

아이들이 자신의 바위를 알고, 조금씩 들어 올리는 힘을 배울 때,

그렇게 느리게 작은 바위 하나를 쌓았을 때,

그래서 어느 날엔가는 교실 속에서 환히 웃을 때,

나의 바위도 조금은 가벼워졌음을 느낀다.

'조금만 더', 그것이 우리 아이들과 하루를 보내는 주문과도 같다.

그래, 조금만 더.

그렇게 나도 매일 힘을 내 본다.

그래, 조금만 더.

B급 특수교사

"선생님 제 점수가 좀 잘못된 거 같아요."

나는 조심스럽게 말을 꺼냈다. 성과급과 관련된 이야기는 무엇이든 선뜻 말하기 어렵다.

'내가 뭘 잘 못 해놓았겠지. 알아서 잘 하셨겠지.'

전화기를 들기까지 위원으로 고생하는 선생님들 마음에 조금이라도 짐이 될까 봐 주저하기도 했다. 성과급 평가위원은 모두가 원하지 않는 일이었다. 하지만 이해되지 않는 상황이었고, 확인차 전화하는 것이 좋겠다고 생각했다. 더군다나 나는 학교를 이동하여 다른 학교에 근무하고 있던 상황이었다.

전년도에 근무했던 학교에서는 성과급 등급 산출에 참고하기 위해 각자 자신의 교육활동과 관련된 기준자료를 제출했다. '담임이냐 비담임이냐, 몇 시간 수업을 했나, 연수는 몇 시간 이수하였나……' 등의 실적을 수치로 나누어 자신의 기본 점수를 작성하여 제출하는 형식이었다. 제출

후 작성한 자료에 오류가 있으면 정정해서 다시 알려주곤 했다.

내가 작성한 교육활동 점수에서 2개가 마이너스 되었다고 문자가 왔다. 무슨 일인지 살펴보다 담당 선생님께 직접 전화를 드렸다. 내 자료를 살펴보시고 이야기를 나누다 보니 '교육복지사업'과 '다학년 지도'에 관련된 점수에서 마이너스가 되었음을 알게 되었다.

근무했던 학교는 교육복지대상 학생 비율이 높은 학교라 관련 사업이 학교에서 크게 비중을 차지해 교육복지사업에 함께 참여한 횟수를 정량화하여 성과급 점수에 반영했다. 그와 관련된 출장 횟수 하나가 누락되어 있었다. 이 부분은 마이너스한 점수가 다시 원래대로 반영되었다.

다른 하나는 '다학년 지도'였다. 학교에서 다학년 지도란 여러 학년에 걸쳐 수업을 지도하는 경우를 말한다. 한 학년만을 지도하면 수업 부담이 상대적으로 적기 때문에 다학년에 걸쳐 있는 선생님들께는 성과급에서 좀 더 높은 점수를 부여하자고 이야기 되었다. 나는 '다학년 지도'에 체크하고 점수를 기입했다. 내가 지도하고 있는 특수교육대상 학생들은 1, 2, 3학년이 모두 있던 상황이었다. 그런데 이 부분에서 점수를 감점하셨다.

"네? 선생님, 저희 학생들은 1, 2, 3학년 모두에 걸쳐 있는데요."

의아했지만, 우선 담당 선생님과 차분히 이야기를 나누고 전화를 끊었다. 문제는 그 다음이었다. 이튿날, 다른 선생님께서 다시 전화를 걸어오셨다. 관련 상황을 다시 이야기하는 중에 선생님께서 말씀하셨다.

"에이~ 특수는 다학년 아니지."

"네? 왜요? 선생님?"

순간 전화기를 붙잡은 손에 긴장감이 들었다. 나는 여기서 "네"하고 그만둘 수 있는 대화가 아님을 깨달았다.

"선생님, 성과급 정량 항목을 정하실 때 다학년 지도에 특수는 아니라는 내용이 있나요? 다학년 지도는 말 그대로 여러 학년에 걸쳐 있는 수업을 말하는 게 아닌가요? 저희 특수학급 운영계획에 다학년 지도에 대한 내용이 결재를 받아서 기록되어 있는데요."

내 목소리는 조금 격앙되어 있었다. 상대 선생님께서는 감점된 점수를 올려 줄 수밖에 없는 상황임을 알았는지 이번에는 '성과급 등급'은 별 거 없다는 이야기를 하기 시작하셨다. 등급을 잘 못 받아도 교직생활에 전혀 문제 없다는 말씀이셨다. 나는 왜 이 이야기를 나에게 하는지 이해할 수 없었다. 그리고 말씀드렸다. 잘못된 점수를 정정하여 주시고, 거기에 맞추어 등급을 정해 주시라고.

결과적으로 나는 점수가 정정되어 등급이 변경되었다. 내가 등급이 바뀌었기 때문에 다른 선생님 누군가가 등급이 떨어졌다. 사실 번거로운 일이었다. 어쩌면 평소 성격으로는 귀찮아서 '그냥 내가 좀 손해보고 말지'라고 넘길 수도 있는 일이었다. 하지만 '특수는……' 그 한마디에 나는 무언가 마음이 울컥했다.

그전까지 한 번도 성과급 때문에 불평해본 일이 없었다. 마찬가지로 성과급의 항목을 정할 때 특수교육에 맞지 않는 항목이라고 의견을 낸 적도 없었다. 성과급의 항목은 대개 대다수의 교과교사나 일반 담임교사의 업무환경에 맞추어진 것들이다. 그런데 그렇게 정해진 항목이 일반교사의 다학년을 의미하는 것이니(특수는 원래 여러 학년을 가르쳐야 하는 것이니) 아니지 않느냐는 말을 들으니 나름 억울한 기분이 들었다. 나도 잘 알고 있다. 일반학교에서 '특수'가 어떻게 인식되고 있는지.

내가 겪었던 일이 물론 일반적인 상황은 아니다. 내가 근무한 학교들은 대개 서로를 배려하며 기준을 정하고자 했다. 많은 학교들에서 다양한 협의를 거쳐 성과급 지급에 대해 조금 더 나은 방법을 택하려고 노력하고 있다. 하지만 매해 특수교사의 커뮤니티에는 성과급 시즌이 되면 여러 선생님들의 씁쓸한 이야기가 올라온다.

학교에서는 대다수가 성과급에 반대한다. 성과급의 취지와 목적 자체가 잘못 되었고, 성과급 평가 또한 공정할 수 없다고 말한다. 교육은 단기간에 성과를 비교하거나 측정할 수 있는 현장이 아니다. 객관적으로 교사들의 수업과 생활지도, 업무를 가지고 한 줄로 세우기는 가능하지 않은 일이다. 학교에서도 겨우 마련한 안이 객관성을 가질 수 있는 시수, 횟수, 실적의 양이다. 이러한 성과를 내기 위해 교육을 한다는 것, 그 자체가 비교육적이다. 성과는 철저하게 시장논리를 기반으로 한다. 마이클 샌델은 『왜 도덕인가』에서 시장논리가 공교육을 후퇴시키고 있다고 말한다. 교육의 질을 성과로 판단하는 시도 자체가 현장의 다양성과 가치를 훼손하고 있다. 또한 교사들의 교육적 목표와 성취가 성과급에 의해 좌우된다면, 그것이 정말 교육이었는가 생각해 볼 필요가 있다.

그럼에도 교육부에서는 성과급을 없앨 수 없다고 하고, 일선에서 제기되는 어려움에 대해 각 학교의 상황별로 좀 더 공정하게 만들라 책임을 떠넘긴다. 공정하게 되었냐고 설문을 진행하며 교사들을 압박한다. 그 결과, 각 학교의 다양한 방식 아래 교사들은 등급을 받게 된다.

그런 현장에는, 'B급 특수교사'가 많다.

교사들의 성과급은 S, A, B로 나누어진다. 학교마다 많은 차이가 있고, 지역에 따라 분위기가 다르기도 하다. 서로가 조금 더 수긍할 수 있는 방법을 위해 다들 힘을 기울이고 있다. 하지만 해마다 B를 통보 받은 선생님들의 속상한 이야기가 들려온다.

'등급 좀 못 받으면 어때? 내가 좀 손해 보고 말지. 말 그대로 등급 뭐 그거 안 좋게 받는다고 교사생활 하는 데 어려운 것도 아닌데……'

흔히 이렇게 생각하고 만다. 그런데 여기에 그치고 말면 좋을 텐데, 이게 여러 번 받다보면 속이 쓰리다. 내가 학교에서 어떤 존재인가 생각이 든다.

성과급의 존폐를 누군가 이야기한다면 나는 일반교사들의 등급 경쟁에 의한 폐해보다 특수교사의 사례를 말해야 한다고 생각한다. 똑같이 담임교사이고, 교과지도를 하고 있다. 보통 평균시수의 수업을 운영한다. 초등의 경우 평균시수를 훌쩍 넘는 경우가 많다. 심지어 요즘에는 학교 정상화와 업무간소화의 목표 아래 담임과 업무를 이원화시켜 나가고 있는데, 특수교사는 '특수학급 운영'이라는 업무를 떼어 낼 수 없다. 일반학교의 특수교사는 학교에서 제법 많은 공문을 처리한다.

그런데 내가 들은 몇몇의 이야기는 참 놀라웠다. 17년 경력에 16년 동안 계속 B를 맞고 있다는 초등선생님의 이야기, 특수는 시험을 출제하지 않으니 시수를 최하점으로 인정하겠다는 학교, 장애학생이 있는 통합학급은 가산점이 3점인데 특수는 1점으로 주고 있는 학교, 담임인데 특수는 비담임으로 체크하라고 한다는 학교 등. 업무곤란도에 특수는 매년 하수준으로 설정되어 있다는 학교, 내가 문제를 제기했던 '다학년지도'도

인정해 주지 않는 학교들이 있었다. 특수교사는 'B급'이길 바라니 학교에서 B급답게 일하고 싶다는 한 선생님의 이야기가 씁쓸했다.

교육부에서도 알고 있다. 그래서 어느 해에는 '소수교과 불이익 방지 알림 공문'이 내려오기도 했다. 그런데 이런 현실이 벌써 십 수 년이 넘었다. 성과급의 한계이다. 이것을 학교 내의 문제로 치부할 수 없다. 잘못된 제도를 가지고 좋은 결과를 만들어내라고 요구할 수는 없다. 언젠가 학생들을 위해 만든 교육자료를 발표하는 자리에서 한 장학사님이 물으셨다.

"교육현장에서 제일 어려운 게 뭐라고 생각하나?"

내 머릿속에 두 글자가 스쳤다.

"경쟁이라고 생각합니다."

일상적으로는 잘 지내다가도 학생들이 무언가 경쟁해야 하는 상황이 오면 장애학생들 때문에 자신들이 피해 받는다고 생각하기 쉽다. 체육대회 때 반 대항 경쟁이 시작되면 슬그머니 장애학생들을 빼고 게임을 하는 경우가 있다. 학교생활을 하다 눈칫밥을 좀 먹은 장애학생들은 먼저 자신이 빠지겠다고 한다. 이러한 경쟁은 결국 통합교육의 본질을 흐리기 일쑤다. 그래서 학기 초 통합학급에 들어가 나는 꼭 당부한다.

"작은 일이어도 괜찮아. 반 전체가 참여하는 행사에서 너희 반의 장애학생이 함께 할 수 있다면 너희 반이 더욱 빛날거야. 어떤 일이든 잘하는 사람도 있고 어려워하는 사람도 있지. 장애학생들도 마찬가지일 뿐이야. 부족한 부분이 있으면 선생님한테 말해줘. 선생님도 도와줄게. 같이 할 수 있도록 꼭 부탁해."

그렇게 체육대회, 축제, 학년말 반 대항 대회 등에 어떻게든 우리 아이들이 함께 선 모습을 보면 코끝이 아리다. 어쩌면 당연한 것인데도 그게 잘 안 될 때가 많기 때문이다.

경쟁을 부추기는 분위기는 결국 서로를 신뢰하고 함께 성장하기 어렵다. 성과급도 그와 일맥상통한다. 학교는 어느 한 명의 노력이 아닌 모두의 협력으로 이루어져 가는 곳이다. 그런데 성과급은 협력보다는 경쟁에 의미를 두고 있다. 교사들이 가진 각각의 고유한 영역과 전문성을 그대로 인정받기란 모두 쉽지 않다. 나름의 방법들을 강구하지만 성과급은 그 목적에 알맞게 교사들의 사기를 진작시키지 못하고 있다. 오히려 성과급 시즌이 되면 침울한 분위기가 감돈다. B를 받은 교사도 상처받지만, S를 받은 교사도 기쁘지 않다. 누군가 소외되는 일이 반복된다면 평가의 정당성과 공정성에 의심을 품을 수밖에 없다. 이 해묵은 논쟁이 해마다 반복된다.

매년 교사들은 문자로 자신의 등급을 받는다.

'선생님의 등급은 ~입니다.'

그 말이 참으로 묘하게 들린다.

'나는 ~급의 교사인가.'

아베 코보의 『모래의 여자』라는 책이 있다. 책 속에서 사구 마을은 하나의 세계이다. 사구 마을 사람들은 모래로 덮여가는 마을을 지키려고 매일 모래를 퍼 올린다. 밤마다 모래를 퍼내야 하지만 모래 밖으로는 나가지 않는 한 여자가 있다. 또 모래 밖에서 환상을 꾸지만 결국 모래 속으로 온 남자가 있다. 어쩌면 쏟아지는 모래 속에서 그 사구 마을을 지키겠다고 계속 허우적대는 게 우리의 현실이지 않은가 생각한다. 현실에서

'완벽'이란 없다는 생각을 한다. 하지만 언제까지나 모래를 퍼내며 모래 속에서 안주할 수는 없다.

해가 지나 성과급 시기가 돌아온다.

나 하나만으로 바꿀 수 없다는 것을 잘 알고 있다. 하지만 문제는 계속 제기되어야 한다. 이제 특수교사도 좀 생각해 달라는 것이 아니다. '특수교사는……'이라는 말로 당연시되는 것들에 대한 문제이다. 불합리한 부분은 'NO'라고 말해본다. 그것은 나만을 위한 이야기가 아니기 때문이다. 나는 학교에서 내 개인이 다가 아닌, '특수교사'이기 때문이다.

두려움에 대하어

방학을 삼일 앞둔 학기말이었다.

통합학급의 시험도 끝나고, 특수학급의 개별화교육도 마무리되어 주제 중심 수업활동이 있던 때였다. 우리 반 아이들이 다 모이는 날이었기 때문에 2교시에는 마지막 생일파티 겸 학기말 마무리 상담시간을 가졌다. 1년 동안 있었던 일들을 이야기하고, 고등학교 진학이 코앞인 아이들과 앞으로의 생활에 대해 이야기를 나누었다. '1년이 금세 이렇게 지났구나.' 올해도 아이들과 행복했다고 느꼈다. 서로 종알종알 떠들며 1년을 돌아보니 웃음꽃이 피었다.

그리고 3교시, 한 주간 이어진 목공수업의 마무리를 시작했다. 재단된 목재를 사포질해서 다듬고, 조립하고, 색칠을 해서 교실에서 사용하는 작은 가구들을 만들고 있던 참이었다. 수업을 하다 보니 상현이의 기분이 좋지 않아 보였다. 자기가 생각한 대로 잘 되지 않아서일까. 옆에서 손을 잡아 활동을 도와주며 기분을 달래 보았다.

"잘하고 있어. 응 여기. 여기다. 바르게 잡고."

그런데 그 순간이었다.

상현이가 나를 보더니 손에 들고 있던 도구로 내 얼굴을 내리쳤다.

'아!'

뒤로 나동그라진 나는 얼른 맞은 부분을 손으로 감싸 쥐었다. 앞에서 다른 학생을 돕고 있던 사회복무요원이 재빨리 다가와 상현이를 붙잡았다. 놀라서 가빠지는 숨소리를 눌러가며 일어섰다. 나는 나머지 아이들을 바라보았다.

모두. 나를. 보고. 있었다.

태연하게 말했다.

"선생님 잠깐 보건실 갔다 올게."

맞은 부분은 이마인 것 같은데, 살펴볼 엄두가 나지 않았다. 문을 열고 교실을 나가서 옆 반을 두드렸다. 아이들과 수업 중이었던 옆 반 특수선생님이 황급히 나오셨다. 남은 우리 반 학생들을 부탁하고 종종걸음으로 보건실에 갔다. 보건실로 향하는 복도가 유난히 차갑고도, 길어 보였다.

조심스레 보건실 문을 열고나니 보건선생님께서 갸우뚱 쳐다보신다.

"선생님……. 제가…… 좀 다쳐서요……. 상처 좀 봐주세요."

보건선생님께 다가가 이마를 감싸 쥔 손을 내렸다. 그제야 손과 옷에 흘러내린 피를 보았다. 제법 많은 양이었다.

'많이 다친 걸까. 어디쯤일까. 괜찮은 걸까.'

심장이 두근거리기 시작했다.

"선생님! 어쩌다 다치신 거예요?"

보건선생님께서 지혈을 해 주시며 놀라 물으셨다.

순간 나는 고민했다.

'우리 아이가 했다고 해도 될까……'

'그러면 상현이가 학교생활이 힘들어질 수 있지 않을까……'

그렇지만 혼자 안고 넘어갈 수 있는 상황이 아니었다.

"네. 상현이와 수업을 하다 손에 들고 있는 걸로 맞았어요."

내 목소리는 점점 작아졌다. 내가 한 잘못 같았다.

"선생님 눈썹 위 이마가 찢어졌어요. 아이구, 눈이 아니라 다행이에요. 상처를 꿰매야 할 것 같아요. 우선 교감선생님께 말씀 드릴게요."

교감선생님께서 바로 보건실로 오셨다.

"어머! 이게 무슨 일이에요. 아이구."

놀라 나를 바라보던 교감선생님은 옷에 묻은 피를 닦아주며, 병원에 갈 수 있도록 채비를 도와주셨다. 보건선생님과 인근 병원에 가서 상처를 꿰맸다. 병원에서도 눈이 아니라 다행이라는 말씀을 하셨다. 다친 부위는 눈썹 바로 옆이었다. 많은 생각이 머릿속을 스쳤다. 병원 의자에 앉아 맨땅만 바라보던 나에게 보건선생님께서 말씀하셨다.

"선생님 남편이 보시면 속상하겠어요."

담담히 마음을 다잡고 앉아있다 남편이란 단어를 들으니 갑자기 눈앞이 흐려졌다. 남편에게 이 일을 말할 수 있을까. 내가 부모님께 이 일을 말할 수 있을까. 내가 하는 일이 원래 그런 거다. 그렇게 말할 수 있을까. 그런 생각이 들자 불현듯 목이 메었다.

처치를 하고 학교로 돌아왔다. 돌아오니 점심시간이었다. 상현이는 어머니께서 데리고 하교한 상태였다. 옆 반 선생님께서는 좀 쉬어야 되지 않겠냐 걱정스레 물으셨다. 나는 고개를 저었다. 아무렇지 않게 급식실에 가서 밥을 먹고, 교실로 돌아와 자리에 앉았다. 점심을 먹은 우리 반 아이들이 하나 둘 교실로 들어왔다. 아이들에게 가까이 오라고 말했다.

"선생님 괜찮아. 잘 치료받으면 금방 나아. 너희들 교실에서 보았던 건 다른 친구들이나 선생님들께 말하지 말자. 그럼 상현이가 지내기 더 어려울 거야. 선생님이 상현이에게 잘 이야기해 볼게."

내가 치료를 받고, 집으로 갈 수 없었던 이유였다. 선생님이 수업 중 무언가에 맞은 채 자리를 비우면 남아 있던 다른 아이들이 어떤 생각을 하고 어떻게 이 상황이 전해질까.

모두에게 '괜찮다'라고 말하고 싶었다. 내가 괜찮지 않더라도.

상현이는 3월부터 작은 사건들이 많았다. 학기 초부터 통합학급 담임 선생님께서 걱정이 많으셨고, 통합학급 수업 중에 문제가 생겨 자주 도움실로 내려오곤 했다. 상현이의 주변에는 나와 사회복무요원, 특수교육실무사님이 늘 함께였다.

그러나 상현이는 밝고 개성 있는 아이였다. 반 친구들을 좋아했고, 무엇이든 잘하고 싶어 했다. 칭찬을 하면 씨익 웃고, 엄지를 들어 올리는 모습이 예쁜 아이였다. 그렇게 조금씩, 조금씩 학교에 적응해 왔다. 2학기 들어서는 많이 좋아졌다고 담임선생님께서도 칭찬을 해주셨다. 상현이를 데리고 통합반을 오가던 나는 매일 아침 상현이에게 '할 수 있어', '오늘도 즐겁게 지내자' 말하며, 잘 적응하기를 바랐다. 상현이는 그해에 내가 제일 마음을 기울인 아이였다.

그랬기에 아픈 마음이 더 컸다. 아쉬운 마음도 들었다.

'내가 좀 더 조심했다면, 이런 일이 일어나지 않았을 텐데……. 그랬다면 학기를 잘 마무리하고 다음 학년도 잘 적응할 수 있었을 텐데…….'

방학까지 3일이 남았지만 쉴 수도 없었고, 학교에 가는 마음도 편치 않았다. 내가 좀 다쳤다고 쉬는 일이 아이를 포기하는 일인 것 같고, 나조차 포기하는 아이를 통합교육시키겠다고 내가 말할 수 있을까 수없이 생각했다. 그 며칠 나는 붓기가 올라와 시퍼래진 눈을 하고서는 학교에 나와 학기말 업무를 마무리지었다.

마치 별일 아닌 것처럼. 그래야 할 것 같았다. 뭐, 사실 맞는 게 처음 일도 아니고. 좀 더 다쳤다고 별거냐 싶었다. 다른 아이가 아니라 내가 다쳐서 다행이라는 생각도 들었다.

교육청에서도 다친 것을 알고, 전화를 걸어와 위로해 주셨다. 모두 알지 않았으면 했지만, 숨길 수 있는 일이 아니었다. 알음알음 알게 된 선생님들께서 조금씩 내 어깨를 토닥여 주셨다.

그럴 때마다 "괜찮아요"라고 씨익 웃어 보일 수밖에 없었다.

'이게 우리 일이잖아.'

어쩌면 암묵적으로 모두 알고 있는 이야기. 이런 일이 생길 수 있다는 것.

하지만 학교에서는 상현이의 일을 그대로 넘기면 안 된다고 생각하셨다. 교장선생님, 교감선생님, 교무부장님께서 이야기를 나누고 '교권보호위원회'를 열자고 하셨다. 상현이에게 주의를 주고, 사과할 수 있도록 이야기하자고 하셨다. 나는 처음에 되도록 이 일이 커지길 원치 않았다. 통합교육 현장에서 특수교사가 장애학생의 문제를 크게 드러낼 수는 없었다. 상현이가 학교에서 지내기 더 어려워질까 걱정스러웠다. 상현이가 순간 잘못된 행동을 했지만, 평소에는 이런 행동을 하는 문제 학생이 아니라는 변명이 내 속에 있었다. 그저 내 선에서 조용히 마무리짓는 것이 좋지 않을까 짧게 생각했다. 그러나 그것은 상현이를 위한 길이 아니었다.

며칠 후 교권보호위원회가 열렸고, 어머님과 상현이가 참석하였다. 지원청 담당 장학사님과 교권보호 변호사님까지 참석한 회의였다. 상현이가 문제행동에 대해 반성할 수 있도록 조치가 취해졌다. 상현이는 움츠려 있었다. 상현이는 상황을 이해하고 있었고, 여러 사람들에게 반복적으로 지도 받고 있었다. 일이 진행되어 가면서 내가 요청 드리기보다 먼저 의논하고 일을 정리해주는 학교에 감사했다. 내가 그저 조용히 넘기려 했다면, 상현이가 자신의 잘못을 돌아보지 못했을 수도 있었을 거라 생각되었다.

상현이의 어머님은 내가 다친 날부터 여러 번 문자를 보내 사과하셨다. 사실 한 해 동안 어머님과 자주 상현이에 대해 상담했고, 어머님의 노고와 마음을 알기에 서운한 마음은 없었다. 그럼에도 어머니께 "괜찮습니다"라는 말이 쉽게 나오지 않았다. 그 한마디가 너무 어려웠다. 한참을 고민하다 "잘 치료하겠습니다"고 말씀드렸다. 그저 조금 더 시간이 흘러주길 바랐다. 이마 위의 상처가 내 마음에도 생채기를 내었다.

특수교사가 되어 한 번도 맞지 않은 사람은 드물 것이다. 사실 모두 다 한 번쯤은 맞았을 거라고 생각한다. 내 주위의 특수교사는 다 맞아보았다. 성급한 일반화일지 모르겠다. 하지만 그렇게 흔한 일이다.

사실 '맞았다'라는 표현이 참으로 불편한 말이다. 특수교사 집단이 '피해자 코스프레'하는 것인가 느낄 수도 있다. '장애 학생들이니 그럴 수 있다'라고 말한다. 실은 우리가 대개 그렇게 생각한다. 하지만 '맞는 일'은 우리에게 팩트이다. 다른 표현은 없다.

나는 교생실습을 할 때부터 학생에게 뺨을 맞았다. 평소 문제행동이 있던 학생이었다. 그리고 나는 그날 그 아이에게 맞은 일보다 그 아이 때문에 조금 망쳐버린 수업공개에 속이 상해 있었다.

고3을 맡았던 어느 해는 머리채를 잡히고, 손에 늘 연고를 바르고 다녔다. 폭력성이 있던 그 아이가 화가 났다는 걸 인지하면 어느 때에는 아이를 지도하는 내 손이 떨리고 있음을 느꼈다. 나는 그때 고작 스물여섯의 새파란 여교사였다. 아이는 나보다 덩치가 더 큰 남학생이었다.

'우리 아이들의 폭력성 또한 장애다. 장애는 고쳐지지 않는 것이니까.'

아이들의 폭력성을 그대로 순응할 뿐이었다.

아이에게 폭력성이 있다는 것을 알게 될 때, 나는 두렵다. 폭력성이 나타났을 때 '그렇게 행동하면 안 된다'고 지도하지만, 그러면서 맞을 수 있다는 걸 알고 있다.

상현이의 일은 여느 때와 달랐다. 나는 맞기 전에 두렵지 않았다. 예상치 못한 순간, 맞고 나니 두려웠다. 내 마음을 온전히 쏟고 있는 어떤 존재에 대한 신뢰가 무너진다는 것. 앞으로도 평소와 같이 우리 아이들 곁에 오래 머물러 있을 수 있을까. 그게 너무나도 두려운 일임을 알았다.

이런 이야기를 해도 될까 고민했다. 이렇게 힘들다고 투덜거리고 싶지도 않다. 하지만 '맞는다'는 게 당연한 것이 아니라고 모두가 생각했으면 좋겠다. '특수교사는 그럴 수도 있다'고 생각하지 않았으면 좋겠다. 어느 누구도 '맞아도 괜찮은 사람'은 없다.

지금도 어려운 아이들과 함께 하는 특수교사들이 많다. 막연히 '우리 아이들이니 어쩔 수 없다'고 교사 혼자 감내하지 않았으면 좋겠다. 아이의 문제를 그대로 특수교사만이 지고 갈 수는 없다. 여러 해 동안 그런 방법이 아이의 문제행동을 더 고착화시켰는지도 모른다. 다른 문제가 아니라 누군가에게 행해지는 폭력성이라면, 부모와 학교의 구성원이 문제의 심각성을 생각하고 지속적으로 주의를 주고 이야기를 나누어야 한다. 그리고 이 문제의 적절한 대안을 위한 토의도 필요하다.

우리는 모두 장애를 이해한다. 장애라고 불릴 수밖에 없는 아이의 특성을 이해한다. 하지만 그럼에도 장애로 인해 모든 것을 교사가 떠안아야 한다면, 교사들의 마음이 온전히 아이들에게 향할 수 있을까 생각한다. 교사들의 마음에 난 상처는 결국 학생들의 교육에 영향을 미칠 수밖에 없다. 그래서 위로 받길 원한다. 어느 때는 진심어린 사과만으로도 거뜬히 일어날 힘을 주고, 나아가서는 정당한 교권보호를 위한 제도로 아이들과 함께 할 수 있는 용기를 더해 줄 수 있다.

시간이 흘러 이마에 좀 더 단단한 상처가 자리 잡았을 때, 나는 상현이와 마지막 인사를 나누었다. 학교를 옮기는 해였다. 어머니께는 알림장으로 긴 부탁을 드렸다. 폭력성은 사회적응에 심각한 문제가 되니 꼭 거듭 중요하게 생각하고 지도해 주시라는 부탁이었다. 부모님도 쉽지 않은 상황일 것이다. 부모라고 온전히 책임져야 하는 문제 또한 아니라고 생각한다. 그러나 이 문제에 대해 '이제 어쩔 수 없다'고 놓아버리지 않으시길 바랐다. 내가 부모님께 말씀드릴 수 있는 것은 거기까지였다.

눈썹 옆에는 옅은 흔적이 남았다. 거울을 보며 상현이를 생각한다.

'잘 지내고 있을까……'

옅게 번진 흔적은 한 해 한 해 고군분투한 나의 일기가 된다.

오늘도 여전히 학교에 간다. 파란 칠판 앞에서 아이들을 바라본다. 해마다 다양한 이야기를 품은 아이들을 만난다. 아이들과 하루하루를 보내는 내 안에는 작은 두려움이 있다. '두려움에 대하여' 생각한다. 어쩌면 그저 형체 없는 막연한 불안감일지 모른다. 혹은 실체가 되어 모든 걸 놓게 할까 봐 그 두려움이 두렵기도 하다.

하지만 두려움 때문에 아이들을 포기하고 싶지는 않다.

오늘도, 여전히 학교에 간다.

특별한, 그래서 특수한

선생님들 모두가 모인 연수 자리였다.

아이들을 하교시키고, 해가 한참 기울어진 오후. 강의와 전혀 관계가 없는 내용이었지만, 강사님은 분위기를 띄우려 하셨는지 농담을 하셨다. 그래, 의도는 분명 가벼운 농담이었다.

"제가 친한 특수선생님이 있어요. 한 번씩 만나 밥을 먹는데, 어느 날 특수선생님이 밥을 자꾸 흘리는 거예요. 그래서 왜 자꾸 밥을 흘리냐고 물었더니, 그 선생님이 그러더라구요. 특수학교에서 근무하면 이렇게 돼."

강사님과 학교선생님들은 깔깔 웃었다. 분위기는 띄워졌다.

그러나 내 표정은 어두워졌다. 나는 웃을 수 없었다.

'나만 이상하게 들리는 걸까?'

옆자리를 보았다. 옆 반 특수선생님 역시 웃지 못했다.

나는 그때부터 고민했다.

'이건 아니지 않나. 손을 들어 말해야 할까. 나가실 때 가서 말할까. 끝

나고 업무 메일을 보낼까.'

강의 내용은 이제 잘 들리지 않았다.

'내가 틀린 걸까. 가볍게 한 이야기인데……. 웃자고 한 이야기에 죽자고 덤벼드는 걸까.'

어떻게 생각해보면 별 일 아니게 느껴질 수도 있다. 가볍게 던진 농담이었다. 강사님의 의도는 거기까지였다. 그런데 내용을 보면 참 이상한 이야기이다. 초등학생을 가르친다고 교사가 초등학생처럼 행동하지 않고, 중학생을 가르친다고 중학생을 따라 하지는 않는다. 이 유머의 뉘앙스는 문제학생들이 많이 모인 반을 가르치면, 문제학생의 행동을 교사가 하게 된다는 말이다. 그게 다른 곳에서는 쓰이지 않는데 특수교사에게 쓰여 농담이 된다니, 나는 이상하다고 생각했다. 물론 이 농담의 시초는 특수교사였다. 그분 역시 지인과 식사를 하시다 문득 나눈 가벼운 이야기였으리라. 그 이야기는 이제 대중 앞에선 강사님의 농담이 되었다. 강사님과 우리 사이에 특별한 친분은 없었고, 그 말은 객관적인 시선에서 비하로 느껴졌다.

"특수학급 선생님은 좀 특수한 사람이 많더라."

내가 언젠가 듣고 놀랐던 말 중에 하나이다. 이게 나에게는 어떻게 들리는지 다르게 설명해 보자면, 중학생들이 흔히 하는 욕 중에 '애자'라는 욕이 있다. 몇몇의 아이들이 어쩌다 이상한 행동을 하는 비장애아이에게 '애자'라고 표현한다. '장애자'라는 풀 네임을 앞 글자만 떼서 사용하는 욕이다. 장애인을 비하하는 아주 나쁜 욕 중에 하나이다. 그리고 내가 학기 초에 일반학급 장애이해교육에 들어가서 절대 사용하지 않도록 말하는 단어이다. 특수학급 교사를 '특수하다'라고 표현하는 것의 느낌은 이 단어와 비슷하다. 그야말로 '좀 이상한 행동을 한다'는 맥락에서 '특수'라는 말로 다시 대치하는 것인데, 뉘앙스와 상황이 맞아서 들릴 때는 기분이 묘하다.

다시 이야기로 돌아가 생각해본다. 밥을 흘리는 행위에 대한 농담의 그 근본에는 장애인에 대한 에티켓이 결여되었다는 생각이 든다. 이상한 행동을 하는 일반학생을 장애로 놀리는 것 또한 마찬가지이다. 장애로 인한 특징을 가벼운 농담거리로 삼기 때문이다.

장애인에 대한 에티켓에 대해서 수도 없이 말한다. 한때는 에티켓을 이렇게 반복적으로 가르쳐야 하나. 매년 빠지지 않고 특수교사의 수업과 연수에서 에티켓을 가르치는데 그것을 모르는 사람이 있을까, 하는 생각이 들었다. 그런데 모른다고 느껴질 때가 있다. 실제 장애인을 대하는 게 일상적이지 않는 사회에서 이러한 에티켓 하나하나를 자주 보여준다는 게 꼭 필요한 일이라는 걸 말이다. 장애의 가장 기본적인 에티켓 중 하나는 장애로 인한 특성을 따라하거나 비하하지 않아야 한다는 점이다. 가벼운 농담조차도 당사자에게 어떻게 들릴 수 있는가 생각지 못하는 경우가 있다.

나는 식사가 어려운 장애학생의 밥을 먹인 적이 있었다. 밥을 먹는 것조차 힘겨운 아이였다. 밥을 먹는 일상의 행위가 매일 상당한 수고를 동반한다. 인지가 어느 정도 되는 지체장애인의 경우 밥을 먹는 것이 힘들 때, 공공장소에서 식사를 하지 않으려 하는 경우가 있다. 자신이 밥 먹는 모습을 타인이 어떤 시선으로 보는지 알기 때문이다. 이것은 가벼운 농담거리가 아니다. 밥을 흘린다는 것 자체가 비하의 의미를 담고 있다. 특수교사가 그런 행동을 닮아간다는 것 또한 유쾌한 이야기로 들리지 않는다.

장애인차별금지법에 보면 장애인 교육 및 복지 종사자에 대한 비하를 금지하는 법조항이 있다. 농담에서 시작해서 법까지라니. 비약이 심하다고 생각할 수 있다. 나는 사실 처음 이 조항을 보고 종사자에 대한 내용을 굳이 법까지 만들 필요가 있겠는가 생각했다. 법이 만들어졌다. 이유는 무엇일까. 법은 그야말로 사례가 있기 때문에 존재하는 것이다. 다른 사람의 약점이나 장애를 가벼운 농담거리로 삼을 수 있다면 더 큰 비하의 이슈 또한 일어나지 않을 리 없다.

특수해서 그런다. 특수교육이 참으로 특수해서.

특수교육에서는 '특별한 지원'에 대해 종종 말한다. 그야말로 이것은 아주 개인적인 지원이다. 나는 그런데 이 '특별', '특수'라는 말이 사실 편하지 않다. 보통의 지원이 아닌 특별한, 특수한, 그래서 '무언가 다르다'라는 어감이 말이다. 특별한 지원이라고 하지만, 그저 남들만큼 비슷한 그 무언가를 성취하기 위한 일반적인 수단과 방법들이다. 다만 개인적인 교육을 받고, 공부를 하고. 그래서 결국은 아주 특별한 것도 없다.

사실 그 특별한 것이 얼마나 되는 걸까. 특별하다고 하면 무언가 대단한 것이 있을 것만 같다. 하지만 따지고 보면 많고 많은 공통점을 제치고 특별하다고 말하는 것이란 손에 꼽는 것들이다. 그 몇 가지를 해주려고 애쓰다 보니 특별한 지원이 특수한 구분선을 만들고 있다.

비장애 학생들에게 매번 말한다. 장애인과 비장애인의 공통점과 차이점에 대해 생각해 보라고. 공통점은 셀 수 없이 나오지만, 차이점이야말로 손에 꼽을 수 있는 몇 가지뿐이다. 그럼에도 '특수하다', '특별하다'라는 말이 그 몇 가지를 너무 다른 것으로 만들어 버린다. 그리고 그 몇 가지로 평가되고, 절하된다.

사람들은 남다른 것에 관심을 가진다. 매일 더 낮고, 더 높은 것들을 바라본다. 그래서 때로는 더 낮은 것에 가혹하다.

지체장애를 가졌던 장영희 교수님의 『살아온 기적, 살아갈 기적』이란 책에 이런 구절이 있다.

무언가를 못해서가 아니라 못하리라고 기대하기 때문에
그 기대에 부응해서 장애인이 되는 것이다.
하지만 그것은 단지 신체적 능력만을 능력으로 평가하는
비장애인들의 오만일지도 모른다.

장애는 사회의 잘못된 기대 속에서 진짜 장애가 된다.

어느 해 장애이해수업 시간에 학생들에게 '너희 반에 표준인 학생은 누구냐'고 물었다. 학생들은 누구도 이 아이가 표준이라고 대답하지 않았다. 그저 '내'가 표준이라고 웃으며 말했다. 그렇다. 누구도 어느 한 사람을 두고 표준이라고 말하지 않으며, 어찌 보면 누구나 다 잘난 점도, 못난 점도 있기 마련이다. 그럼에도 불구하고 '장애'를 어느 한 부분의 불편으로 보지 못하고, 평균 이하의 사람으로 절하되는 현실이 참 안타깝다.

우리의 인식은 아직도 일반적인 기준과 잣대로 삶의 다양성을 훼손하고 사회적 약자들을 무능력자로 치부하곤 한다. 많은 지식과 풍요와 혜택이 커 갈수록, 이른바 세상의 처세를 알아갈수록, 경쟁적인 사회의 이기 속에서 외형적인 '능력'이 우리의 색안경이 되고 있다.

사회는 분명 조금씩 나아지고 있다고 생각한다. 이전보다는 조금 더 특수교육도 자리를 잡아가고 있다. 통합교육 또한 더 협력적인 분위기가 되고 있다. 우리 아이들을 학급의 구성원이자, 내 반 아이로 인식하는 일반 선생님들이 많아지고 있다. '똑같이 함께'라는 생각들이 많아지고 있다. 하지만 부족한 부분들이 있다. 장애에 대한 부정적인 인식을 거침없이 드러내는 시대는 지났지만, 사회 저변에 깔린 신자유주의 경쟁은 여전히 우리의 의식 속에서 오해와 편견을 야기한다.

대학시절 만났던 한 중학생 녀석은 나에게 물었다.

"장애인은 나쁜 거예요?"

그 아이는 장애를 가진 아이였다. 아마도 학교에서 무슨 일이 있었나 보다. 순간 나는 침울한 아이의 눈을 한동안 바라보았다. 앞으로도 아이가 숱하게 넘어야 할 인식의 산이었다.

장애든 질병이든 그것은 너의 한 부분일 뿐. 너는 그저 너라고.

정당한 인식은 거기에서부터 출발한다.

사람, 그리고 삶이 가진 다양성이야말로 우리의 삶을 아름답고 풍요롭게 한다. 장애인이든 비장애인이든 우리는 오로지 '나'인 한 사람으로서 삶의 다양성에 동참할 뿐이다. 그래서 삶을 만들어가는 것은 자기 자신이다. 모두가 한 사람으로서 자기 자신일 때, 높고 낮음도, 좋고 나쁨도 없다. 또한 누군가 특별할 것도 없다.

언젠가는 특수교육이 특별할 게 없는, 보편적인 패러다임이 될 수 있기를.

마음은 어디에 있어요?

"뼈의 역할은 뭘까요?"

"……."

방학이 끝나고 나니, 아이들은 어느새 또 꿀 먹은 벙어리다.

다시, 내용을 정리하고 하나하나 설명하기 시작한다.

"뼈는 중요한 장기를 보호해 주거나……, 머리뼈는 뇌를 보호하고, 갈비뼈는 심장이나 폐 등을 보호하지요. 심장이 충격을 받아 멈추거나 폐가 다쳐서 공기를 마시지 못하면 안 되겠지요?"

"네."

"죽어요."

그런데, 한 녀석이 묻는다.

"선생님, 마음은 어디에 있어요?"

"마음……?"

마음이 갈비뼈 안 어딘가에 있다고 생각했던 모양이다. 순간, 살며시 웃으면서도 당황했다.

'어떻게 말해 주어야 하지? 마음은 몸 안에 있는 건 아니지.'

굳이 '없다'라고 말하기는 애매한 일이다. 주섬주섬 설명하기 시작했다.

"마음은 손에 잡을 수 있게 딱딱하게 생기지 않았어요. 예를 들면……
공기 같은 거. 보이지는 않지만, 후~ 하~ 봐봐. 공기가 있어서 숨을 쉴
수 있지? 이런 거예요. 보이진 않지만, 있는 거. 그래서 어디에 있는지 정
확히는 몰라요. 그런데 선생님은 마음이 아플 땐 머리랑 가슴이 아프더
라. 그럼 그 근처 어디에 있는 거 아닐까?"

"……"

아이들은 더 알쏭달쏭해진 표정이다.

내가 웃기 시작하니, 모두들 웃어버렸다.

몇 년이 지난 그 교실 풍경이 아직도 생생하다.

어떤 단어에 대해 새로운 색깔이 덧씌워지는 때가 있다. 아이들의 시선
에 나의 세계가 다른 빛을 낼 때가 있다. 슬그머니 미소가 지어지고, 따
뜻한 공기가 교실을 메운다. 내가 사랑하는 시간이다. 엉뚱한 녀석들의
말이 그렇게 사랑스럽고 때로는 아이들의 해맑은 모습에 절로 웃음이
나온다.

어떻게 이 일을 선택했느냐 묻는 사람들이 많다.

생소한 직업이고, 선뜻 선택하기 어렵다고들 한다. 하지만 그저, 학생들
과 학교에 있는 일이다. 별반 다르지 않다. 그저, '교사'일 뿐이다. 대단한

사명감이 있는 것 아니냐는 듯 묻는다. 그저, '교사'일 뿐이라고 답한다. 그런 편견이 싫어서 특수교사라 대답하기 싫었던 적도 있었다.

'특수교사=천사?'라는 프레임에 연결짓기도 한다. 많은 특수교사들은 이 프레임을 좋아하지 않는다. 장애학생을 지도한다는 건 착해야 할 수 있는 일이 아니다. 특수교사가 착하고 선한 사람들이 할 수 있는 일이라는 말은 장애인을 대하는 사람들의 편견이다. 모두가 할 수 있는 일이다. 어쩌면 모두가 함께 해야 하는 일이다. 장애학생들도 똑같은 학생들이다. 어쩌면 장애학생들에게 부여되는 문제가 특수교사에 대한 헌신적인 인식을 만들어냈는지 모른다는 생각이 든다. 하지만 따지고 보면, 일반학생들도 어려운 문제들이 많다. 모든 교육이 어려운 시대이다.

착한 선생님 말고, 오히려 더 전문적인 영역의 교사이고 싶다. 착해서 할 수 있는 일이 아니라 장애학생에 대해 전문성을 가져야 할 수 있는 일이다. 마인드와 전문성은 다른 차원의 일이다. 반복적이고 단순하지만 앎이 있는 교육, 꼭 필요한 기본능력을 기르기 위한 교육과정의 구성, 끈기와 인내로 함께 만드는 교육은 특수교육이 가진 특성이며, 경험과 전문성에서 나오는 것이다.

나에게 특수교사라는 직업은 '좋은 직업'이었다. 의미 있는 직업이라고 생각했다. 아버지께서 이 일을 추천하셨고, 선뜻 특수교육학과에 지원하게 되었다. 특별할 것 없는 시작이었다. 이 일이 이제 십여 년이 넘었다. 여전히 '좋은 직업'이라고 생각한다. 하지만 장애학생들을 만나다 보니 편견과 소외가 그들만의 일이 아님을 알게 되었다. 어느 때는 아이들의 좌절과 슬픔에 함께 무너지기도 한다. 그래서 더 생각한다. 특수교육은 착한 마인드만으로는 안 된다. 착한 마음이나 봉사가 필요한 직업보다는 전문적인 직업이어야 한다.

유아에서 중등까지 넘나드는 개별적인 수준의 생활지도와 학업, 장애에 대한 기본 의학 지식과 보조공학 지원, 나아가 진로와 사회통합까지. 넓은 영역의 전문성을 위해 오늘도 많은 선생님들이 애쓰고 있다.

'특수교육'이라는 한 교과의 전문적인 교사들.

현장에서는 그것이면 된다. 하지만 아직도 교과의 전문성과 역할을 인정받지 못하고, 때에 따라 교과이기도 비교과이기도 하다. 담임인지도 모르고, 복지사냐고 묻는 사람들도 있다. 특수학급에서 수업을 하는지 모르는 경우도 있고, 혹은 수업 중에 불쑥불쑥 들어와 아이들과 놀고 있냐고 물어오기도 한다. 교육을 해야 하는데 잘 돌보라고 한다. 점점 더 나아지고 있지만 바꿔야 할 점이 많다. 그래서 더 마음을 다잡기도 한다.

그래도 아이들과 있어 즐겁다. 서로 인상을 쓰고 씨름할 때도 많지만, 아이들 덕분에 웃을 때도 많다. '특수교사는 제자가 없다'라는 말을 한다. 얼마 전 마트에서 만난 오래 전 제자는 내가 반가워 부르는 이름에 휙 눈길만을 주고 떠나갔다. 안타깝기도 하지만, 어떨 때는 선생님의 이름 하나 기억해 주는 제자들의 모습에 감동이 있는 게 사실이다.

물론 상황에 따라 매일 전화를 해서 하고 싶은 말들을 종알종알 하는 제자도 있다. 이렇게 말하면 참 양극단이지만, 그저 세월이 지나 한때의 교실풍경을 함께 추억하고 나눌 제자. 그런 제자는 만나기 어렵다.

"나도 33년째 특수교육 현장에 있지만, 일선 교사들이 자긍심과 보람을 느끼게 해 줄 수 있는 유인이 무엇일까. 늘 고민합니다. 사명감만으론 버티기 힘든 일이니까요."

얼마 전 읽은 기사에서 한 특수학교 교장선생님께서 하신 말씀이다.

사명감이라는 말은 참 무겁다. 학교에서 내가 찾는 의미는 무엇일까. 자긍심과 보람을 바라왔던가.

희영이를 기억한다.

희영이를 처음 만났을 때, 그녀는 사춘기 소녀와 같았다. 장애가 경미하고, 공부도 곧잘 따라와 주어 큰 걱정을 하지 않았다. 그런 희영이는 유난히 마음이 여렸다. 어딘가 기댈 곳이 필요했다. 희영이는 간질을 하기 시작했다. 이상한 일이었다. 원래 간질이 있던 아이가 아니었다. 처음에는 그저 흉내를 내는 것이라고 생각했다. 병원에서도 희영이가 간질을 갖고 있는 건 아니라고 말했다. 시간이 지날수록, 희영이는 등굣길에도 쓰러지고 증상도 악화되었다. 연락을 받으면 어디든 뛰어나가 희영이의 손을 붙잡고 애를 쓰던 날들이었다.

학년 말. 희영이를 결국 특수학교로 보내야 했다. 희영이가 그곳에서는 좀 더 마음 편히 학업을 지속하길 바랐다.

색색의 꽃다발이 오가던 졸업식 아침에 받은 희영이가 꾹꾹 눌러 쓴 편지의 마지막 말에 눈앞이 흐려졌다.

'이 세상에서 가장 사랑하는 엄마 같은 선생님.'

내가 받은 최고의 마지막 인사였다. 한참을 서서 눈물을 훔쳤다.

마음 약한 녀석에게 늘 씩씩해져야 한다고 다그쳤는데, 마음 가득한 편지로 오히려 나를 울려버렸다.

'마음이 아파 점점 뒷걸음치는 희영이에게 뭘 해 주었나.'

조금 힘에 겨웠다고, 어떻게 2학기를 지나왔나 했는데…….

한 줄의 인사가 내 마음을 저리게 한다. 가슴이 먹먹한 걸 보니 내 마음은 거기쯤에서 매일의 삶을 지탱해 가고 있나 보다. 아이들과 때로는 찐한 웃음으로 행복하고, 가끔은 힘겹다. 또 한없이 부족함을 느낀다. 그럴 때마다 몸 어딘가에서 찌르르 마음이 말한다. 모든 선생님들의 마음일 것이다.

매일 아이들도 나도 조금씩 삶을 배워간다. 그 시간들이 모여 우리를 만들어 간다. 마음속에 남은 시간들이 있어 힘을 얻는다. 우리가 선택한 최선의 시간들이 모여 더 괜찮은 '특수교육'이 되었으면 좋겠다. '특수교육'의 색이 좀 더 분명해지고, 전문적인 영역으로 성장해 가면 좋겠다. 통합교육을 함께 고민하는 사람들이 많아졌으면 좋겠다. 특수교사 홀로가 아니라 함께 가는 교육이었으면 좋겠다.

그렇게 오늘도 한 걸음 더.

Part 4

연보랏빛* 오라

이승은

저는 특수교사입니다.

장애인 가족을 둔 특수교사입니다.

어릴 적부터 1급 지적장애 여동생과 함께 자라며

중증장애인과 그 가족의 삶을 몸소 체험했습니다.

한 명의 장애인이 태어나면서부터

가족이 겪는 일들, 비장애 형제 자매의 고뇌, 그 가정의 분위기,

그리고 특수교사가 된 후, 더 넓은 관점으로 돌아보게 된

장애인의 삶과 미래에 대한 저의 솔직한 의견을 담았습니다.

개인적으로 부끄러운 경험도 담겨 있고,

아직은 부족한 제 식견으로 적은 이 글이 훗날 저를 부끄럽게 할지도 모르겠습니다.

하지만 저는 이 글을 통해 저와 비슷한 처지에서 고민하고 있는 분들께

공감과 희망을 드리고 싶습니다.

끝으로, 고단했던 삶을 마치고

지금은 하늘나라에서 편히 쉬고 계실 나의 어머니께 이 글을 바칩니다.

*오라: 인체나 물체가 주위에 발산한다고 하는 신령스러운 기운.

★정은이 이야기

느린 아이

1989년 11월.

제법 쌀쌀한 가을바람이 불던 날이었다.

엄마는 막내 여동생을 낳으러 산부인과에 갔다. 난산이었다. 언니와 내가 이미 제왕절개로 태어났기 때문에 막내의 자연분만은 불가능했다. 그러나 아기의 머리가 엄마의 질 입구에 끼어 있었다. 의사는 억지로 기구를 사용하여 아기의 머리를 끄집어냈다. 아마 그때 아기 머리가 다친 것 같다고 엄마는 말씀하셨다.

동생을 낳고 엄마는 한 달 동안 걷지 못하셨다. 언니와 나는 막 태어난 동생을 만나기를 고대했다.

한 달 뒤, 엄마가 막내를 수건에 둘둘 싸서 처음 집으로 데리고 왔다. 잘 생각나지 않지만 오래된 사진 속에서 우리가 막내의 탄생을 진심으로 기뻐했다는 것을 알 수 있었다.

퉁퉁 부었지만 환하게 웃는 엄마와 수건에 돌돌 말린 작은 아기, 그 뒤에 신이 나서 브이를 그리고 있는 언니와 나의 모습.

언니의 이름 영은이, 나의 이름 승은이, 막내의 이름은 정은이가 되었다.

정은이는 눈망울이 크고 아름다운 아기였다. 잘 울지도 보채지도 않았다. 순둥이 막내, 우리는 그녀를 사랑했다.

엄마는 정은이가 태어난 지 1년이 지나도록 말을 하지 않자 조금 이상하다는 것을 알았다. 아이를 데리고 병원에 갔다. 뇌에서 언어 부분이 기능을 하지 않는다는 소견을 들었다. 청천병력과 같은 일이었다. 왜 이런 시련이 우리 가정에 주어졌을까? 가난한 형편에 장애아이라니, 눈 앞이 깜깜했다.

언어가 발달하지 않으면 뇌 발달도 어렵다. 정은이는 중증 지적장애 판정을 받았다. 몸의 기능에는 이상이 없었다. 처음 보면 장애인이라는 것을 눈치 채기 힘들 정도였다. 그러나 해가 갈수록 정은이는 평범한 아이들과 발달상의 차이를 갖게 되었다. 특히 말 발달이 더뎠다.

"엄메~" "우~에~" 등 이따금 알 수 없는 소리를 반복해서 내긴 했지만 알아들을 수 있는 말은 아니었다. 무엇을 요구하거나 떼쓰는 일도 거의 없었다. 본래 온순한 성품일 뿐더러, 인지능력이 낮기 때문에 욕구도 복잡하지 않았고 그래서 의사소통에 대한 필요성도 크게 느끼지 않았던 듯하다. 숫자나 글씨를 쓰는 것도 어려웠다. 해가 지나고 몸은 점점 커 가는데 정은이의 지능은 세 살에 머물렀다.

이 느린 아이는 행동도 굼떠서 자주 넘어지고 다쳤다. 넘어지면 꼭 머리를 다치곤 했다. 간질도 자주 했다. 엄마는 정은이의 교육에는 별다른 욕심을 부리지 않았다. 얌전한 아이였기 때문에 데리고 다니는 것이 어려운 일도 아니었다. 언니와 나는 동생을 곧잘 돌보았다. 생계를 책임져야 했던 엄마는 생활고에 치여 막내 교육에는 점점 무관심해졌다. 그저 아이를 인형같이 옆에 끼고 돌았다. 정은이는 그런 환경에 조용히 순응했다.

그녀에게만 위험한 세상

정은이는 종종 간질발작을 일으켰다. 내가 처음 간질발작을 본 것은 정은이가 다섯 살쯤 되던 해였다.

그날은 교회에서 간식으로 삶은 계란과 요구르트를 먹은 날이었다. 정은이의 표정이 좋지 않았다. 분명 체했는데 배가 아프다 말을 못했다. 아이는 경기를 일으켰다. 전신을 비틀며 거품을 물었다. 경기를 일으키는 것을 처음 본 엄마는 깜짝 놀라 아이를 들쳐 업고 근처 한약방으로 단숨에 뛰어갔다. 한의사는 침을 몇 군데 놓아주고 괜찮으니 집에 데려가 쉬게 하라고 했다. 나는 언제 그랬냐는 듯 평온한 얼굴로 새근새근 잠이 든 정은이 얼굴을 내려다보았다. 정은이는 그 후로도 삶은 계란을 좋아했지만 나는 그날부터 삶은 계란이 싫어졌다.

정은이는 물을 좋아했다. 욕조에 물만 받아져 있어도 강아지 같이 흥분해서 마구 들어가려고 했다. 우리는 어릴 적 자주 목욕탕에 갔다. 그날 나는 냉탕에서 첨벙거리며 노느라고 정신이 없었다. 그런데 어느 순간 목욕탕 밖에서 사람들이 웅성웅성 모여 있는 것이 보였다. 나는 물놀이를 멈추고 사람들이 모여 있는 곳으로 갔다. 거기에 아기 하나가 물을 먹은 채 누워 있었다. 정은이였다.

온탕에서 어떤 아주머니의 발에 두 번이나 걸려 넘어져 물을 먹고 말았다. 엄마가 뒤늦게 발견하고 건져 올렸지만, 정은이는 이미 의식 없이 축 늘어진 상태였다. 당시 그곳에 있는 사람 중 아무도 인공호흡을 할 줄 아는 이는 없었다.

그저 숨 쉬지 않는 아이를 주무르고 흔들기만 했다. 나는 어디에선가 코를 막고 입에 공기를 불어 넣는 것을 본 적이 있었다. 그것이 인공호흡이란 것을 알게 된 것은 한 참 뒤의 일이었다. 당시 직관적으로 그렇게 하면 정은이가 다시 숨을 쉴 수 있을 것이라 생각했다. 그래서 나는 정은이의 코를 막고 본 대로 흉내를 내려고 했다. 그런데 어떤 아줌마가 아기가 숨 쉬어야 하니 코를 막지 말고 비키라며 화를 냈다. 나는 주눅이 들어 뒤로 물러나고 말았다. 다행히 정은이는 스스로 물을 토해 내고 우렁차게 울었다. 나는 눈물이 났다. 그 후로도 정은이는 물을 좋아했지만, 나는 물이 무섭다.

정은이와 함께 지내면서 아찔한 순간들이 많았다. 일반적인 아이들이 대수롭지 않게 지나치는 위기들이 장애를 지닌 아이들에게는 생사를 달리하는 순간이 되었다. 사회의 안전망은 비장애인을 기준으로 만들어졌으며, 소수그룹인 장애인을 기준으로 만들어지지 않았다는 사실을 알게 됐다. 정은이에게는 낮은 어린이용 풀장도, 그저 평범해 보이는 계단이나 난간, 문턱이나 손잡이, 시멘트 바닥조차도, 보이는 그 모든 것이 위험했다.

"쿵!" 거실에서 소리가 났다. 나는 무슨 일인가 싶어 거실로 나갔다. 정은이가 엎어져 있었다. 별 것도 아니었는데 살짝 올라온 장판에 발이 걸려 엎어지면서 TV장에 머리를 부딪쳤다. 정은이의 표정이 일그러지더니 눈이 돌아갔다. 뇌진탕과 함께 경기가 시작되었다. 손발이 오그라들고 눈은 돌아갔다. 입술이 시퍼렇게 변하고 코와 입에선 피가 흘렀다. 나는 당황했다.

엄마가 달려오더니 "어서 119에 신고해!" 소리를 질렀다. 나는 정신없이 신고를 했다. 엄마는 경직된 정은이의 뒷덜미를 주무르기 시작했다. 울부짖으며 간절히 기도했다.

"하나님! 이 애를 살려주세요! 제게 약속하셨죠? 기도하는 것은 뭐든 들어주신다고 하셨잖아요! 제발 이 아이를 살려주세요!"

그리고 1초, 2초……. 정말 뭘 어떻게 해야 할지 눈앞이 캄캄했던 나는 신발도 신지 않고, 근처 119지구대까지 달려가서 이미 신고를 받고 출동하려고 하는 소방관을 미친듯이 불러댔다. 구급대원을 데리고 집에 도착했을 때 정은이의 의식이 돌아와 있었다. 병원에서 뇌진탕으로 인한 뇌출혈 진단을 받았고, 일주일간 입원했다. 다행히 입과 코에서 피가 흘러나와 회복이 빨랐다.

그 이후로 나는 "쿵" 소리에 대한 트라우마가 생겼다. 지금도 자다가도 그 소리가 들리면 몸이 반사적으로 튀어나가서 상황을 확인하는 버릇이 생겼다. 그럴 때마다 내 심장은 오그라든다.

정은이가 사는 세상은 그녀에게만 위험했다.

착한 언니 콤플렉스

어느 날 우리 집에 오신 친할머니가 정은이를 보고 말씀하셨다.

"우리 집에는 장애인이 없는데, 야는 우째 이러노?"

그저 안타까움에 뱉으신 말이다.

엄마는 대답 없이 고개를 푹 숙였다. 그 말은 엄마에게 상처가 되었다. 엄마는 일생 동안 정은이에 대한 걱정과 미안한 마음을 안고 살아갔다. 연약한 여성으로서 세 자녀를 교육하고 가정의 경제를 꾸려야 하는, 그녀가 안고 가야할 삶의 무게가 막중했다. 때로는 허허벌판에 혼자 서 있는 것 같은 고립감과 외로움을 느꼈다.

당시만 해도 대부분의 유치원이나 어린이집에서는 장애 유아를 차갑게 외면했다. 그나마 정은이는 집 근처 마음씨 따뜻한 어린이집 원장님을 만나서 특수학교에 입학하기 전까지 어린이집을 다닐 수 있었다. 엄마는 정은이를 어린이집에도 보내고, 특수학교에도 보내고 성인기에는 전공과 그리고 주간보호센터까지 보낼 수 있었다. 운이 좋은 케이스였다. 따뜻한 도움의 손길이 엄마가 숨을 쉴 수 있도록 도와준 것이었다.

하지만 엄마는 여전히 외로웠다. 자녀가 정상이 아니기 때문에 주변에서 쏟아지는 측은한 시선들, 막상 도와주지도 않을 사람들이 입으로만 '불쌍하다'며 생각 없이 내뱉는 말들로 수없이 상처를 받았다.

특수교육에 대한 정보는커녕, 어디서 그런 정보를 얻어야 하는지조차 몰랐다. 때때로 나조차 엄마가 정은이를 너무 무능하게 키운 것 같다는 생각을 하곤 했다. 엄마가 정은이의 언어치료를 중간에 포기하지 않고 지속했다면……. 하다못해 정은이가 혼자 씻고 밥 차려 먹는 것이라도 계속 가르치지, 왜 온실 속 화초처럼 모든 것을 다 해주셨을까? 자식인 나조차도 이렇게 엄마 탓을 하는데 하물며 세상 사람들 눈에 장애인의 엄마는 어떻게 비쳤겠는가? 정은이가 장애를 갖고 태어난 것이 정말로 그녀의 죄도 아닌데 말이다.

장애인 가족을 데리고 다니면 다양한 시선이 쏟아진다. 가장 많이 받는 시선은 측은함이다. 나는 어릴 적 정은이를 데리고 자주 친구들과 놀러 다녔다. 내 친구들은 거의 대부분 정은이를 귀여워했다. 내가 노는 동안 정은이를 대신 돌봐주는 친구도 있었다. 하지만 어른들은 나와 내 동생을 조금 달리 보는 것 같았다.

"얘가 네 동생이야?"

"네."

"근데 얘는 왜 말을 안 하니?"

"말을 못해요."

"어머! 데리고 다니는 거 힘들지 않니? 언니가 참 착하네."

나는 동생을 데리고 다니는 것이 특별한 취급을 받는 것이 조금 이상했다. 여느 언니, 형들도 동생들을 데리고 다니지 않는가?

아마 이때부터인가보다. 내가 '착한 아이' 병에 걸린 것이. 사람들은 나를 언제나 동생을 잘 돌보는 아이로 기억했다. 지금도 우리 가족과 오래 알아온 지인들은 내가 굉장히 착한 줄 안다. 착해야만 장애인 가족이 될 수 있는 걸까? 그냥 평범한 것이 될 순 없나?

나는 어느 순간, 내가 나 자신보다는 타인의 감정에 더 신경을 쓰며 살고 있다는 것을 깨달았다. 나는 동생을 잘 돌보는 착한 아이였다. 내 것을 주장하기보다는 희생해서 다른 사람을 도와주는 착한 아이였다. 사람들의 기대를 저버리면 안 됐다.

나 혼자 있을 때는 씻는 것이 싫다. 청소도 귀찮으면 하지 않는다. 심지어 먹는 것도 귀찮아서 건너뛰거나 대충 차려먹는 경우가 허다하다. 솔직히 나는 나를 돌보지 않는다.

그런데 누군가 날 지켜본다고 생각하면 태도가 180도 바뀐다. 그 사람을 편안하게 만들기 위해 과할 정도로 눈치를 보며 최선을 다한다. 누군가 우리 집에 놀러오면 미리 청소도 해두고 음식도 차리고 또 불결한 내 모습을 보고 불쾌할까 봐 말끔히 씻고 옷까지 갈아입는다. 그런 나의 성향은 사람들과 함께 있을 때 내 스스로를 굉장히 피곤하게 만든다. 피곤한 줄은 알지만 어려서부터 굳어진 습관, 즉 착한 아이가 되어야 한다는 강박은 내가 스스로에게 더 집중하고 원하는 일에 신경을 쏟는 데 방해가 되었다.

많은 장애인 형제가 나와 같은 심리적인 문제를 겪고 있을 것이다. 사회적인 통념은 그들을 '착한 이미지'로 가둬버리는 경향이 있다. 그것은 그들이 정말 원하는 삶을 추구하게 하기보다는 타인이 보는 이미지에 맞추어 살도록 노력하게 만든다.

나는 장애인 형제자매들이 먼저 그들의 삶에서 자신을 먼저 찾았으면 좋겠다. 착한 아이가 아니어도 괜찮다. 조금 이기적이어도 된다. 나 스스로를 돌볼 줄 모르는 사람은 진정으로 남을 돌볼 줄도 모르게 된다. 형제를 돌보지 않는다고 누가 그들에게 손가락질할 수 있겠는가? 누군가 장애인 형제에 대한 책임을 일부러 그들에게 지워주지 않아도 이미 그들은 정신적으로, 어쩌면 낳아준 부모보다도 더 큰 부담을 느끼고 있을지도 모른다. 부모는 먼저 세상을 떠나겠지만 결국 마지막까지 남아서 서로를 돌보는 것은 형제, 자매일 테니까.

천사를 위한 기도

어릴 적 우리 가족은 항상 잠자기 전에 모여서 가족기도를 했다. 그 기도에는 항상 빠지지 않는 소원이 있었는데, 바로 "정은이가 말을 할 수 있게 해주세요"라는 기도였다.

내가 기억하는 바로는 매일 그 기도를 했다. 10년 넘게 했다. 그러나 하나님은 그 소원을 들어주시지 않았다. 10대 중반을 넘기면서부터 나는 더 이상 그 기도를 하지 않았다.

시간이 훌쩍 지나 이십대 중반이 되었을 무렵 나는 문득 우리 가족의 간절했던 기도를 떠올렸다.

물론 말을 잘하게 되면 좋았겠지만 그렇지 않아도 여전히 정은이는 사랑스러운 막내였고, 우리 가족에게 중요한 인물이었다. 오히려 도움이 필요한 정은이가 있었기에 가족들은 항상 서로의 희생에 고마워했고, 인내심과 공감능력을 기를 수 있었다. 정은이가 방긋 웃는 모습을 한 번 보기 위해 나와 언니는 온갖 재주를 부려댔다. 그로 인해 우리 집은 생활고

속에서도 행복한 분위기를 유지할 수 있었다. 정은이의 순수한 눈빛을 바라보면 우리의 마음은 정화되고 위안을 얻었다.

엄마는 때때로 언니와 나에게 정은이의 존재 이유에 대해서 이렇게 말씀하셨다.

"정은이는 태어나기 전에 유능한 천사였는데, 너무 훌륭한 존재이기 때문에 세상의 악에 물들지 말라고 하나님께서 장애를 주셨단다. 정은이는 말을 할 수 없는 대신 죄도 짓지 않는다. 그리고 하나님은 정은이를 통해 우리를 시험하셔. 그래서 정은이에게 함부로 하는 사람은 나중에 벌을 받게 될 거야."

엄마의 말을 듣고 나니 정은이가 사뭇 다르게 보였다. 장애를 입은 답답한 육체 속에 갇힌 유능한 천사라니…… 우리 가족은 우리의 천사가 말을 하게 해달라고 10년간 기도했지만, 우리의 천사는 그 침묵으로 온 생애 동안 우리 가족을 축복했다.

특수학교에 입학한 정은이

정은이는 여덟 살이 되어도 말을 하지 못했다. 언어치료를 다니기는 했지만 당시만 해도 학령기에 언어치료를 하려면 돈이 많이 들었다. 어려운 형편에 엄마는 1년 정도 언어치료를 다니다가 포기했다. 정은이의 발성기관에는 이상이 없었다. 구강 구조가 이상한 것도 아니었다. 교정하지도 않았는데 세 자매 중에 치열이 가장 예쁘고 바르게 난 아이였다. 옹알이를 하는 것도 같은데 좀처럼 빨리 말문이 트이지 않았다.

여덟 살에 그녀가 할 수 있는 말은, "엄마, 아빠, 언니, 수박, 수건, 주(주세요)"가 전부였다. 엄마는 정은이를 일반학교에 보낼 수 없었다. 그러다가 장애인들이 다니는 학교가 있다는 사실을 알게 되었는데 '장애인들만' 있는 학교란다. 이왕이면 일반 초등학교에 보내고 싶고 정상적인 아이들 사이에 섞여 놀게 하고 싶었다. 하지만 정은이 자체가 장애인이었다. 인정하기 힘든 현실이었다. 미루고, 미루고 1년이 지난 후 아홉 살이 되고 나서야 정은이는 학교에 들어갈 수 있었다.

정은이는 언제나 시끄럽고 사고를 치는 열댓 명의 아이들 사이에서 뒤로 물러나 앉아 조용히 바라보곤 했다. 당시에는 한 학급당 특수교육대상학생의 수가 열두 명도 넘었다. 일당백인 아이들이 열이 넘게 있으니 특수교사의 고충 또한 오죽했으랴. 그나마 말썽 없이 조용히 있어주는 정은이는 모범생이었다.

정은이의 배움에는 언제나 아쉬움이 있었다. 아무리 학교에 다녀도 읽고, 쓰고, 셈하고, 말할 줄을 몰랐다. 내성적인 정은이는 도무지 교사들의 관심을 끄는 법을 몰랐다. 하지만 엄마는 이 장애인학교가 고마웠다. 적어도 아이가 학교 가 있는 동안에는 일을 할 수 있었다. 정은이는 특수학교를 다니면서 가족 외에 '사회'라는 것을 겪고 경험할 수 있었다. 줄 서는 법, 앉아 있는 법, 눈치껏 행동하는 방법도 익혔다.

특수학교에는 통학버스가 있다. 등하교 시 통학버스가 학생을 집 근처까지 데리러 와주고 또 태워다 준다. 나는 종종 정은이의 등하교를 도왔다.

처음엔 버스가 집 근처까지 와주니 참 편리하다고 생각했다. 그때는 무지해서 잘 몰랐다. 도보로 통학할 수 있는 거리에 특수학교가 있어야 마땅했다. 비장애 아이들은 위험한 차도를 건너지 않아도 걸어서 뛰어서 5분 안에 학교에 간다. 특수학교는 혐오시설이기 때문에 도심에서 멀리 떨어져 있어야 했다. (이것은 오늘날도 크게 다르지 않은 것 같다.) 몸이 약한 장애인들이 한두 시간 동안이나 멀미해가며 학교에 갈 수밖에 없는 현실은 불합리했다.

시설에서 보낸 1년

정은이가 열여섯 살 되던 해였다. 엄마의 장기 항암치료가 결정되었다. 정은이를 돌봐줄 수 있는 사람이 없었다. 결국 우리 가족은 정은이를 시설에 보내기로 결정했다.

1년 동안 정은이는 장애인 보육시설에 맡겨졌다. 주말에는 아버지와 함께 정은이를 데리러 시설을 방문했다. 그 시설 원장은 장애인 가족들에게 금품과 기부를 노골적으로 요구하는 속물 원장으로 유명한 인물이었다. 시설에 대한 정보가 제대로 없었던 엄마는 급하게 정은이를 보내느라고 미처 이런저런 정보를 제대로 파악하지 못했다.

말을 하지 않는 아이가 단체생활에서 어떤 대우를 겪었을지는 보지 않아도 뻔했다. 정은이를 주말에 데리러 갈 때면, 그녀는 멀리서 버선발로 반갑게 뛰어 나왔다. 가족들과 시간을 보내고 일요일 오후에 시설로 다시 데려다 주면 눈물이 그렁그렁한 채로 '제발 다시 그곳으로 날 보내지 말아줘요'하고 애원하는 눈빛을 보냈다. 나는 매번 정은이를 시설로 보낼 때마다 마음이 아팠다.

정은이는 시설 생활을 하면서 점점 표정을 잃었고 그나마 옹알거리던 말조차 하지 않았다. 엄마는 항암치료가 끝나자마자 정은이를 집으로 데리고 왔다.

시설 퇴소 후 정은이는 이상한 행동들을 하기 시작했는데, 잠을 잘 때도 잠옷으로 갈아입지 않고 심지어 양말도 벗지 않고 잤다. 한번은 점심시간에 찾아가서 정은이를 관찰하다가 나는 경악했다. 식판에 음식을 받아먹을 때 정은이는 모든 반찬과 밥을 국그릇에 모아 개밥을 만들어 먹었던 것이다. 어디서 그런 버릇이 생겼는지는 말하지 않아도 뻔했다. 시설에서였다.

시설 입소 이후 정은이는 실어증에 걸렸다. 그 전에 시키면 자주 하던 "엄마, 아빠, 언니, 수건, 수박" 소리를 더 이상 하지 않았다. 소리를 내라고 해도 입만 뻥긋할 뿐이었다. 정은이에게서 다시 '언니' 소리를 들은 것은 그 후로 꽤 오랜 시간이 지난 후였다. 이로 인해 나는 시설에 대한 안 좋은 선입견이 생기고 말았다.

커피에 홀리다

정은이는 특수학교 고등학교를 졸업한 뒤 같은 학교의 전공과에 입학하였다. 우리 가족 중에 커피를 마시는 사람은 없었다. 당연히 집에는 커피가 없다. 선생님들은 정은이도 나름 이제 성인이라고 특별대우를 해주었다. 바로 커피 맛을 보여준 것이다. 처음에 정은이는 아침마다 학교에서 담임선생님께 커피를 타드리기만 했다. 그러다가 교사들이 한두 잔씩 정은이에게 커피를 권했는데, 카페인의 깊은 맛에 정은이는 그만 홀려버리고 말았다.

고집행동이 거의 없는 정은이가 유일하게 고집과 문제행동이 나올 때가 바로 커피에 집착할 때이다. 내가 외출할 때면 커피 한 잔 얻어먹을 수 있을까, 하는 기대 때문에 무조건 따라가려고 아우성이다. 그러다 같이 나가면 하다못해 커피맛 아이스크림이라도 하나 먹어야 집에 들어올 수 있다.

한편으로는 정은이가 좋아하는 것이 생겨서 다행이었다. 뭐든 귀찮아서 안 하려다가도 커피를 한잔 주겠다고 하면 영혼이라도 팔 기세로 달려들었다. 강력한 동기 부여제이다. 안 하던 말도 한다. "세상에서 가장 좋아하는 게 뭐야?"라고 물어보면 단연 "커피!"라고 대답한다. 몇 단어 할 줄 모르는데 그 중에 "커피"도 껴있고 "아메(리카노)"도 있는 것이 신기할 따름이다.

이 집착은 담임선생님께 믹스 커피를 타주는 것부터 시작해서 점차 자판기 커피를 뽑아 먹는 재미로 진화했다. 정은이는 자판기를 사용하기 위해 동전을 모으기 시작했다. 우리는 그런 변화가 반가워서 정은이에게 빨간 지갑을 선물했다. 세상에, 커피로 인해 돈 개념을 배운 것이다. 엄청난 순기능이다!

그런데 문제는 가끔 남의 지갑을 뒤져서 동전을 훔치는 것에 있었다. 한번은 하도 혼자 커피를 뽑아먹으러 나가려고 해서 지갑에 모아둔 동전을 다 빼앗았다. 그랬더니 그것이 억울했던지 승강기를 타고 가다가 마주친 아랫집 초등학생의 가방을 뒤진 일이 있었다. 그 장면이 고스란히 CCTV에 담겨서 아랫집 엄마의 민원 전화를 받게 됐다.

"정말, 제 아이가 범죄를 당한 줄 알고 경찰에 신고하려고 했어요. 동생분이 그러면 혼자 두면 안 되죠. 이 아파트 사는 다른 아이들까지 피해를 당할까 염려스럽네요."

"죄송합니다. 제가 더 신경 써서 관리하겠습니다."

백번 머리를 조아리고 죄송하다고 말하는 수밖에 없었다. 그때 한창 정은이가 혼자서 등원하는 연습을 하던 중이었는데, 혼자서도 잘하다가 이런 일이 발생하는 바람에 나홀로 등원은 딜레마에 빠지고 말았다.

커피로 인한 순기능도 있지만 부작용이 더 많다. 정은이가 커피를 너무 많이 마신 날에는 잠을 제대로 자지 않아서 피곤 때문에 다음날 간질을 할 확률이 높아진다. 또 카페인이 소화기능을 떨어뜨리고 체내 수분을 앗아가기 때문에 심장박동이 빨라지고 구토를 하기도 한다.

우리 집에서는 정은이의 커피를 제한하기 위해 굉장히 많은 시간과 노력을 들이고 있다. 정은이는 틈만 나면 슈퍼마켓으로 달려가 커피를 사려고 시도한다. 그래서 누군가 24시간 함께 있어야 한다. 나는 외식을 하거나 슈퍼마켓에서 장을 볼 때 한 잔만 커피를 마실 수 있게 하고, 그마저도 웬만하면 커피우유나 커피아이스크림으로 대체하게 하려고 노력한다. 정은이가 칭찬할 만한 행동을 했을 때만 그녀가 가장 좋아하는 엔젤리너스 커피에서 샷을 반만 넣은 아메리카노 한 잔 얻어 마실 수 있다.

나는 가끔 우리 아이들에게 커피를 권할 때는 신중해야 한다고 느낀다. 물론 그들도 성인이니까 커피를 마실 권리, 술을 마실 권리, 담배를 피울 권리, 심지어 성적 경험을 할 수 있는 권리도 허용된다.

그러나 일반적인 성인들은 적절한 선에서 절제할 수 있다. 장애가 있는 아이들에게 절제는 상당히 어려운 숙제이다. 절제가 어려운데 중독 물질이나 매체가 남용되어 버린다면 가볍게 권한 커피 한 잔이, 술 한 잔이 그들의 삶 전체를 망쳐버릴 수 있기 때문이다.

정은이를 보면서 모두가 가볍게 좋아하고 즐기는 커피의 중독성은 굉장히 강하고 무섭다고 느꼈다. 비장애인들도 그런 물질에 한번 중독되면 벗어나기까지 금단현상을 겪고 어려운 시간을 보낸다. 하물며 장애인들이 중독을 겪을 때의 폐해는 얼마나 크겠는가.

장애인을 거부하는 보험회사

십대에 들어 정은이의 간질이 거의 사라졌다 싶었는데 이십대 후반이 되어서 간간히 다시 나타나기 시작했다.

하루는 세 자매가 다함께 외식을 하고 정은이가 좋아하는 커피를 한잔 뽑아 들고 밖으로 나왔다. 정은이가 화장실에 가고 싶다는 표시를 했다. 나는 정은이 손을 잡고 식당 옆 출입구 화장실로 데리고 갔다. 문이 열려 있는지 확인하고 올라가려고 하는데 정은이의 눈이 풀리더니 자꾸 계단 밑으로 내려가려고 했다.

'어? 왜 저러지? 화장실은 위쪽인데 왜 자꾸 계단 밑으로 가려고 할까? 이상하다.'

그때 직감으로 간질발작이 일어나려고 한다는 것을 알았다. 정은이도 자신의 몸에 이상을 느끼자 곧 쓰러질 것을 대비하여 낮은 곳으로 위치를 옮기려고 한 것이다. 내가 받치고 있던 정은이의 몸이 곧 뻣뻣하고 무거워지기 시작했다. '털썩' 나는 있는 힘을 다해 최대한 천천히 정은이를 받쳐서 바닥에 눕혔다.

이내 대발작이 시작되었다. 손발이 뒤틀리고 눈이 돌아가면서 입이 파래졌다. 나는 정은이를 옆으로 돌려 눕히고 머리를 내 무릎으로 받쳐서 충격 받지 않도록 했다. 입에서는 거품과 피가 섞여 흘러나왔다. 의식이 없는 채로 혀를 깨문 것이다. 그러나 근처에서 치아 사이에 끼워줄 나무 젓가락이나 손수건을 찾기가 어려웠다. 정은이는 숨 쉬기가 어려워 손끝까지 시퍼래졌다. 정은이가 숨을 쉴 수 있도록 가슴 쪽 셔츠 단추를 급하게 뜯어주었다. 정은이는 너무나 괴로워했다.

"으어어어아아아아!"

평소에 그렇게 말을 시켜도 기어가는 목소리밖에 안 내던 아이가 숨을 쉬기 위해 혼신의 힘을 다해 비명을 질렀다. 첫째 언니도 정은이가 그렇게 큰 소리를 내는 것은 처음 보았다고 했다. 얼마나 발작이 심했는지 허공에 주먹까지 휘두르며 전신이 감전된 것처럼 떨었다.

1~2분이 지났을까? 간질 발작이 2분 이상 지속되면 응급실에 가야 한다는 사실이 기억났다. 119에 전화해 달라고 요청했다. 다행히 구급대원들이 막 도착할 무렵 간질발작은 잦아들었다. 막상 구급대원이 왔지만 응급실에 데려가는 것 이외에 딱히 해줄 수 있는 것은 없었다. 호흡과 맥박이 돌아온 것을 확인하고 구급차는 돌아갔다.

이후 정은이는 정밀검사를 받았고 간질의 원인이 되는 병변을 찾아 치료를 진행하는 중이다. 정은이의 병명은 뇌정동맥 기형으로 뇌의 정맥과 동맥 사이에 모세혈관이 생성되지 않아 겹쳐서 발생하는 허혈(동맥이 협착하거나 수축하여 유입이 감소하는 것)로 인해 간질 및 뇌출혈의 위험이 큰 병변이다. 앞으로 얼마나 더 치료를 받아야 할지 모르는데, 1회 수술비용이 천만 원으로 적지 않은 부담이었다.

아주 예전에 묻지도 따지지도 않는다는, 단 3일짜리 특판으로 나온 보험을 운 좋게 들어둔 것이 생각났다. 보험금 청구를 위해 문의 전화를 걸었다. 그러나 선천성 기형은 실비나 수술비 적용에서 제외란다. 꼬박꼬박 보험료를 내고 있지만 정작 필요할 때는 1도 도움이 되지 않는다. 장애인은 보험을 들 때부터 제약이 많다. 사실 보험사들은 보험금 보장은커녕 장애인들에게는 보험을 들어주지도 않는다.

영리 기업인 보험 회사가 장애가 없는 사람들에 비해 상대적으로 더 잘 다치고 사망할 위험이 높다는 이유로 장애인을 보험혜택에서 제외시킨 것은 당연한 일일까?

내가 원해서 얻은 장애도 아니건만, 때때로 세상은 너무 매정하다. 아픈데 칼을 쑤시는 격이다.

연보랏빛 오라

내가 열일곱 살이 되던 해, 그리고 정은이가 열네 살이 되던 해, 엄마는 유방암 진단을 받으셨다. 당시 엄마의 나이는 겨우 49세였다. 이미 당시에 말기 암 판정을 받으셨다. 유방 한쪽을 다 먹어버린 암세포는 외과 수술로도 제거할 수 없었다. 암세포를 떼어 내려면 보통 주변 정상피부조직의 두 배 넘는 부위를 제거해야 하기 때문이다. 그러기엔 환부가 너무 컸다. 의사가 침통한 표정으로 전했다.

"병원에서 해드릴 수 있는 게 없네요. 댁에 가셔서 가족들과 시간 보내고 잘 준비하시기 바랍니다."

사형선고나 다름없었다. 그러나 엄마는 그 후로 15년을 더 사셨다. 10년 뒤 쯤 다른 일로 같은 병원 암센터를 찾아갔을 때, 그 의사는 엄마를 보고 놀라워했다. 십 년 전 죽은 줄만 알았던 환자가 아직도 살아있었으니 그럴 법도 하다. 엄마를 만난 모든 의사가 엄마의 상태는 이례적이라고 평가했다. 암 전이가 양쪽 유방과 전체 피부 앞 뒤판을 먹어 들어갔지

어머니가 암 투병 중 그린 그림. 따듯한 파스텔 톤의 배경에 집 한 채가 외롭게 서 있다. 집을 옆에서 지키고 있는 세 그루의 나무, 엄마는 이 나무들은 언니와, 나, 정은이라고 하셨다. 따듯하고 순수한 감성의 소유자인 어머니가 세상을 살아가면서 느낀 고립감과 외로움이 전해져 온다.

만 폐나 위, 뇌 등 주요 장기에는 전이되지 않아 생명을 보존하고 있었던 것이었다.

암 전이가 멈춘 것이 아니었다. 암은 15년 동안 전이되어가고 있었다. 마지막 3년 전부터는 이미 주요 장기 방어선도 무너져 폐 전이가 시작되었다. 엄마가 돌아가실 쯤엔 양쪽 폐 전체가 암세포로 덮였고 척추까지 전이된 상태여서 걷지도, 자가 호흡을 하지도 못하는 상태였다. 결국 엄마는 호흡곤란으로 올 3월 세상을 떠나셨다. 고된 투병생활이 끝난 것이다.

그러나 엄마가 판정받은 시한부 수명을 훨씬 넘기며, 유례없이 강인한 생명력을 유지한 것만은 누구도 부인할 수 없는 사실이었다. 무엇이 그녀를 그토록 강력한 의지로 살아남게 했을까?

이 세상 모든 장애인 부모의 소원은 하루라도 아이보다 더 살아서 마지막까지 자녀를 지켜주고 가는 것이다. 그런 집념이 엄마의 의지를 강화시키기도 했으리라. 하지만 그것만으로는 잘 설명되지 않는다. 엄마는 이미 돌아가시기 수년 전부터 정은이를 돌보지 못하셨기 때문이다. 오히려 정은이가 엄마 수발을 들 때가 더 많았다. 나는 정은이의 '연보랏빛 오라'에 주목해 본다.

십 년 전의 일이다. 정은이와 함께 길을 가고 있었다. 어떤 종교단체에서 길거리에 테이블을 펼쳐놓고 어떤 검사를 해주고 있었다. 넓적한 기계에 손을 올리면 그 사람이 가진 기운을 색으로 나타내어 보여 주었다. 나는 호기심에 정은이에게 한번 시도해 보자고 했다. 정은이는 고분고분 기계에 손을 올렸다. 모니터 속 정은이 손 주변에는 연보랏빛 오라가 은은한 빛을 내뿜고 있었다.

"치유 에너지네요."

"네?"

"아, 이 친구는 치유 에너지가 많아요. 옆에 함께 있기만 해도 마음이 편해지고 하지 않나요?"

"아, 네. 그런 것도 같고……."

"여러 사람에게 필요한 친구군요."

나는 그날 돌아와서 엄마에게 오라 검사에 대해 이야기했다. 엄마는 고개를 끄덕이셨다.

"그래, 엄마가 이렇게 오랫동안 살아있을 수 있는 이유도 정은이 때문인 것 같다. 정은이 옆에 있으면 마음이 안정되고 편안하고 좋잖니? 얘의 특별한 능력이야."

물론 그 연보랏빛 오라가 실재하는지는 알 수 없다. 하지만 한 가지 분명한 것은 엄마는 정은이로 인해 15년을 더 살다 가셨다. 암세포가 몸의 앞판 전체와 폐와 척추까지 먹어 들어가는 고통에도 엄마는 삶의 끈을 포기하지 않으셨다. 정은이는 엄마의 생존의 이유였고 동기였다.

엄마가 가시기 전날 밤, 산소 호흡기에 의존해 호흡하면서 엄마는 그날이 마지막 밤이라는 사실을 알고 계셨다.

"승은아, 엄마는 오늘 밤에 하늘에 갈 것 같다."

"에이, 엄마 무슨 소리야. 그런 소리 하면 못써. 금방 좋아질 거니까 마음 단단히 먹어요."

"그동안 엄마를 돌봐주어서 고맙다."

그만 눈물이 났다. 지금까지 한 번도 저런 말을 하신 적이 없는데…….

2015년 1월 어느날,
항암치료로 머리카락이 다 빠진 엄마에게
자신의 머리카락을 나누어 주고 있는 정은이,
그녀는 엄마에게 있어 삶의 동기이자,
치료의 힘이었다.

콧물이 줄줄 흘렀지만 훌쩍거리지 않았다. 엄마 등 뒤에 앉아서 휴지로 코를 틀어막고 조용히 울었다.

"다른 건 다 괜찮은데…… 정은이가 걱정이네."

"엄마 정은이 걱정하지 마, 내가 잘 돌볼게."

"고마워. 우리 정은이가 참 귀여운데…… 정은이 잘 돌봐주어라."

"응, 내가 꼭 잘 돌볼게 엄마."

엄마는 괴로움에 밤새 책상을 탕탕 치고 진통제를 놔달라고 떼를 쓰시다 잠이 드셨다. 그리고 고단했던 삶을 마치고 마침내 편안해지셨다.

돌아가시는 순간까지도 정은이의 안부는 엄마에게 큰 걱정이었다. 몸이다 큰 아기였다. 넘어지면 머리를 잘 다치는 아이였다. 눈이 맑고 따스한웃음을 짓는 아이였다. 불이익에 화내고 대항할 줄 모르는 아이였다. 잘해주면 잘해주는 대로 구박하면 구박하는 대로 다 받아들이고 순응하는아이였다. 그러면서 따스한 에너지로 주변을 치유하는 아이였다.

결국 엄마의 소원은 이루어지지 않았다. 대신 그 소원을 나에게 위임하셨다. 나는 삶에서 또 하나의 목표를 부여 받았다. 바로, 연보랏빛 오라를지닌 아이가 안전하고 행복한 삶을 누리다 가도록 지켜주는 일이었다.

★도전! 새로운 삶을 향하여!

자립생활 시동걸기

우리 가족은 동생의 거취 문제를 어떻게 할 것인가에 대해 오래 전부터 고민했다. 어머니가 돌아가시자 그 문제는 당장 해결해야 할 숙제가 되었다. 내 주변 지인들은 이렇게 말했다.

"야, 그만 하면 너도 네 할 일 다 한 거야. 너도 이제 네 인생 살아야지."

"14년 동안이나 가족을 돌봐왔는데 이제 좀 자유로워지면 안 되냐?"

"요즘엔 시설이 예전같이 나쁘지 않아. 오히려 정은이도 자기 인생을 살게 되고 더 좋을 거야. 정은이 시설에 맡겨."

나를 걱정해주는 지인들의 충고였다. 나는 감사했고 실제로 고민도 해봤지만 정은이를 시설에 보내는 것은 영 내키지 않았다. 시설에 대한 안 좋은 기억 때문이다.

미국 〈피플 퍼스트지〉에서는 시설의 정의를 이렇게 내리고 있다

1. 장애인만이 사는 곳

2. 자신이 선택하지 않는 세 명 이상의 사람들과 함께 살아야 하는 곳

3. 거주인이 침실이나 욕실을 잠그지 못하도록 되어 있는 곳

4. 운영진이 정한 식단과 취침시간을 강요하는 곳

5. 개인의 종교나 신앙생활을 강요하거나 제한하는 곳

6. 나를 보조할 사람을 내가 고르거나 바꿀 수 없는 곳

7. 성적 기호나 활동을 제한하는 곳

8. 내가 받는 보조나 스태프가 싫으면 내가 다른 곳으로 옮겨야 하는 곳

어떠한 좋은 시설도 이러한 시설의 한계를 넘지는 못한다. 그리고 어떤 사람도 자기의 결정과 선택의 자유가 제한된 곳에서 살고 싶지는 않을 것이다. 유럽 등 복지선진국에서는 장애인 수용시설을 폐쇄시키고 장애인들을 지역사회에 흡수시키는 정책을 지속적으로 펼쳐왔다. 그것이 시대의 흐름이다.

통합학급이 별로 없던 시절, 비장애학생들은 장애학생들을 만나면 당황했다. 장애인을 비하하고 무시해서가 아니라, 한 번도 본 적이 없어서 어떻게 대해야 할지를 몰랐던 것뿐이다. 통합학급이 많아지고 비장애인과 장애인이 함께 하는 문화가 자연스러워지면서 비장애학생들도 장애학생을 대할 때 한결 편안하고 자연스럽다. 서로의 차이를 극복하고 절친한 사이가 되기도 한다.

입시로 인한 경쟁과 질투, 서로에 대한 견제가 가득한 학교에서 다양한 수준의 아이들이 함께하는 법을 배우면서 너그러워지고, 나의 건강함과

평범함에 감사하는 마음을 갖게 된다. 다양한 범주의 사람들과 만나면서 적응력이 커지는 것 또한 통합교육의 자연스러운 효과이다.

물론 비용도 많이 들고 관리도 비효율적이다. 때로 장애학생들 때문에 학급의 전체 성적이 하향 평준화되어 불만을 토로하는 교사와 학부모들도 있다. 하지만 내가 특수교사로서 지켜본 바로는 분리교육보다는 통합교육의 이점이 몇 배나 더 크다.

장애인들은 그들 스스로의 인권과 행복을 위해서뿐만 아니라 모두의 행복을 위해 세상으로 나와야 한다는 것은 반박할 여지가 없다.

그렇다면 정은이는 어떤 삶을 살고 싶을까?

- 지역사회 내에서 사람들과 섞여 사는 삶

- 차별, 학대, 범죄로부터 안전한 환경

- 안전과 건강을 유지할 수 있는 환경과 외부적 지원

- 일과 여가를 즐기고 개인적 선택의 자유를 누릴 수 있는 환경

- 믿고 함께할 수 있는 사람들과 상호작용하며 살 수 있는 삶

- 정은이의 독립능력과 개인능력을 키울 수 있는 환경

아마 위와 같은 조건의 환경이 아닐까 싶다.

결국 나는 동생의 거취 문제와 관련하여 지금껏 그 어느 누구도 추천하지 않은 것을 선택했다.

'정은이를 독립시키자.'

경도 지적장애인이 자립하여 사는 일은 왕왕 있지만, 의사소통능력과 지적기능이 크게 떨어지는 중증 장애인의 자립? 유례를 찾기 힘든 일이다. 정은이를 독립시키기 위해서는 철저한 준비가 필요했다.

성인이 된 정은이는 특수학교를 졸업하고 8년 전부터 장애인 주간보호센터에 다닌다. 그 곳의 원장님의 자녀 또한 자폐장애를 가지고 있는데, 아이의 학령기가 끝나자 더 이상 자녀가 갈 곳이 없다는 사실을 깨닫고 직접 주간보호센터를 설립하셨다. 어떤 장애인 단체장보다 장애인 자립생활에 대한 의지가 크신 분이었다.

그 주간보호센터에서는 지적장애인 자립생활을 위해 여러 가지 사업을 시행하고 있다. 그 중 하나가 그룹홈 사업이다. 얼마 전 센터에서 열린 학부모 워크숍에 참여했다. 장애인 자립생활에 대한 워크숍이었다. 거기서 담당 선생님들이 센터 회원 한 명 한 명의 자립을 위해 얼마나 많은 고민과 노력을 하고 있는지 느낄 수 있었다.

워크숍에서는 정은이의 특성과 기호에 따라 그녀가 가장 원하는 삶의 최종 목표를 구체화했다. 독립하기까지는 철저하고 많은 준비가 필요하다. 특히 주변 인프라를 최대한 활용한 도움의 손길이 절대적으로 필요했다. 이 워크숍의 토론 내용을 바탕으로, 성인 장애인의 그룹홈 준비와 자립을 위한 몇 가지 고려사항을 내 개인적인 의견과 함께 생각해 보았다.

안전문제

장애인이 독립하는 데 있어서 가장 큰 걸림돌이 바로 안전문제일 것이다. 장애인은 위험에 대처하는 능력이 상대적으로 떨어지기 때문이다.

정은이는 자주 넘어지는 아이였다. 평형감각이 부족해서인지 발에 걸려 넘어질 때가 많았다. 넘어져서 뇌진탕으로 인해 병원신세를 지기도 했다. 신체적인 안전은 정은이에게 최우선적인 문제이다.

이를 위해 정은이의 동선을 고려한 안전한 환경을 조성해 주는 것이 필요하다. 걸려 넘어지기 쉬운 것들은 되도록 설치하지 않고, 지속적인 안전교육을 통해 정은이가 안전감각을 기를 수 있도록 해야 한다. 또 유사 시 주변에 도움을 청할 수 있는 능력을 훈련해야 한다. 전화나 문자 사용법을 익히고 연락책을 통해 도움을 줄 수 있는 사람이나 112 또는 119에 신고하여 도움을 청할 수 있는 훈련이 필요하다.

집안 내에 비상벨을 준비하여 버튼만 누르면 인근 구조대에서 바로 출동할 수 있는 시스템 또한 구축되어야 한다. 경찰서와 소방서 주민센터 등 지역사회 유관기관에 미리 그룹홈의 위치와 구성원의 상태 등을 미리 알려두어 수시로 순찰할 수 있도록 체계를 만드는 것이 좋다.

또 가족으로서 정은이에 대한 가장 큰 걱정은 바로 학대와 범죄에 대한 노출이다. 정은이는 길도 잘 찾고 혼자서 슈퍼마켓에 가서 카드를 내고 결제도 할 수 있다. 그러나 혼자 이동하는 사이 우연찮게 만난 누군가가 해코지를 하는 상황에서는 자신의 인권이나 권리에 대해 주장하고, 불합리한 것에 대해 항의하거나 대처할 수 있는 능력이 없다. 그렇기 때문에 우리는 현재 모든 범죄와의 접촉 또는 실종 사고에 대한 가능성을 열어두고, 외부 활동시 항상 활동 보조인이 함께해야 한다.

또 가족들의 핸드폰에는 위치 추적 앱을 깔아두어 수시로 위치와 안전을 체크해야 한다. 만약 정은이가 그룹홈 생활을 하게 되면 이에 덧붙여

집 주변과 공용시설의 CCTV 설치를 통해 보안을 강화하여 안전사고나 범죄로부터 안전한 환경을 조성해야 할 것이다.

평생교육

"이, 이, 암, 아, 오, 유, 치, 파, 우, 입!"

요즘 정은이는 숫자를 센다. 내 전화번호도 불러주면 70% 정도 정확성으로 칠판에 쓸 수 있다. 정은이는 아직도 학령기인 것이다. 지금 글자를 더 배우고 언어치료를 적극적으로 받으면 좋겠다는 생각도 든다. 하지만 정은이는 이미 졸업했기 때문에 사비를 들이지 않는 이상 교육을 무료로 받을 수 없다. 언어치료도 학령기 아이들에게는 바우처가 지급되어 무료로 서비스를 이용할 수 있지만 정은이는 성인이라 혜택에서 제외되었다. 어쩔 수 없이 사비를 털어 작년부터 언어치료를 다시 시작하였다.

발달이 비장애 아동보다 느리기 때문에 발달장애이다. 그렇다고 발달이 멈췄는가? 정은이 사례로 볼 때 단언컨대, 아니다. 정은이는 예전보다 아는 것이 훨씬 많아졌고 상황인지나 대처요령도 더욱 디테일해지고 있다. 느린 속도지만 우리 아이들도 꾸준히 발달이라는 것을 한다.

그러한 발달단계에 맞추어 지속적인 학습과 사고력 향상을 위한 교육이 장애인이 성인으로서 독립하고 스스로 살아가기에 충분한 수준에 이를 때까지 평생교육으로 진행되어야 한다.

그런데 어째서 학령기는 비장애학생이나 발달장애학생이나 똑같은 12년일까? 비장애 아이들도 12년에 걸쳐서 배우기에 벅찬 내용을 발달장애 아이들도 똑같이 12년 안에 끝내라는 것은 너무 무리한 요구 아닌가?

꾸준한 학습적 자극을 주면 얼마든지 더 배울 수 있는 아이들에게 시간적 여유를 더 허락해 주어야 한다고 생각한다. 현존하는 장애인 12학년제 또한 행정적 편의를 위한 비장애인의 횡포라고 볼 수 있다.

아직 독립할 준비가 안 됐는데 학령기가 끝나 학교 밖으로 내몰리는 아이들을 보면 마음이 아프다. 일부 취업하는 아이들을 제외한 대부분의 아이들은 공교육이 끝나면 주간보호센터를 찾는다. 센터는 민간에서 운영하기 때문에 운영체계나 혜택이 제각각이며 그마저도 부족한 공급 탓에 4년에 한 번씩 센터를 찾아다니며 바꿔야 하는 현실이다. 센터를 다니지 못하는 아이들은 다시 집으로 쫓겨난다. 사회의 어디에서도 소속되지 않고 하루 종일 집에서 의미 없는 생활을 반복하고 스트레스로 인한 문제행동을 일으켜 지역사회의 따가운 눈총을 받기도 하면서 우울한 삶을 보내게 된다.

이것은 바람직한 교육의 결과가 아니다.

아직 사회에 적응할 준비가 안 된 아이들을 학령기가 끝났다고 무조건 밖으로 내몰기 때문에 나타나는 현상이다. 이는 국가의 특수교육이 성인기 장애학생들의 전환교육과 밀접한 관계를 맺고 있지 못하기 때문에 발생하는 문제이다. 나는 이런 부분들이 조속히 해결해야 할 특수교육의 과제라고 생각한다.

부모의 인식 개선

주간보호센터에서 장애인 그룹홈을 조직하려고 할 때 가장 걸림돌은 의외로 장애인의 부모들이었다. 그룹홈 워크숍 기간 동안 대부분 학부모들은 회의적인 입장을 취한다.

"에이 우리 애가 어떻게 독립을 해요?"

"죽을 때까지 내가 책임지고 살랍니다."

"우리 애는 집에 있어야 가장 안전하고 편안해해요."

생각보다 많은 부모들이 자신의 장애자녀가 독립하는 것에 반대한다. 자신의 슬하에 있어야 안전할 수 있다는 관념이 너무 강하기도 하고 또 학령기에는 아이를 돌보느라 많은 힘이 들었지만 자신이 노년기가 되었을 때 장애인 자녀가 옆에서 자신의 외로움을 달래주는 좋은 친구가 되기 때문이다.

하지만 그것은 잘못된 생각이다. 장애인 자녀도 한 사람의 성인, 인격체로서 부모를 떠나 자신의 삶을 스스로 조직할 수 있는 기회가 필요하다. 부모뿐 아니라 타인과 상호 협력 관계를 맺어 볼 수 있는 기회도 필요하다. 결국 부모는 자녀보다 세상을 먼저 떠나기 마련인데, 남은 자녀가 혼자서도 지낼 준비가 잘 돼 있도록 부모가 먼저 발 벗고 나서야 하지 않겠는가?

활동보조 제도

정은이는 오래전부터 활동보조 제도 혜택을 받아왔다. 활동보조 제도는 아픈 엄마를 대신해 정은이를 돌보는 역할을 톡톡히 해왔다. 그간 여러 번 활동보조인이 바뀌었다. 활동보조인의 역할은 주로 정은이가 학교에서 돌아오면 통학버스에서 집으로 데려와 씻고 저녁 먹는 것을 도와주거나 운동을 도와주는 것이었다. 몇몇 기억에 남는 활동보조인들이 있다.

정은이가 특수학교를 다니던 시절, 통학버스는 매일 정확한 시간에 정은이를 내려주었다. 그런데 이 활동보조인은 매일 늦어서 통학버스에서 내린 정은이를 잃어버리곤 했다. 하루는 정은이가 사라졌다는 전화를 받고 급히 가서 정은이를 찾아서 집에 데려갔는데, 정은이를 찾고 있는 줄 알았던 보조인이 거짓말을 하고 집에서 혼자 쉬고 있었다. 정은이를 찾다가 갑자기 용변이 급하여 먼저 집에 갔다고 하니 정말 입이 떡 벌어질 수밖에……

활동보조인인 한 여대생은 언어치료학과 지망생이었는데, 정은이에게 말을 가르치기 위해 부단히 노력했다. 큰 부직포 칠판과 한글 글자들을 자비를 들여 제작해 와서 정은이를 가르쳤다. 하지만 당시 정은이는 아직 학업적 지식을 받아들일 준비가 되지 않았는지 한 글자도 제대로 배우지 못했다.

하지만 나는 그 여대생 활동보조인이 기억에 남는다. 전문적이지는 않았지만 열정을 가지고 정은이를 대해준 좋은 분이었다. 정은이가 이젠 예전보다 좀 더 똘똘해져서 지금 다시 시작하면 배울 수 있을 것 같기도 한데……

나는 때때로 활동보조인의 개인적인 편의나 스케줄에 맞추어 시간을 유동적으로 배려해 주었다. 그런데 나중에 그 활동보조인은 나와 정은이 스케줄이 아니라 자신의 스케줄에 우리가 맞춰주기를 요구했다.

"저 오늘 친구들하고 야유회 있어서 정은이 못 볼 것 같아요."

"아, 네. 알겠습니다. 그럼 제가 보죠."

"저 오늘 갑자기 장례식에 가야 해서요, 다음에 볼게요."

"네. 그러세요."

때때로 정은이를 사회적응을 훈련시킨답시고 본인 약속이나 모임에 데려가는 경우도 있었다. 서로 편의를 봐주는 것은 좋지만 이 정도는 선을 넘은 것이다. 활동시간을 비교적 자율적으로 조절할 수 있는 활동보조인 제도는 이런 폐해를 낳기도 한다.

내가 활동보조인을 쓰면서 발생하는 문제점은 서로의 생각 차이였다. 나는 활동보조인이 정은이와 계약한 시간 동안에 온전히 정은이를 돌보고 또 미래 자립생활을 위한 준비를 위한 예비 단계로써 다양한 체험과 독립적인 활동을 함께 해주기를 바랐다.

그러나 활동보조인은 내가 우선적인 보호자고 가족이기 때문에 정은이에 대한 전적인 책임을 나에게 미루고 자신은 정은이를 잠시 '봐주는 일'만 한다고 여겼다. 그래서 정은이와 함께 결정해야 할 문제들, 이를테면 정은이가 먹을 저녁식사를 미리 세팅해 놓고 나가길 바란다든지, 오늘 정은이가 컨디션이 안 좋은데 운동을 쉴 것인지 등에 대한 세세한 것까지도 내 확인을 받으려고 했다.

물론 보호자가 세세한 것까지 의사를 물어보기를 바랄 수도 있지만, 나는 정은이의 엄마도 아니었고 어찌 보면 정은이도 성인이었기 때문에 좀 더 독립적으로 활동했어야 했다. 서로의 생각 차이가 있었기 때문에 이러한 부분들이 더 세심하게 논의되어야 했다는 아쉬움이 남는다.

최근 발달장애인의 부모들이 발달장애인 국가책임제를 주장하며 단식과 농성에 들어갔다는 이야기를 들었다. 오죽하면 그랬을까? 장애인 한

명이 태어남과 동시에 집안에 어두운 그림자가 드리우고, 아픈 자녀의 치료비를 감당하지 못해 가족들이 줄줄이 자살하는 현실. 이것이 오늘날 대한민국의 장애인 가족의 현실이다.

국가에서는 아직까지도 지적장애인들은 신체장애가 아니므로 활동보조지원시간을 월간 최대 114시간으로 제한하고 있다. 참으로 안타까운 현실이다. 지적 수준이 낮기 때문에 찰나에 발생할 수 있는 안전사고들에 더욱 취약하다는 사실을 왜 간과하는 것일까? 활동보조인제도가 더욱 확대되고 보다 탄력적으로 운영된다면 이런 문제들이 생각보다 쉽게 해결될 수 있다.

장애인 자립생활에 있어 활동보조제도의 활용이 관건이다. 주간과 야간 비는 시간 없이 장애인들의 안전과 생활의 편의를 위해 활동보조인력이 제공되어야 한다. 이러한 적절한 보조가 있어야 중증 장애인도 성공적인 자립 생활이 가능할 것이다.

기초 수급과 일자리 창출

올해부터 정은이도 세대 분리를 통해 기초수급 혜택을 받을 수 있게 되었다. 우리나라도 사회 취약계층을 위한 기초수급제도가 완비되어 있어 중증 장애인들도 일을 하지 않고도 기초적인 생활이 가능하다. 하지만 신청 절차와 자격 요건이 까다로워 혜택을 보지 못하는 경우도 많다.

미성년 장애인의 부모는 부양자로서 소득과 재산 기준이 초과되면 수급자 조건에서 탈락된다. 성년 장애인의 경우 부모의 재산이 있고 주민등록상 주소지가 같으면 30세 이전에는 수급자에 선정되기 어렵다. 30세 이상 성년 장애인은 주민등록상 주소지가 부모와 함께 되어 있어도 세대분리를 통해 기초수급자로 선정될 수 있다. 이러한 제도를 잘 활용한다면 장애인 자립에도 큰 도움이 될 것이다.

장애인 기초수급 제도가 있다고 하지만 장애인들도 스스로 일해서 돈을 버는 기쁨을 누릴 수 있다면 얼마나 좋을까? 현재 장애인들의 개인 특성에 맞는 일자리들이 많이 창출되고 있다. 그러나 장애의 범위와 능력의 개인차가 크기 때문에 개인에게 맞는 일자리를 찾기란 쉽지 않다. 장애인의 특성을 고려하여 일자리에 장애인을 맞추는 것이 아니라 일자리가 장애인의 특성에 맞게 바뀌어야 한다고 생각한다.

서울의 베어베터(http://www.bearbetter.net/)란 회사는 발달장애인 고용 전문 회사로 장애인의 수준에 맞게 직무를 조정한다. 이 회사의 최대 목표는 이윤 최대화가 아닌 고용 최대화에 있다. 발달 장애인들은 자신의 특성에 적합한 업무를 부여받고 일이 있을 때 하루 3시간을 넘지 않게 일한다.

이런 경영철학과 마인드를 가진 회사들이 더 다양한 분야에 많이 창설된다면 우리 정은이도 부족하지만 언젠가는 적성과 능력에 맞는 일자리를 찾고 열심히 일해서 돈을 버는 보람을 느끼며 살아갈 수 있을 것이다.

건강문제

정은이는 어릴 적 병약한 아이였다. 경기도 자주 했고 영양실조에 걸린 적도 있다. 음식을 가리고 먹는 것을 싫어했다. 그런데 중학교에 입학할 무렵부터 입이 터진 것처럼 먹을 것에 집착하기 시작했다. 정은이는 특히 포카칩이나 예감 같은 감자과자를 좋아했는데 십 수 년이 흐른 지금도 과자 취향이 변하지를 않는다. 20대에 들어선 후 몸무게가 지속적으로 증가하더니 28세가 되던 해에는 80kg을 찍고 말았다. 155센티도 안 되는 작은 체구에 80kg이라니!

엄마는 정은이의 건강을 크게 염려하셨다.

정은이는 끊임없이 먹는 체질은 아니었다. 대신 한번 먹을 때 급하게 빨리 많이 먹는 스타일이었다. 특히 모두가 함께 먹는 음식이 있으면 정은이의 입과 손은 더 바빠졌다.

어릴 적 우리 자매들은 '베스트원'이라는 천 원짜리 아이스크림 먹는 것을 좋아했는데 셋이 아이스크림 통 앞에 옹기종기 모여 "언니 두 스푼, 나 두 스푼, 정은이 한 스푼" 순으로 먹었다.

말을 못했기 때문에 항상 정은이는 우리에게 빼앗겼다. 아마 이 때문에 함께 먹는 음식 앞에서 더욱 집착이 심해졌는지도 모른다.

그래서 나는 웬만하면 정은이의 음식을 따로 앞접시에 담아 주고 "네 것이니 천천히 먹어라"고 말해준다. 자기 것이 확보되면 그때부터는 느긋하게 즐기면서 먹는다.

정은이는 한 번도 시속 5km 이상으로 걸어 본 적이 없다. 뛴 적도 없다. 원래 성품이 느긋할 뿐더러 몸을 쓰고 움직이는 교육을 한 번도 제대로 받아본 적이 없다. 그래서 정은이는 균형감각도 떨어져 자주 넘어지고, 근육량이 없어 조금만 먹어도 금방 살찌는 체질이었다. 정은이의 건강 문제는 비만뿐만이 아니었다.

심장 비대증으로 인해 심기능이 약화되어 있었다. 말을 잘 하지 않아

폐가 쪼그라들어 있기 때문에 호흡이 언제나 얕고 폐기능이 떨어졌다. 뇌정동맥기형으로 인해 간질이 자주 발생하고, 뇌출혈의 위험이 있다.

많은 장애인들이 이러한 건강문제를 겪으며 살아간다. 문제는 장애인 본인들이 이러한 문제의 심각성을 느끼지 못한다는 것에 있다. 오히려 주변에서 더 걱정하고 관리해주려고 하는데 본인의 몸이 아니다 보니 관리가 쉽지 않다.

나도 정은이를 한 번 운동시키려면 진이 다 빠진다. 특히 스트레칭 동작이나 근력 운동 동작을 시킬 때 내가 먼저 시범을 보여주고 정은이의 동작도 잡아 줘야 하기 때문에 시간도 배로 들고 땀도 배로 흘린다. 걷기 운동이라도 하려고 나서면 정은이가 너무 느리게 걷는다. 손을 잡고 빨리 걸으려면 자기 체중을 나한테 다 싣고 질질 끈다. 나는 정은이 몸무게의 2/3정도밖에 안 된다.

그나마 자신의 몸 상태에 대해 말로 표현할 수 있다면 더 오래 건강하게 살 가능성이 있다. 종종 정은이는 아프거나 컨디션이 안 좋을 때 센터를 가지 않겠다고 드러눕는다. 내가 "어디가 아프냐"고 물어보면 무조건 배나 이마를 짚는다.

"머리가 깨질 것 같이 아프고 숨이 차다."

"배가 쿡쿡 쑤시고 헛트림이 나서 답답하다."

"겨드랑이 쪽에 몽우리가 잡히고 그 근처가 계속 가려우면서 아프다."

이렇게 증상을 정확하게 설명하면 좋으련만……

장애인들은 몸의 아픈 증상을 방치하여 치료 시기를 놓치는 경우가 많다. 그래서 장애인의 수명은 평균보다 짧다.

나는 정은이가 아프다는 시늉을 하면 일부러 민감하게 반응한다. 일단 자신의 몸 상태를 표현하는 것을 강화하기 위해서이다. 가끔 꾀병을 부릴 때도 있다. 그러다 보니 꾀병인지 아닌지 판단할 수 있는 방법도 고안했다.

일부러 돈을 보이는 곳에 두고 잠깐 외출하는 척한다. 아프지 않으면 옳다구나, 하고 옷을 갈아입고 커피를 사 먹으러 달려 나가다 나와 마주친다. 그럼 꾀병인 것이다.

성인기 장애인의 독립생활에서 건강문제를 보다 적극적으로 다루기 위해서는 전문의가 주기적으로 그룹홈을 방문하여 장애인의 건강상태를 적극적으로 체크하는 개인 주치의 제도를 마련해야 할 것이다.

이미 중증 장애인을 위한 건강주치의 제도가 시범적으로 운영되고 있는 사례도 있다. 보건복지부 홈페이지의 내용에 따르면, 올 2018년 5월 30일부터 중증장애인이 거주 지역내 장애인 건강주치의로 등록한 의사 1명을 선택하여 만성질환 또는 장애 관련 건강상태 등을 지속적·포괄적으로 관리받도록 하는 장애인 건강주치의 시범사업을 실시한다.

물론 장애인 본인이 정기적으로 병원에 가는 방법도 있지만, 크게 아픈 증상이 없어도 건강상태를 꼼꼼히 체크해 줄 수 있고, 축적된 데이터를 기반으로 빠르게 건강상태를 파악할 수 있는 주치의 제도가 확대된다면 좋겠다. 아무래도 비장애인들 위주의 병원에서는 장애인들의 세세한 신체적 차이와 요구에 따른 진단 및 처치가 어렵기 때문이다.

여가 활동

나에게는 정은이와 동갑내기인 친한 후배가 한 명 있다. 민주. 똑똑하고, 키 크고, 아름답고, 당당한 그녀는 항상 빛이 난다. 어려운 가정 형편 속에서 장학금을 받고 영어교육과에 진학하여 2년간 유학생활을 마치고 임용에 도전했다. 남들이 삼수, 사수에 걸쳐 어렵게 합격하는 임용시험을 1년 만에 합격하고 승승장구하는 그녀의 삶은 참으로 멋지다. 나는 동시에 그녀와 동갑내기인 내 동생을 바라본다. 정은이도 장애가 없었다면 민주처럼 지금 연애도 하고 회사도 다니고 재미있게 살고 있겠지? 정작 정은이 본인은 아무 생각이 없는데 괜히 내 마음만 쓰리다.

정은이에게는 나쁜 습관이 하나 있다. 바로 손, 발의 생살을 모조리 뜯어 파서 피를 보고 반창고 붙이기를 반복하는 것이다. 정은이는 손톱과 발톱을 있는 대로 다 물어뜯고 깎아서 거의 없다. 그것만이 아니다. 자기 귀를 수시로 파서 항상 피고름이 흐르게 만든다.

살면서 별다른 자극이 없었던 정은이는 귀를 파고 피부를 뜯으면서 통증 자극을 즐겼던 것이다. 특히 생살을 뜯기 시작한 것은 엄마의 암 전이가 진행되면서 피부로 올라온 염증 때문에 매일 소독하고 환부를 반창고로 붙이는 것을 본 이후였다. 정은이는 엄마처럼 자신이 아프다고 생각한 부위에 무조건 상처를 내서 반창고를 붙인다. 그것이 시원한 건지 치료가 된다고 믿는 건지 도무지 알 수 없다.

천만다행인 것은 그나마 정은이의 면역력이 좋은지 염증이 생겨도 크게 번지지 않고 금방 아무는 것이다. 하지만 주기적으로 이비인후과나 피부과에 가서 체크하고 약을 받아야 한다. 또 혼자 조용히 있는 시간에 주로 손이나 발, 귀를 괴롭히고 있으므로 수시로 살피고 주의를 주어야 한다.

그러나 문제의 가장 근본적인 원인은 삶의 주기에 따른 적절한 놀이와 자극의 부재가 아닌가 싶다.

정은이 또래의 아이들은 학업을 수행하고 또래들과 어울리거나 자신의 취미나 적성을 찾는 활동 그리고 연애나 여행 등 다양한 자극 속에서 인생을 설계해 간다.

하지만 인지능력이 부족하다는 이유로 정은이의 활동 반경과 경험은 굉장히 제한적이다. 그런 상황 속에서 스트레스를 풀 만한 것은 폭식과 자해 같은 건강하지 못한 방법들인 것이다.

모든 행동에는 이유가 있다. 장애인들이 살면서 적절한 유희와 여가활동 자극이 없는 것은 큰 문제이다. 장애인들도 여가와 오락 시간이 필요하다. 여러 체험활동을 통해 자신이 좋아하는 취미와 여가생활을 찾고 장애인들이 일과 여가 그리고 생활의 균형을 맞출 수 있도록 도움을 주면 좋겠다.

너의 자립을 응원하며

나는 이 책에서 정은이의 실명을 사용했다. 그 이유는 많은 사람들이 내 동생에 대해 관심을 가져주기를 바라기 때문이다.

나는 최근 정은이 이름으로 페이스북 계정(www.facebook.com/jungeun89)을 하나 오픈했다. 거기에 정은이의 일상생활 모습이나 에피소드 들을 사진, 동영상으로 업로드한다. 요즘 유행하는 SNS를 활용하여 정은이에 대해 사람들에게 알리고 관심을 갖게 하려는 의도이기도 하다.

나는 정은이가 성공적으로 자립했을 때 많은 사람들의 귀감이 되기를 바란다. 또 정은이의 연보랏빛 힐링 에너지가 많은 사람들에게 나누어지기를 바란다. 그리고 그 사람들이 정은이를 응원해 주고 정은이의 안전을 확인해주고 물어주었으면 좋겠다. 억울한 일에는 함께 목소리를 내어주고 잘한 일에는 힘찬 응원을 해주었으면 한다. 정은이는 나뿐만이 아니라 우리 지역 사회 전체가 지켜주어야 한다.

물론 노출에 대한 위험성이 존재한다. 세상에는 정말 이상한 사람들이 많다. 하지만 정은이는 이래도 위험하고 저래도 위험하다. 어두운 구석에 숨어서 위험에 노출되느니 차라리 보는 눈이 많은 밝은 곳으로 데리고 나오는 것이 낫다. 보는 눈이 많은 곳에서는 함부로 내 동생을 다치게 할수 없을 테니까.

나뿐만 아니라 이 땅의 모든 장애인 가족이 장애인을 돌보는 부담에서 벗어나려면 우리 모두가 함께 장애인을 돌보고 지켜주어야 한다. 가족 중 장애인이 있는 것은 엄마의 죄도 아빠의 업도 아니다. 언제라도, 누구에게라도 일어날 수 있는 대수롭지 않은 일 중 하나이다. 우리 사회가 관심과 사랑을 가지고 장애인의 독립적인 삶을 지원할 때 이 사회는 더욱더 살기 좋은 세상으로 바뀔 수 있을 것이다.

책을 수정하는 동안 정은이에게 큰 변화가 일어났다.

정은이에게 2018년 7월 중순께에 간질 대발작이 찾아왔다. 그 후 정밀검사를 실시했고 뇌의 정동맥이 합쳐져 있어 허혈이 발생하는 선천성 질병을 발견했다. 뇌출혈의 위험이 크다 하여 빠르게 수술을 결정했고 힘든 수술 과정을 정은이는 잘 견뎠다. 그러나 수술을 받은 지 한 달 정도 지나 저녁에 2시간 동안 4차에 걸친 대발작이 일어나 다시 입원하게 되었다. 수술 후 후유증으로 보였다. 상처 부위가 아물려면 최소 3년을 기다려야 한다. 그 사이 이러한 발작을 자주 겪게 될 수도 있다는 불안감이 엄습했다.

동시에 어렵게 정은이의 주간보호센터에서 마련한 1달 자립홈 자립 프로젝트에 참가해야 하는데, 정은이의 약해진 신체 상태에서 과연 스트레스를 이기고 자립홈 생활을 성공적으로 해낼 수 있을지 심히 걱정이 되었다.

많은 걱정과 토론, 조정 끝에 지난 10월 15일부터 정은이의 자립홈 체험이 시작되었다. 주간보호센터 근처의 신축 원룸 하나를 계약했다. 낮에는 센터 프로그램에 참여하고 오후에는 원룸에 돌아와 활동보조인과 함께 지내보는 생활이다. 일주일이 지난 현재까지는 다행히 큰 사고 없이 지내고 있다. 센터 관계자, 자립홈 프로젝트 진행자, 활동보조인, 그리고 가족들 모두가 마음을 졸이며 정은이의 성공적인 자립홈 체험을 응원하고 있다.

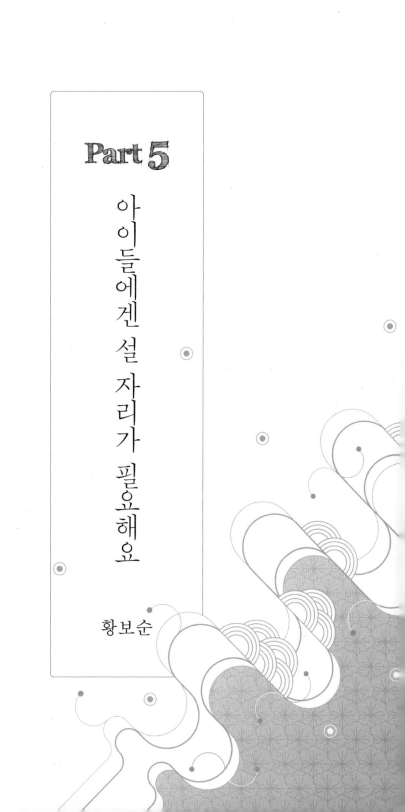

Part 5

아이들에겐 설 자리가 필요해요

황보순

나는 일반학교 특수학급에서 근무한다.

이전에는 특수학교에서 근무하였고,

많은 시간을 전공과에서 학생들의 자립에

교육목표를 두고 취업 준비를 도왔다.

지금의 부모님들이 시간이 지나서 만날, 성인이 될 아이들을

나는 전공과 학생을 지도하면서 먼저 만나 보았다.

그래서 진학과 취업을 앞둔 부모님이 느끼실

궁금증, 설렘, 불안함에 대해 말해드리고 싶다.

빨리 변화하는 사회 속 교실에서는 꿈이 사라지고 있다.

학습도움실로 놀러 오는 일반학급 친구들에게

앞으로 하고 싶은 일이 무엇인지 질문해본다.

"없어요. 어떤 일을 해야 할지 잘 모르겠어요."

"일반학급 친구들이랑 안 친해요.

공부는 어려워서 하나도 못 알아듣겠어요.

잠자도 아무도 뭐라고 안 해요."

자신만의 껍질을 만드는 학습도움실 친구들은 대답한다.

학습도움실로 내려와서는

와글와글 잠시도 가만있지 않고 이야기를 풀어놓는다.

서로 반장이 되겠다고 아이들은 나선다.

어느 곳이, 어떤 활동이, 진정 우리 아이들을 위하는 일인지는

쉽사리 말할 수 없겠지만,

그 이야기를 조심스럽게 함께 나누고 싶다.

마음을 열어 주세요

2017년 8월 여름방학이 끝날 무렵 생각지 못한 연락이 왔다. 이때의 일이 사람들에게 우리 학습도움실에서 공부하고 있는 친구들의 진로 이야기를 더 적극적으로 하게 된 계기가 아닐까 싶다.

"선생님, 혹시 초등학교 특수교육대상학생 학부모님을 대상으로 진로와 관련된 연수를 해줄 수 있어요?"

열심히 교직 생활을 하고 있는 선배 교사로부터 이런 연락을 받고 잠시 망설였다. 하지만 교사인 나조차도 학부모가 될 때, 아이를 학교에 보내면서 불안한 마음이 들었다. 어떤 것들을 준비해야 할지, 머릿속이 고민으로 가득했고 딱히 물어볼 곳 없어 속을 태웠다. 그리고 고등학교를 졸업하고 성년인 아이들이 진학하는 전공과에서 진로 준비와 직업훈련을 시켰지만, 갈 곳 없이 졸업을 하던 아이들의 모습이 떠올라, 부모님들께 지금까지 아이들을 지도하면서 겪은 많은 이야기를 해주고 싶어졌다.

진로에 대한 내용은 초등학교 때부터 준비해야 한다. 그렇다고 거창하거나 접근할 수 없는 것들이 진로와 직업교육의 내용은 아니다. 진로와 직업교육은 가장 기본적인 생활 속에서 시작된다.

그러나 주변의 많은 가정에서 초등학교까지는 치료 교육 중심으로 아이 교육을 신경 쓰고, 치료하면 좋아질 것이라는 생각을 한다. 그래서 특수교육대상학생으로 입급하지 않으신다. 그 마음을 돌리는 데 걸리는 시간은 천차만별이다.

부모님들은 아이들을 계속 일반 아이들 속으로 밀어 넣는다. 그동안 아이들은 자신들에게 맞는 교육 환경과 교육 기회를 놓친다. 여러 가지 마음을 가진 부모님은 그렇게 거부를 하면서도 마음으로는 아이가 안쓰러워 받아주고, 아이가 요구하기도 전에 먼저 해줌으로써 스스로 해야 할 기본적인 생활습관을 놓치는 경우를 많이 봐왔다.

이런 상황을 보면 생각이 많아진다. 부모님들에겐 아이가 학교를 졸업하고, 자립할 수 있도록 해주는 것이 가장 중요하다. 그러나 초등학교를 졸업하고 중학교로 와서도 진로에 대한 생각은 없으시다. '잘 있기만 하면 된다.' 이런 느낌을 받는다. 그 속에서 나는 '어떻게 말을 꺼내야 할까? 어떤 것들을 궁금해 하실까? 어떤 것이 도움이 될까?' 여러 생각에 걱정이 더해진다. 만나기로 한 날까지도 '왜 한다고 했을까? 잘한 일일까?'하는 생각이 마음 한편에 자리했다. 아마도 그건 누군가의 인생에 영향을 줄 수 있는 부분이라는 것과 과연 이분들이 내가 하고자 하는 말을 오해 없이 들어주실까 하는 걱정이 앞섰기 때문일 것이다.

특수교육대상학생으로 오기를 거부하는 부모님들이 계시다. 우선 도움실에서 공부하는 아이는 어딘가 부족할 것이라는 인식을 갖고 있기 때문이다. 그리고 내 아이가 그렇다는 것을 인정하고 싶지 않은 마음에 차마 검사를 하기가 두려워서 상담하지 못하실 것이다.

그러나 학습도움실에서 지내는 아이 중에는 상상이 안 될 정도로 학업성적이 매우 우수한 아이들도 있다. 단편적으로 공부가 어려움이 있어서 가는 곳은 아니란 것을 말씀드리고 싶다. 학습도움실은 우리 아이들을 보호하고 그 아이들이 그 나이에 배워야 하는 친구와 지내는 방법, 문제가 있을 때 해결하는 방법 등을 배운다. 그리고 내가 보호받을 수 있는 곳을 가질 수 있다. 주변의 일반 아이들도 함께 잘 지낼 방법을 배울 수 있는 곳이다.

또 하나, 중요한 것은 우리 친구들이 일반 아이들과 경쟁하여 취업하고 진학을 하기에는 어려움이 있다. 그래서 우리 아이들에게 맞는 직업교육을 하고 취업할 수 있는 곳을 알려주고 실습하여 취업할 수 있도록 안내를 해준다. 교실에서 혼자 우두커니 앉아 시간을 보내고 어울릴 친구가 없어 혼자 다니거나 자신의 수준에 맞지 않는 이야기를 들으며 보내는 시간을, 우리 아이들이 소중하게 사용할 수 있었으면 한다.

요즘 일반 아이들도 친구 사귀기를 어려워한다. 하물며 대인관계에 어려움이 있는 우리 친구들은 친구 사귀기에 쉬울 수가 없을 것이다. 그리고 사춘기에 접어든 친구들은 누구도 '나'가 아닌 '너'를 신경 써서 감싸주지 못한다. 이런 상황을 함께 알아주셨으면 한다.

이렇게 최종의 목표인 자립을 위한 진로와 직업이라는 이야기는 장애인 고용이라는 문제로 연결된다. 우리 사회에서 한정된 부분, 개인의 힘으로는 안 되는 부분, 현실적으로 불편한 내용이 많아진다. 하지만 이것이 지금 상황에서 이루어지는 부분들이고, 이 사실을 알고 준비할 수 있다면 그것이 더 도움이 될 것으로 생각한다. 부모님들이 이러지도 저러지도 못하고 선뜻 결정하기 어려운 상황에서, 필요한 정보를 받으신다면 아이의 진로 결정에 도움이 될 것이라 믿는다.

간혹, 교사의 말을 적극적으로 듣지 않는 부모님들도 계시다. 주변 학부모의 말을 더 귀 기울여 들으신다. 나의 아이는 당신의 아이와 다른데도 그 아이와 함께하려 한다. 이런 모습을 보며 이야기 전달의 다른 방법을 고민해 본다. 적극적인 부모님이 진로 이야기를 듣고, 자녀들의 이야기를 나누면서 진로 내용도 같이 나누고, 각자 아이들의 진로 준비를 일찍부터 시작하면 좋겠다는 기대를 하고 연수 준비를 했다.

시간에 맞춰 카페에 들어갔다. 어머님들과 담당 선생님은 먼저 도착하여 다섯 분이 테이블에 앉아 이야기를 나누고 계셨다. 그 후 한 분이 더 오셨고, 우리가 이야기 나누고 있는 카페 사장님도 장애아이를 양육하고 계시는 학부모님이라는 설명을 들었다. 초등학교 때부터 진로에 관심 있으신 분들이어서 그런지 아이들에 대한 교육 열의가 느껴졌고, 그런 모습을 보자 무언가 더 많은 정보를 드리고 싶었다. 부모님들의 눈빛에서 진지하게 이야기를 나눌 수 있겠구나 하는 생각이 들어서인지 마음이 가벼워졌다.

어머님들과 인사 나누고 안내 자료를 드리면서 첫 질문을 했다.

"어머니께서는 우리 친구의 현재 교육 목표를 어디에 두고 계시나요?"

"우선 중학교에 가야죠."

"......"

다른 분들은 생각이 많은 표정으로 대답을 미루셨다.

잠시 기다렸다가 '선생님은 어떻게 생각하시나요?'하는 무언의 질문에 실제 아이들을 지도할 때 염두에 두고 있는 교육 목표를 말씀드렸다.

"저는 우리 아이들이 학교를 졸업하고 독립생활을 할 수 있도록, 가정과 학교에서 준비하고 최종에는 자기 일을 하며 살 수 있기를 바랍니다"라고 말씀드린 후, 진학·진로 이야기를 시작하기에 앞서 학부모님의 자녀들에 관해 질문했다.

일반 아동과 장애 아동을 함께 양육하시는 분, 벌써 중학생이 된 자녀와 초등학생을 양육하시는 분, 경중은 달랐지만 두 자녀 모두 장애가 있는 아동을 양육하시는 분, 각자 상황은 달랐다. 알고 있는 부분도 있지만, 중학교 특수교육환경의 실제 현장 이야기를 듣고 싶어 하는 모습이었다.

첫 번째로 중학교 교육체계에 대해서 말씀을 드렸다. 말이 끝나기도 전에 부모님들은 궁금한 내용을 쉴 새 없이 쏟아내셨다.

"담임선생님이 교실에 계속 안 계시는 거죠? 그럼 어디에 계세요?"

"초등학교 때는 수업에 실무사 선생님이 함께 해줬는데 중학교는 함께 해주시나요?"

"아직 교실 이동도 제대로 못하는데 수업을 들으러 어떻게 이동해요? 이동 수업은 얼마나 많아요?"

"초등학교에는 또래 도우미가 있어서 도와주는데 중학교에서도 친구들이 도와주나요?"

"초등학교 때는 반 친구들이 동생처럼 봐주었는데요."

어머님들의 많은 질문세례에 그 질문을 놓칠까 바쁘게 확인하며, 질문 틈새에 겨우 들어가 대답을 했다.

"중학교는 과목마다 선생님이 다르고, 수업 후에는 학년 교무실로 가서 일하십니다. 교실 근처에 학년 교무실이 있기 때문에 선생님들께서 근처에서 수시로 살펴봅니다. 그리고 학습도움실 교사가 쉬는 시간에 친구들을 살피러 다닙니다. 그렇지만 중학교에서는 스스로 해야 하는 활동이 늘어나고 친구들과의 관계가 중요할 수밖에 없습니다. 이 부분도 우리 아이들의 자립을 위해서 길러야 하는 자기관리 요인 중 하나라 꼭 필요한 부분입니다.

또 하나 중학교로 오면 가장 크게 변화되는 것이 수업시간에 함께 해 주셨던 실무사 선생님이 통합교실에 있으면서 학생을 지도해 주지 않습니다. 교과 내용이 실무사 선생님이 지도하면서 따라갈 내용을 벗어나기도 하였고, 그 수업시간에 줄긋기 활동을 하면서 교실에 있는 것은 우리 학생에게 도움 된다고 보기 어렵기 때문입니다. 되레 그 시간은 본인에게 필요한 활동을 하는 것이 도움이 될 겁니다.

그리고 수업 이동은 처음에는 통합학급 적응 기간 동안 친구들과 함께 다니면서 익히고 옆에서 특수교사, 실무사 선생님, 사회복무요원이 학생의 수준에 따라 도움을 주면서 연습합니다.

마지막 질문의 대답은 또래 도우미는 학교마다 여건이 다르기 때문에 단정 지어 말씀드리기 어렵습니다. 사춘기 학생에게 또래 도우미를 요청하는 것은 쉬운 일이 아닙니다. 꼭 필요한 경우는 각 학교 특수학급 선생님과 이야기해서 해결 방법을 찾을 수 있을 겁니다."

194

그 뒤로도 고등학교 과정에 관해 이야기하면서 어떤 곳이 있는지, 어떤 활동을 하면서 운영되는지, 인문계 고등학교, 특성화 고등학교, 특수학교 고등학교의 예시를 들면서 이야기했다. 사회적 자립을 돕는 전공과와 취업과 관련된 내용도 쉼 없이 이야기 나누었다.

한 가지 한 가지 말씀드릴 때마다 정말 진지하게 들어주셨다. 이야기를 거의 마치고 정리를 하려고 하는데, 어머님 중 한 분이 말씀하셨다.

"선생님은 계속 그쪽에서 근무하시나요? 그 학교로 가고 싶네요."

정말 감사했고 더 열심히 해야겠구나, 하는 생각을 하게 한 만남이었다.

그리고 5개월여의 시간이 지났다. 오늘은 우리 학교에 진학상담을 위해 찾아온 초등학교 졸업 예정 학생의 어머님과 마주 앉았다. 아이의 이름은 민호라고 하셨다. 설명해주시는 말씀 속에서 자그마한 체구에 귀여운 아이가 상상된다.

나는 어머님과 상담을 준비하면서 중학교 입학이니 얼마 전 만났던 분들과 비슷한 걱정과 질문을 갖고 계실 거란 생각을 하고 이야기를 시작했다. 그러나 그것은 나만의 생각이었다. 어머님의 이야기는 한 가지였다. 본인 아이가 꼭 일반중학교에 다녔으면 한다는 강한 의지를 이야기하는 동안 표현하셨다.

나는 어머님과 상담을 하면서 우리 학교 교육 과정을 설명하고, 학교에 와서 잘 지내고 졸업을 하였으면 한다는 인사를 나누고 헤어졌다.

3월, 민호가 입학했다.

입학한 둘째 날부터 사고는 시작되었다. 점심을 먹다가 자기가 먹기 싫은 음식을 교사에게 주어서, 그러면 안 되는 것이라고 안내하자 선생님 식판에 과일을 던져버렸다. 맞은편 선생님은 식판에 갑작스레 난타를 당했고, 주변에 있던 학생들에게 음식이 튀었다. 모두 난처한 표정을 하였고, 나는 미안함에 어찌할 바를 몰랐다. 민호의 이런 특성을 전혀 몰랐기에 너무 당황스러운 순간이었다.

다음날은 통합학급 여자친구들에게 애정표현을 심하게 한 나머지 여자아이들이 힘들다는 호소를 했다. 중학교, 사춘기에 접어든 아이들이 있는 학교에서 작은 것 하나 그냥 넘길 수가 없다.

절대, 특수교육대상학생이라고 예외가 될 수 없다. 꼭 짚고 가야 한다. 그래서 우리 친구들도 성교육이 이루어져야 하고 가해자가 되지 않도록, 피해를 받지 않도록 교육받아야 한다.

다섯째 날에는 나만 계속 쫓아다닌다. 회의가 있어서 교실에서 기다려야 한다고 안내하는 사회복무요원에게 대걸레 봉을 들고는 가격하려 했다. 행동을 막기 위해 제지하려고 하자 발로 차고, 자신이 할 수 있는 모든 수단을 동원해 어떻게든 상황을 바꾸려는 모습을 보인다. 내가 들어올 때까지도 그 행동이 멈추지 않았고, 여러 번 그만하라고 말한 후에야 진정하는 모습을 보였다.

일반적인 행동 특성에 관한 상담을 넘어, 어머님과 민호 행동의 심각성에 대한 상담이 시작되었다.

"이런 행동들이 그전에도 있었어요. 그래서 약도 먹고, 초등학교 때도 문제가 있긴 했어요."

어머님이 말씀해 주신다.

그 이야기 속에서도 더 자세한 내용이 빠진 느낌을 받는다. '사전에 말씀을 해주셨으면 얼마나 좋았을까?'하는 생각이 든다. 혹시라도 학급에서 이런 일이 일어난다면 정말 큰일인데…….

이런 상황을 어머니도 분명히 아시고 계실 것이다. 항상 아이와 관련된 연락을 받을 수 있다고 사전에 말씀하셨을 때, 그 많은 내용이 포함되어 있었을 것이다. '어머님도 얼마나 매일 매일 가슴 졸일까?' 이해는 되면서도 학교라는 장소에, 많은 학생이 함께 지내는 곳이기에 편치 않은 마음은 어쩔 수 없다.

다음날이 되어 민호는 교실에 들어오자마자 사회복무요원에게 사과한다. 자신의 행동이 잘못된 일이라는 것을 알지만, 순간 조절이 어려운 아이. 학교생활이 쉽지 않을 거라는 마음이 남는다.

오늘은 민호 반에 장애이해교육을 하는 시간이라 민호를 학습도움실에 두고 교실에 올라가서 민호 반 친구들과 이야기를 시작한다. 여기저기서 아이들이 자신들의 고충을 말한다.

"민호가 자꾸 만지려고 해요."

"수업시간에 교실을 돌아다니고, 방해해요."

이야기를 들으면서, 나는 민호의 특성과 기본적인 전달사항, 도움 요청 등에 관해 안내하고 다음 시간 수업이 시작되어 도움실로 내려왔다.

1교시를 마치고, 쉬는 시간은 어떻게 지내나 보러 올라가니 쓰레기통을 뒤졌다고 아이들이 하소연한다. 아이들에게 미안하다고 사과하고, 민호를 좀 이해해주라는 부탁을 하면서 빗자루가 어디 있는지 물어보고 쓸어 담는다. 그 와중에 옆에서는 지난 6일에 민호가 책으로 친구를 때렸다고 이야기한다.

나는 또 어머님께 연락을 드린다. 민호 상황에 대해서…….

월요일, 오늘도 마음을 단단히 먹고 출근한다. 역시 민호는 수업시간에 교실을 돌아다니고 칠판에 낙서하고, 수업하는 선생님께 종이를 달라 하고 누구의 말도 제대로 듣지 않고 지냈다. 하교시간에 본인을 데리러 간 사회복무요원에게 공격적인 행동을 또 했다.

오늘도 할 이야기는 많지만, 급히 갈 곳이 있다고 바삐 서두르는 어머님께 상황 전달만 한다.

화요일, 수업시간. 아직도 행동이 좋아지지 않는다. 더욱더 관심받기를 원하는 행동을 보인다. 오늘은 수업을 도저히 진행할 수 없다고, 교과 선생님이 학습도움실로 연락을 해오셨다. 서둘러서 수업 중인 교실로 민호를 데리러 간다. 그런데 내가 온다고 하자 언제 그랬냐는 듯이 예쁘게 자리에 앉아 있다. 수업 중이셨던 선생님이 당황하며 수업시간 동안의 행동을 말씀해 주신다.

오늘도 민호 어머님과의 상담은 이어진다. 민호의 행동이 자꾸 많아지고 적응에 어려움이 있다고 말씀드렸다. 어머니는 병원에서 의사 선생님과 상담해보고, 복용하고 있는 약을 조절해보겠다고 말씀하신다. 이야기를 마치고 옆 반에서 기다리고 있던 민호와 함께 치료실로 가신다.

수요일, 통합학급 학생들은 학업성취도 시험을 본다. 민호는 시험대상이 아니기 때문에 학습도움실에서 수업을 한다. 통합교실로 올라가지 않는 민호의 기분이 너무 좋다. 이런 모습을 보니 정말 민호에게 어떤 곳이 더 좋을 것인지에 대한 생각이 많아진다. 그렇지만 부모님이 강하게 일반

중학교에서 졸업하기를 원하시기에 어떤 말도 할 수 없다. 단지 학교 적응에 필요한 부분이 있다는 말씀을 드릴 뿐……

우리 아이들은 행동을 통제하기 위해 약의 힘을 빌린다. 과잉행동, 폭력성, 충동성을 낮추고, 교실 속 자신의 자리에 앉기 위해서. 그래야 교실에서 함께 생활할 수 있으니까.

어렸을 때부터 나타난 행동은 소아청소년정신과를 통해 복용할 약을 처방받는다. 그렇지만 학부모는 이 약을 먹는 것을 밝히는 것을 어려워하신다. 우리 아이가 그만큼 힘들다는 것을 인정하는 것이 되니까. 그래서 정확하지 않게 두루뭉술하게 말씀하신다. 그럼 우리는 알아차려야 한다. 그 약의 부작용도 알고 있어야 한다. 무기력하고, 밥맛이 없어서 음식을 거부하여 성장을 지연시키는 여러 가지 어려움이 있다는 것을.

그래서 부모님들은 약을 먹이고 싶어 하지 않으신다. 그러나 모든 약이 그렇지는 않다. 하지만 아이에게 맞는 약을 찾기도 쉽지 않고, 자신에게 맞는 약의 용량과 종류를 찾는 데는 오랜 기간이 걸리기도 한다. 그동안 우리 아이들은 약을 먹으면서 힘들어하게 된다. 이렇게 아이들에게 약은 필수이기도 하지만, 이 약이 누구를 위해 먹는 약인지 가끔은 판단하기 어렵기도 하다.

우리 민호는 약을 먹으면 기운이 없고 의욕을 잃는 모습을 보이고, 밥도 거부하는 친구이다. 어머니는 항상 걱정이 많은 표정으로 질문한다.

"점심시간에 밥은 잘 먹었을까요?"

민호는 지금 통합학급에 있기 위해서 필요한 수단이 약이다.

'이 환경에 있기 위함이 아니라면 굳이 약을 먹지 않아도 되지 않을까?

약을 먹지 않는다면 밥도 잘 먹고, 평소에 활발하게 활동하고, 눈 맞추고, 웃고 이야기하고…….'

"우리 민호 웃는 모습이 정말 이뻐요"하고 말씀하시는 어머니와 공감을 나누는 시간이 더 많을 것이다. '약을 먹지 않아도 되는 상황을 선택할 수는 없을까?' 혼자 생각해본다.

목요일, 개별화교육지원팀 협의회가 있는 날이다. 회의가 끝나고 개별면담시간에 한 어머니가 우리 아이들도 대기업에 취업할 수 있느냐는 질문을 하셨다. 그 아이는 진로와 직업 수업만 학습도움실에서 받고 모든 교과를 통합학급에서 듣는 친구였다.

기업의 채용 방향과 대기업의 부담금 내기 등 우리 친구들이 중증장애인 채용에 해당되어 경쟁 고용에서는 어려운 현실에 대해 이야기를 나누던 중, 민호 어머님은 그 친구의 수준을 부러워하면서 "저 친구는 공부를 잘하나 봐요?"하고 질문을 하셨다. 그 질문 속에서 민호 어머님의 복잡한 마음이 느껴진다. 이렇게 또 하루가 지나갔다.

금요일, 오늘도 쓰레기통을 뒤지고 비닐을 찢는 행동을 보인다. 뒤처리는 그 반 친구들이 했단다. 오늘은 시간을 못 맞췄다. 수시로 올라가서 치워주었는데……. 벌써 하교시간이 되어 민호는 집으로 갔다. 다른 아이들도 하교를 준비하고 있어서 교실은 어수선한 분위기다. 선생님 한 분이 당황스럽고 상기된 얼굴로 우리 교실로 들어오셨다. 교과시간에 민호가 자신을 밀치고 때렸다고 말씀하신다. 얼마나 놀라셨을지 죄송한 마음에 얼굴 들기가 어렵다. 연신 사과를 드린다. 혹시 그런 일이 있을 것 같으면 바로 연락해주시라고 말씀드린다. 바로 데리러 가겠다고, 내가 할 수 있는 일은 거기까지이다.

선생님과 이야기를 마친 후, 나는 오늘 있었던 이야기를 말씀드리기 위해 전화기를 든다.

토요일, 정말 심각한 전화를 받았다. 민호 어머니! 정말 할 말이 많다는 복잡한 감정이 전화기 너머로 느껴진다.

"수업시간에 민호를 지원해줄 수 있을까요?"

수업시간에 지원을 떠나, 본인이 하고 싶은 것을 제지하면 나오는 폭력적 행동은 수업시간 지원만으로 해결할 수 없다고 설명한다. 지금도 시간마다 교실 밖에서 지원할 수 있도록 하고 있다고 말씀을 드린다.

"그러면 혹시 문제가 있었던 선생님 수업을 빼고, 다른 선생님 수업에 들어가도록 하면 되지 않을까요?"

"안 그런 시간이 없는데 어떻게 수업을 조절할까요?"

솔직히 답도 없고 끝도 없는 이야기, 안타까운 이야기를 들어드리는 것이 내가 할 수 있는 최선이다.

다시 돌아온 월요일, 하교시간은 늘 해오던 것처럼 상담시간으로 이어진다. 민호는 오늘도 수업 방해와 기타 여러 행동이 있었고, 결정적으로 여자 화장실에 들어갔던 행동들에 관해 말씀드렸다. 어머님의 눈이 점차 붉어지고 눈물이 고인다. 어머님의 눈에서 엄마로 얼마나 힘들게 지내왔고 참아왔고, 노력했던 많은 것들이 느껴진다. 이런 선택을 할 수밖에 없는 많은 감정이 뒤섞여 내 눈에도 눈물이 차오른다. 어머님이 담담하게 말씀하신다.

"선생님, 전학 처리해주세요."

화요일, 민호는 학습도움실에서 생활한다. 전학 가기 전까지……

교실에서 나오던 행동들이 하나도 안 나온다. 착석하여 자기가 할 일을 한다. 주변을 어지럽히지도 않고 해맑은 미소를 보이며 생활한다.

연수 가신 사회복무요원을 찾으며 보고 싶다는 글을 써 놓고, 민호는 그렇게 전학을 갔다.

민호는 본인만을 봐주고 자신이 이해할 수 있는 수준에서 이루어지는 교육 활동, 그래서 자신이 참여할 수 있는 환경에 있을 때 집중하고 편안해하는 모습을 보인다. 그런데 지금의 교육환경에서는 항상 일대일의 상황을 유지하면서 교육할 수 없다. 내가 좋아하는 것을 참고, 싫어하는 일을 무조건 참고 해야 하는 것이라고, 지적장애가 있는 학생에게 알려줄 방법은 없다.

같은 내용을 말씀드린다. 마음을 다하여서……

그러나 전하는 사람이 어떻게 하느냐의 문제보다, 듣는 사람의 마음 열림이 가장 중요하다는 것을 나는 다시 배운다. 나는 지금도 마음을 열기 위해 두드리고 또 두드린다.

쓰디쓴 성장통

성장이 다 긍정적이기만 하면 얼마나 좋을까? 부모님은 말씀하신다.

"내 아이는 100퍼센트예요."

올해 정말 나에게는 시리도록 아픈 말이 되었다. 정말 열심히 했는데……. '나는 100퍼센트가 아니었습니까?' 되묻고 싶다.

중학교로 올라오면서 아이들은 제각각 자신의 색깔을 찾으려 하고 친구들과 어울림 속에서 아프고 변화하고 성장하고 다양한 모습들을 보인다.

그중에 하나의 모습, 사춘기 아이들의 이야기 만들기! 성장하고 있다는 증거이기도 하고 내 마음의 또 다른 어떤 말을 하고 싶은 것이라는 생각이 들기도 한다. 그런데 그 이야기가 가벼운 이야기, 그냥 웃고 넘어갈 수 없는 수준의 이야기도 있다는 것을 부모님들께서도 알아보셨으면 한다.

학년이 바뀌어 우리 반이 된 경현이, 나랑 고향이 같은 아이, 떠나 온 지 거의 20년이 다 되어 가는 곳인데도 괜히 같은 지역이라고 하니 반갑고

쩡한 무언가가 있는 것 같다. 그래서일까 그냥 그 아이가 한마디 한마디 할 때마다 묻어 나오는 고향 말투에 마음이 더 간다.

3월 개학을 하고 경현이는 항상 일찍 학교에 온다. 학교 시작이 8시 40분으로 늦춰졌는데도 일등으로 학교를 온다. 그래서 어머님과 경현이에게 학교 일정이 늦어졌으니 조금 늦게 등교하자고 말을 했다.

"경현이가 학교를 너무 좋아하고, 경현이가 빨리 가려고 해요."

어머니가 말씀해 주신다.

나도 "왜 이렇게 학교를 빨리 오니?"하고 물어보니 그냥 학교가 좋단다.

그렇게 학교생활에 적응하고 첫 번째 체험학습을 나가는 날이다.

경찰학교로 나간다. 버스를 타고 이동하여 도착지에 내렸다. 나에게 말을 걸면서 내 손목을 잡는다. 어찌나 야무지게 잡는지 옷소매 단이 풀어졌다. 경현이에게 오늘 일정을 더 자세하게 안내하고 편안해질 수 있도록 이야기하고, 낯선 상황이 불편함을 주는 것 같아 더 많은 설명과 격려를 하면서 체험학습을 진행한다.

오늘은 콘서트 관람을 하러 가는 날이다. 관람하면서도 언제 마치는지 확인을 하고 손목을 잡고 이야기를 한다. 나는 마음속으로 콘서트가 마음에 들지 않았나? 하고 생각을 했다. 그런데 어머니는 공연이 재미있었다고 경현이가 말했다고 이야기해 주셨다.

얼마 후 체력단련 수업을 하러 간다. 그런데 오늘 상황이 한 친구는 장염으로 결석을 하고, 또 다른 친구는 병원 진료로 학교를 오지 못했다. 이렇게 혼자 가는 상황이 되자 변화된 상황에 불안해하는 모습을 보인다.

"왜 혼자 가요?"라고 반복하여 묻고 또 묻고 한다.

상황을 설명하고 오늘은 VIP로 경현이만 가는 거라고 설명을 하자 마음을 놓고 너무도 즐겁게 활동을 하고 왔다.

그렇게 다녀온 후로도 계속해서 "저는 VIP지요?" 확인하며 뿌듯함을 표현한다.

드디어 2학년 생활의 하이라이트 수학여행을 간다. 나머지 학년은 수련 활동을 하러 간다. 우리 반은 1학년과 2학년이 함께 생활하는 반이어서, 두 학년을 함께 인솔할 수가 없다. 그래서 나는 여학생이 있고 조금 더 손이 필요한 1학년을 인솔하기로 했다. 경현이는 친구들과도 잘 지내고 스스로 자기 일을 할 수 있어서, 결정적으로 도움이 필요할 때 도울 수 있는 같은 성별의 사회복무요원과 짝꿍이 되어서 수학여행을 가기로 했다.

출발 전에 사회복무요원에게 신신당부하고, 정말 잘 돌봐주라고 부탁했다. 출발하고 얼마 지나지 않아 수학여행 활동사진들이 올라온다.

'아, 잘 지내고 있구나. 얼굴 완전 즐거워하는데……'

걱정이 한번에 사라졌다. 그렇게 1박 2일 즐거운 활동을 마치고, 다시 평범한 학교생활로 돌아왔다. 항상 부모님과 통화하며 경현이에 대해 이야기하고 지도 방향에 대해 의논하며 누구보다 더 세심하게 신경 쓰고, 배려해주며 생활했다.

일요일, 전화벨이 울린다.

2시 26분…….

학부모님의 이름이 화면에 보인다. 이 시간에 전화 올 일은 없는데, 하고 생각하면서도 괜히 심호흡을 한 번 하고 전화를 받는다. 흥분한 것을 억지로 눌러 딱딱해진 목소리가 들린다.

"선생님!"

그 한마디에 '맘을 단단히 먹어야 한다', 속으로 생각한다. 우선 아이들이 없는 방으로 자리를 옮긴다. "네, 어머니. 무슨 일이실까요?"

"제가 지금 친정에 와 있는데 경현이가 갑자기 이상한 말을 해서요. 지금 확인하고 싶어서 일요일인 건 알지만 전화했어요."

도저히 감이 잡히지 않는다. 내 마음을 한 번 더 진정시키고 여쭤본다.

"네, 말씀해주세요."

"경현이가 선생님이 자기를 때렸다고 말을 했어요."

이 한마디에 나는 뒷목이 곤두서는 느낌이 들었다.

'정말 크게 잘못되어가는구나! 어떻게 이야기를 해야 할까? 흥분하면 안 되는데……'

온갖 생각들이 머리를 휘젓고 다닌다.

"어머님, 그런 일은 절대 없었습니다."

단호하게 말하고, 어머님이 하시는 말씀을 듣는다.

"식구들은 도대체 애를 어떻게 봤냐고 애가 이렇게 큰일을 당했는데 엄마가 모르고 있었냐고 저한테도 뭐라고 하고 난리도 아니에요. 솔직히 진짜 내 자식이 맞았다고 하는데 가만히 있을 부모가 어디 있겠어요? 선생님한테 묻고 싶었어요! 진짜 그런 일이 있었는지요?"

내 온몸이 떨린다.

'내가 그 정도인가? 아이의 한마디에 폭력교사로 의심받을 정도로 잘못하고 지낸 건가?'

다시 정신을 차리고 이야기를 이어나간다.

"어머니, 지금 많이 놀라긴 하셨을 텐데요. 다시 한 번 말씀드리지만 그런 일 없었습니다. 그리고 옆 반에서도 며칠 전 이와 비슷한 일이 있어서, 지금 차분하게 경현이랑 이야기해 보아야 할 것 같습니다. 어머니도 경현이가 놀라지 않도록 이야기를 나눠보시고 내일 이야기했으면 합니다."

몇 차례 이야기가 오가고 어머님도 알겠다고 하셨고 "선생님, 오해가 없었으면 합니다"하고 전화를 끊으셨다.

전화는 끊어졌는데 내 마음은 무언가 복잡하다. 내 마음은 계속 울리고 있는 것 같다.

월요일, "안녕하세요!" 옆 반 선생님들과 밝은 목소리로 힘차게 인사하고 수업을 준비하려고 했다. 등교하는 아이들 무리 사이로 잔뜩 상기되고 달아오른 얼굴을 하고 경현이 어머니가 들어오신다. 그 뒤로 똑같이 경직된 얼굴을 하고 건장한 체격의 남자분이 현관으로 들어오신다. 경현이 아버님으로 추측할 뿐이다.

아! 별별 그림이 상상된다. 제발 무사히……. 차분히 이야기하자!

짧게 끝날 상담은 아닌 것 같다. 우선 사회복무요원에게 경현이 수업할 내용을 전달하고 교실에서 봐주라고 부탁한다.

부모님들께는 상담실로 가시자고 말씀드린다.

"앉으세요."

자리를 권하는 내 목소리는 눌려 있다. 두 분의 얼굴도 굳어 있다.

"어제 계속 경현이에게 물어보는데도 경현이는 선생님이 그랬다고 이야기해요. 우리 아이는 절대 거짓말을 안 하는 아이거든요. 우리 둘째가 그랬으면 이렇게 안 놀랐을 거예요. 그런데 경현이가 이야기하니까 안 믿을 수가 없어요. 그리고 저 지금 교무실로 바로 갈 수도 있었어요. 그런데 우선 선생님한테 확인하려고 이리 온 거예요."

내 목소리가 떨린다.

"어머니, 경현이가 100%라면, 제가 100% 경현이에게 그랬다는 건가요? 정말 어머니 오늘 무슨 의도로 이렇게 오신 건가요?"

다시 마음을 가라앉히고 말한다.

"어제 분명히 제가 아니라고 말씀을 드렸고 경현이에 대해서 오늘 말씀 나눠 보자고 말씀드렸는데, 이 상황은 그런 것 같지 않은데요. 저도 경현 이가 한 말을 들어야 상담할 수 있으니 구체적으로 말씀해주세요."

어머니가 기다림도 없이 바로 이야기를 하신다.

"경현이가 저번에 밖으로 나가지 않는 진로와 직업 수업시간에 선생님 이 자기를 나오라 해서 뺨을 두 번 때렸대요. 그리고 자기가 울고 안 그 치니까 머리를 세 번 더 때렸다고 이야기했어요. 이야기할 때마다 더 정확 하게 일관성 있게 말하니까, 제 아이 말을 믿어야지요. 엄마니까요. 그래 서 정말 오늘 삼자대면을 하고 싶어서 왔어요. 혼자 선생님과 이야기하면 애가 얼마나 무섭겠어요? 이야기할 때 같이 있어 주려고 온 거예요."

이야기를 들으면서 '성인도 두 사람이 함께 찾아와 언성을 높여 이야기 하면 겁이 난다'라는 말을 맘속으로 얼마나 되뇌고 있었는지 모른다. 어 머니는 말씀마다 '부모니까요', '선생님이시잖아요!'하고 계속 상기시킨다. 알고 있다. 교사라는 위치를……. 그렇지만 교사도 사람이라는 것을 그 리고 감정을 가지고 있고, 상처를 받는다는 것을, 정말 말하고 싶었지만,

그 마음은 저만치 밀어 놓고 상황을 머릿속으로 정리해 본다.

경현이는 학교에 들어올 때부터 얼굴이 빨갛게 달아올라 있었고, 흔들리는 눈동자로 "선생님한테 이야기해야 해요. 이야기해야 해요. 저 전학 가야 해요. 전학 가나요?" 같은 말을 반복하면서 안절부절하는 모습을 보였다.

"어머니, 경현이를 이렇게 흥분시켜 놓고 어떻게 이야기를 하나요? 저는 오늘 이야기 나누지 않을 겁니다."

다시 나는 말을 이어갔다.

"상식적으로 다른 학생들도 있는 자리에서 그렇게 누군가를 때리는 일이 정상적인 일입니까? 요즘 같은 세상에요. 그것을 본 아이들은 가만히 있을까요? 그리고 그렇게 맞고 갔다면 그날 경현이의 얼굴이 멀쩡했을까요? 그날 무슨 수업을 했는지 찍어 놓은 사진 보여드릴게요. 이 활동을 하면서 어떻게 아무 이유 없이 그런 짓을 할 수 있을까요?"

그날 상황에 관해 설명을 하면서 절대 일어날 수 없는 일임을 다시 한번 말씀을 드렸다. 그리고 경현이가 그동안 나에게 했던 행동이 맞은 아이가 할 수 있는 일인지를 물었다. 당연히 어머님과 아버님이 경현이에 대해 더 많이 알고 계실 것이라는 말씀을 드리고, 나의 근무 경력 동안 다양한 아이들의 문제행동을 지도해 온 경험을 말씀드리자 부모님의 마음은 가라앉으셨다.

이야기를 나눌수록 경현이가 말했던 폭력에 관련된 이야기는 잦아들고, 경현이의 진로와 직업교육에 관련된 이야기로 흘러갔다. 주로 듣기만 하시던 아버님이 질문하셨다.

"경현이가 벌써부터 직업 교육을 받을 필요가 있습니까?"

나는 중학교 때부터 왜 직업교육이 필요한지 이유를 설명해 드렸다. 아버님은 본인이 일하면서 느꼈던 사람과의 관계, 그리고 경험들을 이야기하셨다. 직업을 갖기 위해 준비해야 할 것들에 대한 필요성도 인지하셨고, 잘 부탁한다는 말씀을 하셨다. 그리고 두 분은 집으로 향하셨다.

온몸에 기운이 다 빠져나간 느낌으로 우리 교실로 들어갔다. 오늘은 외부에서 강사님들이 와서 성교육을 해주시는 날이었다. 나와 눈이 마주친 경현이는 강사 선생님이 "무슨 일이 있어, 경현아?"라는 질문에 "담임 선생님이 때렸어요. 뺨을 때리고 머리를 쿵쿵 했어요"한다. 다시 한 번 마음이 무너져 내린다.

'내가 뭘 어쨌길래……'

수업을 마치고 강사 선생님들께서 질문하신다.

"무슨 일이 있었나요?"

우리는 '신고의무를 가진 사람들'이라는 이유 하나로 가벼이 넘길 수 없는 상황이라고 서로 마음을 나눈다. 아직은 섣불리 말할 수 없는 일이기에 "상황 파악 중입니다"라고 말씀 드렸다.

조금 진정이 되고 이야기하려고 했으나 상황이 심상치 않게 느껴졌다.

'통합반으로 올라가기 전 이야기를 나누고 정리해야겠구나!'

이 상황에도 나는 아이에게 부담을 줄까 봐 내가 이야기하는 것보다 관련 없는 선생님과 이야기하는 편이 좋을 것 같아서 옆 반 선생님께 부탁드렸다. 그러나 상담 내용은 똑같았다.

점심을 먹고 나는 경현이와 상담실로 향했다. 둘 다 자리에 앉았다. 그

와중에도 머릿속은 복잡하게 움직인다. 어떤 말투로 어떻게 질문을 해야 할까 망설이다가 조심스럽게 말을 건다.

"경현아, 선생님이 수업시간에 너 혼낸 적 있니?"

질문에 바로 대답이 나온다.

"아니요."

'이 한마디가 이렇게 허탈할 수가 있다니…….'

'아니요'라는 말이 메아리처럼 울리는 것 같다. 숨을 크게 쉬고, 내가 다시 질문한다.

"그럼 왜 엄마가 물어볼 때마다 그렇게 말했어?"

"혼날까 봐요. 선생님 잘못했어요. 사과해야 해요. 엄마한테 거짓말해서 잘못했어요, 하고 말해야 해요."

다음날 등교한 경현이는 어제와는 완전히 달라진 표정으로 등교를 했다. 도대체 어제 무슨 일이 있었나? 싶을 정도로 편해진 모습이다. 그리고 어제의 이야기는 없다. 오늘 할 일에 관해서만 열심히 이야기한다. 내가 물어본다.

"엄마랑 어제 이야기했어? 엄마는 어떻게 말씀을 하셨어?"

그제야 경현이는 말한다.

"엄마한테 거짓말해서 잘못했어요, 하고 말했어요. 엄마가 선생님한테 사과하라 했어요."

문제의 그날 자신이 무엇을 했는지, 동생들이랑 어떤 수업을 했는지 잘 알고 있는 경현이다. 자신이 어떤 행동을 했는지도 무슨 잘못을 했는지도 알고 있다. 내가 자신을 때리지 않았다는 사실을 동생들도 알고 있다는 것을 아는 아이다. 잘못한 일에는 바로바로 사과하는 아이, 부딪히거나 실수했을 때도 바로 "잘못했어요" 사과하는 친구이다.

이런 행동을 보인 경현이는 자폐성 장애를 가진 아이이다. 경현이는 상황의 변화에 대해 아주 예민하다. 매일 그날 할 일을 확인하고, 자신이 알고 있는 모든 일정을 확인하고, 또 확인하는 아이이다. 그런데 전학 오고 나서 처음 사귄 친구가 개인적인 일로 전학 가고, 자신과 함께 지낼 것으로 생각했던 학습도움실 동생이 다른 곳으로 가버렸다.

교생선생님들도 5월 교생 실습을 끝내고 자신의 학교로 가버리자 자신도 모르게 불안함이 생기지 않았을까 짐작해본다. 전학 와서 처음 만나고 도움실에서 같이 지내던, 그 친구가 있는 학교로 전학 가고 싶었던 마음이 들었을까, 하고 짐작한다. 이 학교에 있으면 안 되는 이유를 대면 자신을 전학 보내주지 않을까 하는 마음으로 이런 행동을 했을 거라는 생각을 한다. 수시로 "용국이 보고 싶어요. 선생님, 용국이 보고 싶어요"하고 나에게 이야기했던 그 순간들이 지나간다.

시간이 지난 지금, 이 일은 나를 단단하게 하는 계기가 되었다.

우리 경현이에게는 행동에 대한 반성과 앞으로의 성장 경험이 되고, 경현이 부모님에게는 사춘기 아이를 양육하면서 갖게 되는 변화에 대처하는 마음을……. 우리 모두에게 도움이 되었기를 바라본다.

제 생각도 스스로 표현하기 어려운 아이들이지만, 항상 같은 모습으로 머무르지 않고, 성장할 것이라고 믿는다.

일곱 빛깔 진학 지도

"선생님, 안녕하세요. 오늘 아침에 유빈이를 봤는데 정말 밝게 인사하더라고요. 너무 좋은가 봐요."

우리 학습도움실에서 함께 아이들의 생활지도를 해주시는 실무사 선생님이 말씀해주신다.

"선생님, 감사합니다. 선생님 덕분에 유빈이가 고등학교에 와서 더 밝아지고 정말 즐겁게 학교 다니고 있어요."

졸업생 어머님의 문자가 왔다. 우리 아이들이 만족하고 잘 지내고 있다는 이 소식에 나의 잔소리는 늘어난다.

3학년이 되었다. 2학년 때부터 주야장천 하던 소리, "너희는 좋은 곳으로 취업해야지. 너희가 고등학교 가면 선생님이 못 가르치니까 지금 잘 배워 가야 해!"

"알았어요. 알았어. 열심히 할게요."

아이들은 선생님이 할 소리를 눈빛만 봐도 안다. 나를 믿고 열심히 따라와 주는 아이들이 정말 고맙고 예쁘다.

2학년, 처음 만났을 때 우리 반은 하고 싶은 것도 없고 목소리도 작고, 표현이 서툴렀다. 아이들에게 꿈이 뭐냐고 물은 적이 있다.

"백수요."

"뭐 하는 건지 몰라요."

"엄마가 가라는 대로 갈 거예요."

3학년이 되어 한 학기가 마쳐갈 때쯤 되니 아이들도 본능적으로 진학을 신경 써야 하는 것을 안다. 그리고 말한다.

"선생님, 저 바리스타 될 거예요. 바리스타 배우는 곳은 어디에 있어요? 그리고 졸업하면 엄마가 저도 취업시켜 준대요."

"선생님, 저는 만드는 거 하고 싶어요. 그런데 공부는 싫어요."

"선생님, 친구랑 지내는 게 힘들어요. 저는 주현이 언니 있는 곳으로 가고 싶어요."

제각각 재잘재잘 자기 생각을 말한다. 얼마 전이라면 이렇게 자기 생각을 말하고, 하고 싶은 것을 표현할 거라고는 짐작할 수도 없었다.

"부모님이 그 학교는 안 된대요. 여기로 가래요. 정해주는 대로 갈 거예요." 대부분의 아이들은 이렇게 대답하고 부모님의 뜻에 따라 움직인다.

3학년 2학기가 되어 진학을 위한 상담을 시작한다. 부모님들은 우선 특수학교를 제외하고 상담하신다. 나 역시 부모이기에 오직 한 명뿐인 내 아이의 장래를 생각하는 부모님의 의견을 존중한다. 그렇지만 우리 아이들의 마음도 수용해주길 바라본다.

부모님들이 되시는 시간으로 상담을 잡는다.

"우리 소희는 자연과학고로 진학하면 어떨까 생각하고 있어요. 저희가 이쪽 일을 하니까 거기 가서 기술도 배우고 그러면 좋을 것 같아서요."

소희 어머니가 말씀하신다. 부모님이 원예 일을 하기 때문에 그곳에서 도움 되는 수업을 받을 수 있을 거라고 생각한 것이다. 그렇지만 특성화 고등학교는 생각처럼 우리 아이들의 실습이 녹록지 않다.

"졸업하고 소희는 갈 곳이 있어서 좋겠어요. 그런데 한 가지 말씀드리면 저희 아이들이 특성화고로 가더라도 기술을 익히기는 쉽지 않다는 부분을 말씀드려요. 저희 아이들에게 맞춰 운영되지 않고요. 위험한 시설들이 있어요. 생각처럼 배울 수 없는 부분을 고려하고 진로를 정하셨으면 합니다."

"우리 혜영이는 똑똑하고 정말 야무져서요. 특수학교는 우리 혜영이 같은 애들이 가는 곳은 아니잖아요. 그냥 일반학교로 가는 것도 괜찮을 것 같아요."

혜영이의 그룹홈 선생님이 말씀하신다. 혜영이는 부모님과 같이 살지 않고 그룹홈에서 지낸다. 그래서 선생님이 대신 상담을 하신다.

특수교육대상학생들이 받는 직업교육이나 진로에 관해 정보가 많이 없고, 그냥 일반 아이들이 가는 것처럼 그렇게 생각하고 계신 느낌이 든다. 나는 학교 선택에 도움이 되셨으면 해서 말씀을 드린다.

"어머니, 특수교육대상학생이 갈 수 있는 학교는 인문계 고등학교, 특성화 고등학교, 특수학교 고등학교로 진학할 수 있어요. 일반 학생들도 자신의 여건에 따라 인문계와 특성화 고등학교를 골라서 진학하는 것을 아시잖아요? 우리 친구들도 그와 같은 의미로 학교를 선택해 주셨으면 해요. 특수교육대상학생들의 교육과정은 일반 학생들과 조금 차이가 있어요. 여러 가지 직업교육들이 추가로 실시되는데, 그런 부분들을 염두에 두고 우리 혜영이가 원하는 곳으로 진학했으면 합니다."

"유정이는 여기 친구들이랑 같이 가면 좋을 것 같아요. 지금은 특성화 고등학교를 생각하고 있어요. 공부하는 것을 너무 힘들어해서요."

유정이 어머니가 말씀하신다. 항상 유정이를 걱정하고, 유정이가 하는 활동에 관심을 갖고 먼저 챙겨주려고 하신다. 그래서인지 유정이는 혼자 있는 것을 어려워한다.

"정말 유정이는 본인이 적응할 수 있는 곳으로 학교를 진학하면 좋을 것 같아요. 그런데 통합학급 친구들과 지내는 것에 너무 힘들어 하네요. 그리고 공부에 대한 부담도 정말 큰 것 같아요. 안내해 드린 자료를 보시고 유정이랑 이야기해 보고 정하면 좋을 것 같아요."

"보연이는 성격도 좋고, 그리고 손재주도 있으니까 그냥 저처럼 특성화 고에 가면 될 것 같아요. 그런데 특수학교는 어떤 곳이에요?"

보연이 언니가 말한다. 보연이는 언니가 여러 명이 있다. 그리고 어머니가 상담하는 것을 어려워하신다. 본인은 잘 알아듣지 못하겠다고 언니의 도움을 받고 싶다면서 언니에게 상담을 부탁한 것이다.

"다양한 활동을 하고 취업을 준비하기에 도움을 많이 줄 거예요. 일반 학교나 특성화고에서는 통합반 아이들의 수업을 따라가면서 나머지 시간을 활용한다면, 특수학교는 교육과정 자체가 우리 아이들에게 맞춰 운영됩니다."

마지막으로 우리 반 한 명의 친구는 인문계 고등학교로 진학했다. 완전통합으로 일반 아이들 속에서 전혀 장애학생이라는 것을 알아차리지 못하게 진학했다.

특수학급은 학령기에 따라 한 학급에서 공부하는 학생들의 수가 다르다. 그리고 내가 맡은 중학교는 한 반에 여섯 명이 생활한다. 우리 아이들이 고르게 수업을 할 수 있는 인원수이다. 그해에 진학하는 친구들도 그만큼 적다. 그렇지만 각자 생각이 다르고, 다양성을 갖고 있어서 개개인에게 맞는 진학지도가 이루어진다.

진학서류를 제출하기 전에 어머니들과 여러 차례 상담했다. 그리고 우리 친구들과도 이야기를 나누었다. 원서에는 자신의 의견이 반영된 학교 이름이 쓰여 있다. 내가 선택하여 다니는 학교! 지금은 각자 즐겁게 생활하고 있다는 이야기가 들린다. 그 속에서 더 큰 자신감과 할 수 있다는 믿음을 키울 수 있기를 바란다.

'너희들의 자신감 넘치는 학교생활을 응원할게.'

나를 위한 학교 찾기

"선생님 반에 전학생이 있대요."

'고3인데, 왜 전학 왔지? 전공과 입학하려고 온 건가? 각자 나름의 이유가 있겠지.'

가정방문 기간, 오늘은 재현이 집으로 가는 날이다. 옆에서 같이 주소를 보던 선생님이 "잘 사나 보다!"하고 이야기를 하신다. "아, 그래요?"하고 별생각 없이 재현이 집으로 갔다.

집으로 들어서는데 거실이 한참 걸린다. 어머님은 너무나도 우아한 모습으로 나를 기다리고 계셨다. 먼저 도착한 재현이는 방에 들어가 책상에 앉아 있다. 공부하는 것인지 사뭇 진지하다.

어머님이 말문을 열어주신다.

"재현이는 장손이에요, 그래서 특히 할머니가 포기를 못 하세요. 얼마 전까지도 과외를 했어요. 그러다 보니 재현이가 힘들어 했어요. 일반학교에 있을 때는 하루에도 몇 번씩 경기를 했어요. 대발작과 소발작을 같이 했어요. 도저히 안 되겠다 싶어서 학교를 옮겼어요."

이야기를 듣는 내내 재현이가 받는 스트레스가 정말 크겠다는 생각이 들었다. 그러면서 학기 초의 모습이 이해되기도 했다. 그런데 특수학교로 전학 오고 재현이는 학교에서는 거의 경기를 하지 않았다. 시간이 지난 지금은 집에서도 거의 경기를 하지 않는다는 말씀을 해주셨다.

그저 부모님의 선택에 따라 재현이는 전학을 왔지만 재현이의 생활은 정말 많이 달라졌다. 즐거워했고 적극적으로 활동했다. 자신에게 맞는 활동이었고 더군다나 고3이라 취업에 관련된 내용으로, 이제껏 해보지 않았던 활동을 하니 더 즐겁게 생활을 하지 않았을까 한다.

한수는 농업계 특성화고를 졸업하고 전공과로 왔다.

동글동글 귀여운 인상의 아이다. 그런데 학교 다닐 때 친구들 때문에 많이 힘들었다고 한다. 어머니와 상담하는 날 이야기하신다.

"정말 지금 너무 후회되는 것이 한수를 특성화고에 보낸 거예요."

"한수는 적응하기도 어렵고 친구들에게 따돌림 받고, 실제 배우고 싶었던 기술은 하나도 못 배웠어요. 배울 수가 없더라고요. 조금만 더 학교를 살펴보고 보냈더라면 좋았을 것을, 너무 한 곳만 보고 보낸 것 같아요."

말씀하시는 동안 어머님의 어두워진 표정에서 여러 감정을 느낄 수 있었다.

그렇게 힘들었던 한수의 고등학교 생활 이야기를 들으면서 마음이 너무 안타까웠고 새로 시작하는 환경에서의 생활에 조금 더 신경이 쓰였다.

그런데 걱정은 기우였는지 학교생활 동안 자기와 어울리고 말이 통하는 친구들과 지내면서 많이 웃고 즐겁게 학교생활을 한다.

한수는 졸업을 앞두고 사회적기업에 취업했다.

그리고 현우……. 정말 학교에 적응하지 못하는 아이, 항상 귀를 틀어막고, 모자를 뒤집어쓰고 "친구들이 무섭다"고 말한다.

정작 통합학급 친구들은 현우에게 관심을 보이고 현우가 어떤 행동을 하더라도 동생처럼 이해해주곤 한다.

"선생님, 현우 귀여워요. 현우 어딨어요? 현우 뭐해요?"

그렇지만 현우는 도통 어울리지 못한다. 그리고 폭발한다. 그런 모습이 있기까지 부모님은 현우의 마음을 읽어주지 못 하신다.

과연 얼마나 이 학교가 싫어서 이런 행동까지 하는 것일까? 짐작조차 할 수 없다. 더 큰 사고가 나서야 부모님은 결정하셨다.

"여기는 현우가 있을 곳이 아닌가 봅니다. 전학 가겠습니다."

현우도 자폐성 장애로 인해 대인관계에 어려움이 있는 친구이다. 방송이나 다른 매체에서 접하는 자폐성 장애인보다 괜찮아 보일 수도 있지만, 이 친구들은 다른 사람과의 관계가 쉽지 않다. 사람들과 대화하는 방법, 어떤 상황에 대처하는 방법 이런 것들도 배워서 익혀야 한다. 그러나 갑자기 불쑥 찾아오는 상황에 대해 두려운 감정을 느낄 수 있다. 학교생활에서도 그러지 않았을까 하는 생각을 한다.

우리가 느끼는 자극들과 자폐성장애가 있는 사람들의 감각자극은 다르다. 사소하고 아무렇지도 않은 것들이 그들은 극심한 고통을 주는 청각 자극, 혼란스러운 시각 자극, 기분 나쁜 촉각 자극 등을 느끼게 만든다. 모든 자폐성 장애인이 그런 경험을 가진다고 볼 수 없고, 개인마다 모두 다른 증상을 갖고 있기에 정답이 정해져 있지도 않다. 그 상황과 그 아이에 따라 다르게 대처하는 것만이 방법이다. 그래서인지 또 바뀐 상황에 현우는 전학을 하였지만 쉽사리 적응하지 못한다는 소식을 들었다. 그 소식에 안타까운 마음이 든다. 조금만 더 일찍 현우의 마음을 알아줬다면, 옮긴 학교에서 정말 즐겁게 생활을 시작했을 텐데…….

출근길에 현우 어머니가 현우를 배웅하는 모습을 봤다. 작고 작은 현우 어머니의 어깨가 슬퍼 보인다. '잘 다니고 있으려나?' 현우가 궁금해진다. 그리고 얼마 후 다시 소식을 전해 들었다. 지금은 적응해서 잘 지내고 있다는 소식이다. '참 다행이다.' 마음을 쓸어내린다.

누가 선택을 하고, 어떤 환경이 아이에게 좋다고 단정하기는 어려운 문제다.

그렇지만 단순히 '특수학교니까……. 거기는 우리 아이가 갈 곳이 아니야!' 하는 생각은 조금 줄어들었으면 좋겠다.

충분히 우리 아이들이 즐겁고 신나게 생활하고, 우리 아이들에게 맞는 교육 활동이 이루어지는 곳이 특수학교일 수도 있다고……. 중요한 것은 선택한 어떤 학교라도 '우리 아이들에게 맞는 곳인가? 우리 아이에게 도움이 되는 곳인가?'하는 생각이 우선되었으면 좋겠다.

세상 속으로 반 걸음

전공과는 특수교육대상 학생이 의무교육인 고등학교과정을 마치고 가는 곳이다. 지역마다 차이가 있는데 어떤 곳은 전공과만을 따로 지어 운영하기도 하고, 대부분의 전공과는 초등학교, 중학교, 고등학교 과정을 함께 운영하는 특수학교 안에 전공과를 만들어, 학교 여건에 따라 대체로 2년제 과정으로 운영한다. 전공과가 없는 학교도 많이 있다.

전공과는 직업훈련을 하고, 각자에게 맞는 진로 준비를 해서 사회로 나가기 전, 자신에게 필요한 준비를 더 할 수 있도록 만들어진 곳이다. 그 교육과정에는 학교 여건에 맞게 바리스타, 제과제빵, 포장조립, 원예, 도예과정 등 다양한 직업 활동과 현장직무체험 등이 이루어진다. 그래서인지 많은 부모님이 보내고 싶어 하는 곳이기도 하다.

아이러니하지만 이렇게 인기 많은 곳이 2000년 초반에는 오기 싫어하는 곳이기도 했다. '장애학교를 다니는 아이'라는 타이틀을 얻고 싶지 않아서, 우리 아이들이 직업교육을 받을 수 있는 유일한 곳이 배척받는 시기도 있었다.

지금은 당연히 많이 달라졌고, 실제 의미와 다르게 더 학교에 있기를 원해서 전공과를 확대해 주라는 요구가 있는 상황이다. 이런 사회적 요구는 전공과 증설이 아니라 졸업 후 평생교육을 통해 이루어지길 바란다.

"어머니는 어디로 취업하길 원하세요?"

내가 부모님께 드리는 말씀이다.

"그런데 우리 아이들은 어디로 보통 취업하나요?"

부모님의 질문이다.

"아이마다 다르지요. 어머님! 아이마다 준비된 것이 달라서요. 아이에게 맞게 찾아가야 할 것 같아요."

전공과에서 근무하면 항상 '우리 아이들이 졸업할 때 꼭 자기 일을 갖고 사회로 나가면 좋겠다!'하는 생각을 한다. 그래서 나는 학교생활 동안 아이들에게 다짐을 받는다.

"졸업하면 어디로 가야지?"

"취업이요."

전공과로 온 친구들은 각자 자기에게 맞는 활동들로 특수학교 연계 복지 일자리 사업, 발달장애인 요양보호사 보조 일자리 사업, 워크투게더 프로그램 등 자신에게 맞는 프로그램을 선택하여 훈련하러 나간다. 이런 활동을 통해 아이들은 직업 준비를 하는 것이다.

종종 문자가 오는 아이가 있다. 은민이!

"선생님, 어떻게 지내요? 우리 만나요. 밥 먹어요. 제가 살게요."

은민이는 '나는 여기 아이들과 달라. 내 옆에는 아무도 없어. 날 내버려 둬!' 온몸으로 자신의 감정을 표현하면서 지내던 아이였다. 졸업과 함께 취업하고, 벌써 7년째 한 직장에서 근무하고 있다.

학교에 다닐 때도 부모님과 함께 살 수 없는 아이였다. 가까운 친척도 돌봐줄 수 없어서 시설에서 살았다. 그런데 혼자 독립해서 집을 얻어서 살고 있다고 한다. 걱정도 되면서 대견한 마음이 든다.

우리 아이 중에 꾸준히 직업 생활을 하는 경우도 있지만, 1년을 다 채우지 못하고 나오는 경우도 많다.

은민이는 집이 남구인데 취업을 첨단으로 하게 되었다. 출근 시간만 한 시간이 훌쩍 넘는 거리다. 그런데도 이렇게 오랜 시간 날씨에 상관없이 출근하면서 생활을 해온 아이이다. 그냥 기특하다는 말이 절로 나온다.

학교에서 지내다 보면 날씨가 궂은날이면 학부모에게 연락이 온다.

"오늘 체험학습하나요?"

충분히 활동할 수 있음에도 걱정을 하신다. 학교가 아니라면 우리 아이들이 스스로 우산을 들고 조심해서 거리를 걸어보는 일을 얼마나 자주 경험해 볼 수 있을까? 본인의 손에 들고 있는 물건조차도 불쑥 내밀어 다른 사람의 힘을 빌리는 아이들이 많다. 취업하고 사회로 나간다면 그 일은 우리 아이가 견뎌야 하는 몫이다. 그 힘을 학교생활 동안 길렀으면 한다.

초등학교 6년을 보내고 중학교에 오면, 3년이 정말 쏜살같이 지나간다. 그동안에 많은 준비를 할 수 있을 것으로 생각하지만, 그 시간은 정말 짧다. 금방 고등학교를 졸업하고 가정으로 돌아가는 시간이 찾아온다.

전공과 졸업식 날 졸업생의 어머니가 말씀하신다.

"우리 아이는 어디로 가면 좋을까요?"

정말 난감하다. 학교생활 내내 복지관이며, 준비할 것들을 안내해 드렸다. 그런데 오늘 졸업식 날 어디로 가야 하는지 걱정을 하신다. 대기자가 길게 늘어서 있는 지금, 말문이 막힌다.

졸업할 때는 모두가 준비되어 졸업할 수 있었으면 한다.

중증장애인 채용 공고를 통해 취업하는 친구들도 있다. 직종은 청소보조원 일자리. 벌써 4년째, 원래 청소 관련 활동을 정말 좋아하던 승현이다. 집에서도 혼자 알아서 정리하고 집을 치우고, 쓰레기도 정리하여 분리수거를 하고, 정리할 것들이 보이면 누가 말하지 않아도 빗자루를 먼저 챙겨 나서는 아이였다. 가끔 집에서 용돈을 받으면 누나들에게 선물을 하고 간식도 사서 나눠 먹을 줄 알던 마음 씀씀이가 예쁜 친구다.

"아이고, 더럽고 힘들고, 그런 일은 싫어요. 사무실에서 편하게 할 수 있는 일이면 좋겠어요. 좀 더 편한 일자리는 없나요?"

많은 부모님은 청소나 열악한 환경의 직종에 대해 이렇게 말씀하신다. 그래서 취업 의뢰가 오면 거절하신다.

승현이의 부모님은 승현이가 좋아하는 일을 알고, 청소보조원 일을 할 수 있도록 응원해 주셨다. 결국 본인의 적성을 찾아서 중증장애인 채용 공고를 통해 원하는 일자리에 채용됐고, 무기계약으로 전환되어 지금도 열심히 생활하고 있다.

이야기를 좋아하던 예린이는 요양보호사 보조 일자리로 취업했다. 잠시도 쉬지 않고 말을 하는 아이였다. 집안의 경제 여건이 좋지 않았고, 언니도 장애가 있었다. 국가의 지원을 받아야 생계를 꾸릴 수 있는 아이. 취업도 마음대로 할 수 없는 상황이었다.

정말 어디로 취업을 시킬 수 있을까? 너무 고민이 되던 아이였지만 이 아이도 자신의 적성을 찾아 취업 전 훈련을 했고, 잘 적응하여서 연장 계약을 했다고 한다.

그러나 다 좋은 소식만 들리는 것은 아니다. "너무 힘들어요. 하기 싫어요." 얼마 후 "저 관뒀어요. 다른 곳으로 옮기려고요." 빵을 만드는 업체에 취업한 아이다. 밖에서 보기에는 좋은 곳인데 왜 싫어할까? 생각할 수도 있다. 그러나 이곳은 강한 체력과 힘이 있어야 한다. 우리 아이들은 체력이 좋지 않은 아이들이 대부분이다. 취업에는 여러 가지 요인들을 필요로 하지만, 부모님들은 그런 것은 생각하지 않으신다. 그래서 취업과 대면하면 사회성, 체력, 기초 작업 능력 등 새로운 어려움에 부딪힌다. 그리고는 이직하거나 그만두는 일이 생긴다.

"집에서 그만 다니래요. 월급도 얼마 안 되고 힘들다고요."

이렇게 말하는 아이들의 말에 기운이 빠진다. 도대체 어떤 곳에서 일할 수 있을까 하는 생각이 든다. 힘들지 않은 일이 어디 있을까?

우리 아이들은 본인의 결정이 아닌 부모 또는 그 주변 사람들의 의견으로 졸업 후 자신들의 거취가 정해지는 경우가 많다. 힘들어 보이거나 작업장이 열악하면 바로 우리 아이들의 경험 기회는 좌절을 겪는다.

더 많이 갖고 아쉬울 것이 없이 자란 친구들은 스스로 일을 가져야 하는 욕구가 없다. 일 자체에 대한 소중함과 일을 하는 자신이 훌륭한 사람이라는 것을 일깨워주지 않아 그냥 그 자리에 머물거나, 그냥 단순히 즐거움이 있는 것들만 찾아간다. 아이가 아닌 어른으로 성장하고, 작은 일 속에서라도 스스로 해내고 있다는 성취감을 느끼면서 살 수 있기를 나는 바란다.

아이들의 성장 책임을 가진 어른들은 우리 친구들의 진로와 취업 준비가 일반 학생들의 취업과 교육 활동과는 구별되도록 준비해 주었으면 한다. 우리 아이들은 어떤 일을 잘하고 좋아한다고 해서 관련된 일을 하기가 쉽지 않다. 취업하려는 곳에 따른 장애의 특성과 직장에서 그 사람을 고용해줄 것인가 하는 부분도 고려해야 하고, 장애학생들의 다양한 장애 유형과 장애의 정도에 따라 취업을 연결해 주는 것도 중요하다.

한가지 더 당부 드리고 싶은 것은 고등학교를 졸업하고 대학에 갔다가 전공과에 오는 것보다는 전공과를 다닌 후 적성에 맞는 대학에 진학하는 것을 권해드리고 싶다. 일반인과 함께하는 대학 생활은 마음껏 성인으로서 자유를 누린다.

그러나 전공과는 고등학교의 연장선으로 선생님들의 관리가 이루어진다. 당연히 두 곳의 분위기는 차이가 난다. 그래서 대학을 먼저 다니면 흥미를 느끼지 못할 수도 있다. 전공과에 진학할 의사가 있다면, 진학의 순서를 생각해 보았으면 한다. 그래서 전공과가 성공적인 사회 첫걸음의 발판이 되었으면 좋겠다.

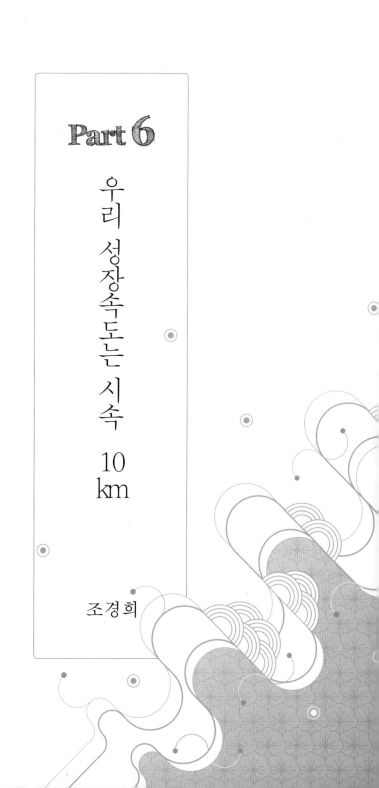

Part 6

우리 성장속도는 시속 10km

조경희

———

이야기 하나.

직업이 특수교사라고 하면

열에 아홉은 똑같은 말을 한다.

"봉사정신이 투철하시네요."

아쉽게도 나는 천사가 아니다.

봉사정신이 투철하지도 않다.

나는 교사로서 조금 특별한 아이들을 만나고

아이들 개개인의 특성에 맞게

필요한 교육을 할 뿐이다.

학교현장에서 나는 많은 아이들을 만난다.

비록 표현은 서툴지만 각기 타고난 개성으로

열심히 살아가는 아이들의 이야기를 통해

나는 그들이 가진 매력을 보여주고 싶다.

부족한 나의 글발이 그 아이들이 가진 매력을

백만분의 일이라도 보여줄 수 있길 바란다.

이야기 둘.

아들이길 바라는 엄마의 간절함과 달리

일곱 번째 딸은 다운증후군으로 태어났다.

딸 여덟을 키우기 위해 그야말로 강한 모성애로

앞만 보고 달리셨던 엄마에게

아픈 손가락이 되어 남은 동생.

가족이라고는 하나 나는 나의 삶을 사느라

그 고민 안에 완전히 발 담그지 못했지만,

가족이라는 이름으로 완전히 자유로울 수 없었던

고민들을 털어놓으려 한다.

———

★이야기 하나

학교에서 우리는요!

우리 반 친구들은
쇠를 깎고, 용접을 하고,
복잡한 전기배선을 한다.
우리는 특수학급에서
제과제빵을 하고,
바리스타를 하고,
납땜을 하고,
목공을 한다.

우리 학교는 공업계 특성화고등학교로 토목과, 건축과, 전자과, 전기과, 기계설비·시스템과, 정밀기계과가 있으며 학년당 과별로 두세 개 반으로 구성되어 있다. 취업을 목표로 하는 학교이다 보니 취업현장에서 필요한 실습의 비중이 높고, 학년이 올라갈수록 단계별로 실습시간이 늘어난다. 금형, 밀링, 기계공작, 용접, 전기설비, 토목측량, 토목CAD, 건축시공 등 전공에 맞게 다양한 실습을 한다. 각 과의 실습동에 가보면 그 규모에 놀라게 된다.

학부모님들과 입학 상담을 할 때 공업고등학교에 입학하면 장애학생들이 그 과와 관련된 자격증을 따고 전공분야로 취업할 수 있다고 생각하는 분들을 종종 뵙는다. 그러나 그건 너무나 어려운 일이다. 일반 학생들이 따는 자격증도 그 수준이 높아 어렵고 복잡한 실습과정을 거치고도 방과후에 별도로 자격증 과정을 마친 후 자격증을 손에 넣는다.

실습 초기(대략 1학년 1학기)엔 그야말로 기초적인 실습을 한다. 하지만 그 기간이 지나고 나면 실습 수준이 확 올라간다. 실습은 주로 조별로 하고 실습의 결과물을 제출하는 형태로 진행되기 때문에 사실 우리 특수학급 학생들이 실습에 참여하는 데 많은 어려움이 따른다. 특수학급 학생들 중 가끔 실습참여가 가능한 학생들이 있긴 하지만 극히 일부분이어서 실습시간 중심으로 특수학급 학생들의 수준에 맞는 수업을 진행하고 있다.

특수학급에서는 바리스타, 제과제빵, 조리실습, 전기배선, 목공 등의 직업교육과 여러 가지 직무체험, 사회적응훈련을 위한 현장체험학습 그리고 부족한 교과 수업과 체육 수업을 한다. 전자과와 같은 전기배선을 하더라도 우리 학생들의 수준에 맞게 교육과정을 재구성하여 수업한다. 대개 바리스타, 전기배선, 목공 등이 학생들이 흥미를 가지고 참여하는 수업이다. 고등학생인 점을 감안하여 주로 직업교육, 직무체험, 직업인으로서 가져야할 자세 같은 내용으로 교육과정을 짜고 최종 목표는 취업이나 진학이다.

어떻게 알았어요?

나는 잘생겼다.
운동도 잘한다.
통장에 돈도 100만 원 넘게 있다.
좀 이따 운전면허를 따서
고속도로를 160km로 달릴 것이다.
졸업하면 친구들과 같이
서울에 가서
여자친구(걸그룹)도 만나고
친구들과 술도 마실 것이다.

재훈이는 잘 생겼다. 운동도 잘하고 돈도 잘 쓴다. 그리고 무엇보다 분위기를 잘 파악하고 친구들도 잘 챙기는 의리파다. 슈퍼마켓을 운영하시는 부모님의 가게를 혼자 보며 미성년자에게는 절대 담배를 안 파는 등 신념 강한 모습도 곧잘 보여준다. 이렇게 재훈이는 장점이 많은 아이다. 그 녀석을 보면 항상 기분이 좋아진다. 그리고 재훈이는 말도 많다. 녀석은 그만의 언어로 '구라'를 치며 학교를 누빈다. 양손 가득 핸드폰, 텀블러만한 블루투스 스피커, 핸드폰만한 보조배터리, 이어폰, 지갑을 들고서.

그와 나누는 대화는 가끔 웃기는 콩트 같다.

"쌤, 저 약 안 먹었어요."

"무슨 약?"

"산만한 약이오."

하루 뒤 내가 묻는다.

"재훈아 산만한 약 먹었어?"

"쌤, 어떻게 알았어요. 저 산만한 약 먹는지?"

"쌤, 제 동생 재철이가요. 태권도 학원 다니는데요."

몇 시간 뒤 내가 말한다.

"재철이는 태권도 무슨 띠야?"

"쌤, 어떻게 제 동생 이름 알아요? 아! 어떻게 알았대? 재철이 태권도 학원 다니는지. 와, 천잰데?"

특수학급은 학교마다 차이가 있긴 하지만 대개 학기 초에 통합학급 적응기간을 3주 정도 둔다. 이 적응기간에는 특수학급에 오지 않고 자기 반에서만 생활한다. 신입생의 경우 특수교육대상자라는 것이 알려지지 않도록 하여 반 친구들이 장애학생을 편견 없이 대할 수 있도록 한다. 새 학기가 시작되고 2주도 채 지나지 않았던 어느 날, 적응기간이 한참 남았는데 재훈이가 특수학급을 찾아왔다.

"샘, 저 실습 못하겠어요. 졸라 어려워요. 진짜 못해요. 실습시간에 특수학급에 와도 되죠?"

솔직히 나는 그날 재훈이의 매력을 단박에 알아차렸다. 저 당당함, 솔직함. 재훈이는 한 치의 머뭇거림도 없이 자신을 드러낸다. 정말이지 너무 부러웠다. 그 녀석이 가진 단순함과 명쾌함이.

"재훈아, 너는 졸업하면 뭐 할 거야?"

"서울 가야죠. 면허 따서 운전해서 서울 가야죠. 대현이랑, 주완이랑."

"서울 가서 어디서 살려고?"

"집 얻어야죠. 주택."

"집 얻으려면 얼마나 있어야 하는데? 한 달 생활비가 얼마나 필요한지 알아?"

"저 돈 많아요, 통장에 백만 원 넘게 있어요."

"그 돈으로 서울에서 집 사고, 생활하고 그럴 수 있어?"

"그럼요. 서울 가서 술도 마시고 그럴 거예요. 살 데 없으면 형네 집 이층에서 살면 돼요. 거기 비었대요. 형이 주택은 싸댔어요."

"서울 집값이 얼만지 알아? 그리고 그 형네 집에도 월세는 내야지."

한참 서울 집값을 인터넷에서 찾아보더니 이렇게 말한다.

"엥? 언제 이렇게 올랐대. 19억?"

아이러니하게도 난 그 녀석의 꿈을 응원하고 싶다. 19억이 얼마나 큰돈인지, 천만 원이 얼마나 큰돈인지 외면하고 싶다.

학교를 졸업하고 그만의 매력을 발산하며 직장 생활을 하고 친구들과 술도 한 잔하면서 보내는 그런 일상이 마법처럼 재훈이를 기다리고 있으면 좋겠다.

평범해지고 싶다면 그 무게를 견뎌라 1

나는 장애가 아니다.
버스도 혼자 잘 타고 다니고
수업시간도 잘 지키고
지각도 하지 않는다.
힘들어도 잘 참을 수 있다.
아주 가끔만 잘 피하고 참으면 된다.

형민이는 자그마한 몸짓에 껄렁껄렁하게 걸어 다니는 아이다. 1학년 때는 특수학급에서 함께 공부하였으나 지금은 자신이 적을 두고 있는 기계과에서만 수업을 받는다.

"형민아, 너 졸업하면 뭐 할 거야?"

"저요? 졸업하면 군대 가야죠."

"군대?"

"네. 군대 제대하고 취직할 거예요."

1학년 때도 했던 말을 3학년이 되어서도 토씨 하나 틀리지 않고 대답한다. 형민이는 겉으로 보기에 장애가 있다는 것을 알지 못할 정도로 평범한 외모를 가지고 있다. 하지만 학습 능력이 심하게 지체되어 있어 자연수의 사칙연산도 계산하는 데 어려움을 보인다.

중학교 때까지는 특수학급에서 수준에 맞는 교육 받던 녀석이었는데 특성화고에 와보니 지각도 많고, 수업시간에도 산만하고 불성실한 친구들을 보며 자신은 모든 면에서 그 아이들보다 더 낫다고, 괜찮다고 느낀 것이다.

형민이처럼 특수교육대상학생이긴 하나 특수학급에서 교육 받지 않고 일반학급에서만 생활하는 학생들을 완전통합학생이라고 한다. 학기 초에 완전통합학생의 부모님과 상담하다 보면 가장 많이 듣는 말이 있다.

"반 아이들이 우리 아이가 특수인 걸 모르게 해주세요."

"우리 아이는 특수학생인 게 알려지는 걸 너무 싫어해요."

특수교사와 학생이 적으로 두고 있는 학급의 담임교사는 비밀작전을 수행하듯이 그 학생 이야기를 누가 듣나 살펴보며 이야기하는 웃지 못할 상황이 벌어지기도 한다.

완전통합 학생들의 특징은 대개 겉으로 장애를 가졌다는 게 표가 나지 않는다. 부모님들도 생활하는 데 아무 문제가 없다고 생각하신다.

그러나 일상생활, 학교생활을 무리 없이 잘하는 수준이지 친구들과 어울리는 것도 잘하는 것은 아니다. 버스를 타고, 수업시간에 잘 견디고, 학교 규칙을 잘 지킬 수는 있지만, 지적 수준이 또래에 비해 떨어지기 때문에 또래 아이들이 하는 말이나 제스처 그리고 그 안에 있는 문화 자체에 녹아들지 못하는 것이다.

겉으로 보기에 평범해 보이나 완벽하게 평범하기는 어려운 일이다. 그래서 완전통합 아이들은 대개 혼자 겉돌거나 자기와 별 차이 없는 학생 아니면 조금 문제가 있는 아이들과 어울린다. 심지어 조금 이상함을 눈치챈 영악한 아이들에게 금전적인 부분에서 이용당하는 경우도 생긴다.

그리고 끝내 자신의 수준에 맞는 교육을 받지 못하고 허깨비처럼 몸만 교실에 있다가 졸업을 맞이하게 된다.

아무리 철없던 아이들도 고3이 되면 미래를 준비한다. 자격증도 따고 취업이나 진학에 관심을 보이며 인간적으로도 훨씬 성숙한 느낌을 받는다. 그러나 형민이는 아직도 자기가 특수라는 것이 알려질까 봐 두려워한다. 거기서 한 발자국도 앞으로 나아가지 못하고 '특수'라는 단어에 갇혀 지낸다.

안타깝고 마음이 많이 아프다. 학교에서 그 녀석을 마주칠 때면 혹시 내가 아는 체할까, 불안해하는 눈빛을 본다. 특히 그 눈빛을 학교 식당에서 자주 보게 되는데 멀리 떨어져 있어도 나를 피해 고개를 숙이는 모습이 느껴진다. 언젠가 필요한 서류를 가져오라 했더니 얼마나 접고 접고 또 접었는지 A4사이즈의 종이가 딱지만큼 작아져 있었다. 주머니에 넣고 얼마나 만지작거렸는지 땀으로 축축하다.

그 축축한 서류를 받는 순간 내가 뭘 어찌 손쓸 수 없는 무력감에 내 마음도 가라앉는다.

평범해지고 싶다면 그 무게를 견뎌라 2

나는 고등학생이다.
고등학생은 교복을 입고 학교에 다녀야 한다.
특수학교는 고등학교가 아니다.

재영이는 형민이와 정반대 케이스의 학생이었다. 재영이는 졸업한 지 2년이 된 자폐성향이 심한 학생이다.

내가 학교를 옮긴 첫 해에 재영이는 2학년 학생이었다. 재영이는 1학년 때 수업시간에 노래를 부르거나 지루하면 교실 밖으로 나와 뛰어다니는 등 원적학급*에서 수업방해가 심했던 학생이었다고 한다. 그래서 다른 교사들이 재영이 때문에 수업 진행이 너무 힘들다고 특수학급에서 맡아달라는 문의가 많이 들어왔다고 한다. 그러나 재영이는 꿈쩍도 하지 않았다. 자기는 전자과에서 수업을 받겠다고 고집을 부려 1년 내내 실습시간 이외에는 거의 전자과에서 지냈다.

그런데 2학년이 되자 이 녀석이 이번에는 원적학급에 가지 않겠다고 고집을 부렸다. 결국 2학년 때는 체육시간만 전자과에서 수업 받고 나머지

---
*특수교육 대상자가 속해 있는 일반학급을 이르는말

240

는 특수학급에서 전일제로 생활하였다.

거의 하루 종일 전일제로 특수학급에 있다 보니 아무래도 수업결손이 심하였다. 특수교사가 하루 종일 재영이와 수업을 할 수는 없기 때문이다.

어머님께 특수학교로 전학 가면 어떻겠냐고 했더니 그러잖아도 그런 고민들을 안 하신 건 아니었다고 한다. 마침 재영이 집 근처에는 생긴 지 얼마 안 된 특수학교가 있었다. 그러나 재영이가 죽어도 특수학교는 가기 싫다고 했단다. 자기는 고등학생이니까 교복 입고 학교에 가야 한다고……

자기가 하기 싫은 일을 하라고 했을 때나 야단을 맞을 때면 자해를 하고 물건을 부수는 등의 행동을 보이던 재영이. 키가 180cm 가까이 되는 건장한 남학생이어서 자해를 할 때면 말리느라 애를 먹었다. 때문에 재영이의 고집을 말릴 수 없으셨으리라.

우리 학교뿐만 아니라 많은 학교에 형민이와 재영이가 있다. 아이러니하게도 형민이와 재영이 모두 자신의 삶에 적극적인 아이들이다. 자기가 원하는 모습을 선택하고 그 선택이 주는 불합리한 것을 견뎌내며 생활하고 있는 아이들이다.

재영이는 항상 당당하게 자신이 원하는 대로 행동하고 거침이 없었기에 스스로 힘이 들지는 않는다. 오죽하면 졸업할 때까지 우리 학교에서 제일 행복한 아이라 불렸을까. 그에 따르는 고민은 오롯이 다른 사람 몫이 되었지만 어쨌든 자신이 원하는 대로 생활하다가 고등학교를 졸업하였다.

그러나 형민이의 경우 자신을 불행하고 주눅 들게 하는 선택으로 스스로도 한없이 위축되고 자신을 온전히 드러내 보이지 못하는 생활을 하고 있어 안타깝다.

두 아이 모두 '평범함'이라는 소박한 꿈을 꾸며 그 무게를 견디고 있다. 평범함, 그것은 장애를 가진 당사자, 그리고 가족 모두가 가지고 싶은 단어일 것이다. 아니 어쩌면 많은 사람들이 꿈꾸는 단어가 아닐까?

자기 속도로 가는 모든 것들은 옳다[**]

선생님과 친구들이 하는 말,
말들은 순식간에 지나가버린다.
그래서 잘못 알아듣고
실수할까 봐 불안하다.
그래서 자꾸자꾸 물어보는 것이다.
나는.

내가 아는 지인 중에 10년 넘게 운전했음에도 불구하고 고속도로에서 시속 80km로 달리는 사람이 있다. 뒤따라오는 차들이 아무리 난리를 쳐도 도저히 속도를 내지 못하겠다고 한다. 운전을 하다보면 앞차가 심하게 느리게 가는 경우가 종종 있다. 그럴 때마다 나도 너무 답답해서 욕이 절로 나온다. 자꾸 브레이크를 밟고 차선을 변경해야 하기 때문이다. 그러나 입장이 바뀌어 나는 열심히 달린다고 규정 속도 이상의 속도를 내며 열심히 달리는데도 내 뒤에 바짝 붙어 빨리 비키라고 위협하는 차를 만나면 마음이 위축되고 심장이 벌렁거리면서 차선변경을 한다.

우리 모두는 인생의 끝(죽음)을 향해 달려가는 운전자들이다. 성급하게 가다 사고가 나서 삐끗하는 사람도 있을 것이고, 자기는 아무 잘못이 없는데도 다른 운전자에 의해 인생이 망가지는 사람들도 있을 것이다. 살

---

*이영수 「내 마음이 지옥일 때」에서 따옴

아가는 것은 어쨌든 마음대로 되는 것보다 안 되는 것이 더 많지 않은가? 하지만 삶이 그럴지라도 우리는 우리에게 주어진 삶의 끝을 향해 옆도 돌아보고 뒤도 돌아보며 묵묵히 하루를 살아가고 있다. 어떤 운전자는 과속으로 또 어떤 운전자는 심하게 저속으로 골목길을, 고속도로를, 또는 일반 도로를 달리며 자신의 목적지에 도달한다. 우리 아이들은 심하게 느리게 가겠지?

상철이는 고등학교 때 처음으로 특수학급에서 생활하게 된 자폐성향의 학생이다. 상철이는 1학년 때부터 줄기차게 특수학급에 오지 않겠다고 했다. 얼마나 학과 공부도 열심히 하는지 암기과목은 성적이 잘 나오는 편이었다고 한다. 그리고 방에서 문을 닫고 납땜 연습을 하던 아이였다.

상철이는 뭐든 노력하면 될 수 있다고 믿었던 듯하다. 자신이 조금만 더 노력하면 친구들과도 친하게 지낼 수 있고 학과 공부도 따라갈 수 있을 거라고 생각하였다. 그러나 사회적인 언어를 받아들이지 못하고 교과서적으로 사고하는 상철이에게 학교라는 공간은 너무나 어렵고 난해한 곳이었다.

상철이가 실습시간에 욕도 많이 하고, 다른 아이들은 하나씩만 주는 납땜 연습용 기판을 많이 써서 전자과 학생들의 원성이 빗발친다 하여 상철이를 만나 상담도 하고 상철이네 반 학생들과 이야기를 나눈 적이 있었다. '왜 욕을 했냐'는 말에 상철이는 '친구들이니까 욕을 했다'고 한다. 상철이가 보기에 친한 친구들끼리는 욕을 많이 하는 것 같아 자신도 그리 한 것이다. 혼자서 열심히 친구들을 관찰하고 얻은 나름의 학습결

과였던 것이다.

그리고 실습담당 선생님들은 납땜을 잘못하면 완벽하게 될 때까지 해야 하는 상철이가 새 기판을 달라고 할 때마다 새 기판을 주셨다. 비장애학생에게는 하나만 허용된 기판을 장애를 가진 학생이기 때문에 상철이에게 더 주셨던 것이 아이들의 반발을 샀다. 친구들의 반발을 상철이는 바로 받아들이지 못했다. 그런 미묘한 감정의 차이를 알지 못했던 것이다. 차근차근 설명해야 그럴 수도 있겠구나 하고 받아들인다.

그러던 중에 상철이의 교과서적인 말투를 따라 하고 거칠고 야비하게 대하는 아이가 생겼고 상철이도 덩달아 날이 서서 친구들끼리 주고받는 말에도 예민하게 반응하게 되는, 너무나 어렵고 힘든 상황에 놓이게 되었다. 계속되던 갈등이 긴 시간을 돌아 상철이가 특수학급에 오면서부터 문제가 해결되었다. 상철이는 모든 면에서 자신의 방식으로 최선을 다해 열심히 달려가보려 했지만 그의 속도로 옆 친구들을 따라가기에는 무리였다. 모든 것을 열심히 하려는 상철이에게 학교는 전쟁터가 아니었을까 싶다. 어느 곳에서도 편하게 마음을 내려놓을 수 없는 날 선 전쟁터.

행복했던 때와 힘들었던 때를 특수학급 아이들과 이야기했던 적이 있는데, 상철이의 말이 내내 가슴 아프게 남아있다.

"상철이는 언제 가장 힘들었어?"

"초등학교 때부터요."

"어? 초등학교 때부터? 내내 힘들었어?"

"아니, 아니 유치원 때부터 힘들었던 것 같아요."

근데 지금은 특수학급에 올 수 있어서 좋다고 한다. 특수학급에 오면 말이 통하는 친구들이 있고 긴장하지 않아도 되는 수업시간이 있다. 상철이의 속도로 맞춰주는 그만의 도로, 그만의 속도로 가도 되는 곳이. 이제야 자신을 인정하기 시작하고 그래서 많이 웃고, 게임이라는 것도 시작하게 된 상철이가 꿈을 꾸게 되었다. 그 꿈을 향해 또 열심히 성실히 하루하루 살아가는 아이.

졸업 후 성인이 되어서도 상철이에게 그런 도로가 기다리고 있으면 좋겠다. 늦게 가도 행복하고 마음 편한 도로가. 어쩌면 우리 모두가 꿈꾸는 그런 길이.

그래도 반 친구들이 좋아요 1

근데요.
반 친구들이 뭘 물어봐도
아무도 대답을 안 해 줄 때는
좀 힘들어요.

특수교사들에게 '가장 큰 복이 뭐냐'는 질문에 대개 비슷한 대답이 돌아오지 않을까 싶다. 좋은 학생과 학부모를 만나는 것. 그건 모든 교사들의 공통된 생각이지 않냐고 한다면 거기에 덧붙이고 싶다. 폭력성이 없으면서 말이 통하는 학생들을 만나는 것이라고 말이다.

특수교사로 근무하면서 나는 10년 전 학생으로부터 공격을 받기도 했으며 불과 몇 년 전에는 자해하는 재영이를 말리다가 벽에 내동댕이쳐지기도 했다.

재영이는 평소에는 너무 귀엽고 매력적인 학생이었으며 누구보다 나를 따르는 아이였는데도 스스로를 제어하지 못하고 나와 사회복무요원을 밀어버렸다.

폭력적인 학생이 없으면서 말이 통하는 학생을 만나는 것, 나는 현재 그 복을 다 누리고 있다. 이렇게 좋은 학생을 한꺼번에 만나는 것이 얼마나 큰 복인지 교사들은 잘 안다. 20년 차에 가까운 특수교사 생활에서 정말이지 처음 만나는 행운이다. 거기에 더해 나를 항상 지지해주시는 학부모님들은 또 다른 행운이다.

학생들이 자신의 생각이나 의견을 말할 수 있으니, 아이들은 어떤 일이든 스스로 해결하는 과정을 많이 거치게 된다.

재철이는 틱 장애를 가지고 있다. 꾸준히 병원에 다니며 치료하고 있어 심하지는 않으나 긴장하거나 의식하면 머리를 흔드는 행동을 보인다. 재철이는 어찌나 성실하고 똑똑한지 통합학급 내에서도 담임선생님과 교과 선생님께 인정받는 학생이다. 수행평가 관리는 물론 출석부에 잘못 체크된 결과까지 담당 선생님을 찾아가 수정할 정도이다. 이 정도면 특수학급에서는 '서울대'급이라고 한다. 어떤 일이든 어찌나 성실하게 노력하는지 실력이 어느새 늘어 있으며 처음엔 특수학급 내에서 별로 두각을 드러내지 않던 아이가 지금은 학급의 구심점 역할을 하고 있다.

재철이에게 언제부터 틱이 있었냐고 물어봤다. 일곱 살 때 곡성 가는 차 안에서 거품을 물고 쓰러졌을 때부터라고 한다. 땀이 많은 친구라 자기가 갈아입을 옷을 항상 비닐에 두 벌 정도 챙겨 다니는 아이인데 틱을 할 때 얼마나 위축될까 싶었다.

"친구들이 틱하고 그러면 너 쳐다보고 신경 쓰니?"

"초등학교 때는 그랬어요. 근데 중학교 때부터는, 정확히는 전학 간 학교부터는 괜찮았어요."

"그럼 반에 있을 때 언제가 가장 힘들어? 반 친구들이 너한테 잘해줘?"

"네, 반 친구들이 잘해줘요. 중학교 때보다는 착한 거 같아요. 근데요.

뭐 물어봐도 못들은 척 하는 애들도 있어요. 그때는 힘들어요."

"친구들이 다 그래?"

"아뇨, 다 그러진 않아요."

초등학교 때부터 겪어왔을 마음 고생이 한마디로 표현된 것 같지만 그래도 다행이다. 재철이 마음에 응어리가 많이 느껴지지 않아서.

그래도 반 친구들이 좋아요 2

"동민아!"
친구들은 지나가면서
내 이름을 불러준다.
나는 그게 좋다.

동민이의 원적학급 학생들은 학교에서 비교적 악명이 높은 친구들이다. 가끔 시시껄렁하게 동민이의 이름을 부르거나 장난을 쳐 동민이가 화를 낸 적도 많다.

동민이는 혼자 버스를 잘 타지도 못하고 굉장히 소극적인 아이라 소풍이나 수학여행 등 교외행사가 있을 때에는 사회복무요원이나 특수교사가 동행해야 한다. 요새는 소풍을 학년 전체가 같은 장소로 가지 않는다. 대개 반별로 다른 곳으로 소풍을 가기 때문에 1, 2, 3학년 학생들이 모두 있는 특수학급에서는 곤란한 일이 생긴다.

우리 학교는 두 개의 특수학급이 있기 때문에 사회복무요원 한 명과 특수교사 두 명이 특수교육 인력이다. 그런데 동민이처럼 소풍 때 혼자 보내지 못하는 특수학급 아이들이 많을 때는 모든 아이들을 챙기지 못하는 경우가 생긴다. 이번 소풍 때도 1, 2, 3학년 장소가 각각 달라서 사회복무요원은 동민이보다 더 힘든 1학년 학생을 따라가야 했다. 내가 두 명의 각기 다른 장소에 있는 아이들을 챙겨야 하는 상황에서 동민이에게 혹시 네가 좋아하는 특수학급 친구들이 있는 곳으로 소풍갈까? 했더니 동민이가 단호하게 대답한다.

"반 친구들이 있는 곳으로 갈래요."

제주도로 수학여행 갔을 때도 동민이는 반 친구들과 거의 어울리지 못했다. 대개 특수학급 아이들이 그러하겠지만 거의 나와 함께 다녔다. 그런 동민이가 자기와 친한 특수학급 친구들보다는 통합학급 친구들과 소풍을 가고 싶다고 한다. 재훈이랑 성태는 특수학급에서 동민이와 정말 친하고 잘 챙겨주는 친구들이다.

"동민아, 재훈이랑 성태랑 정말 친하잖아. 중학교 때도 그런 친구들 있었어?"

"아니요."

"그럼 중학교 때보다 고등학교 때가 훨씬 좋겠네?"

"아뇨, 중학교 때가 좋았어요."

"중학교 때 반 친구들이 더 좋아?"

"네, 반 친구들이 더 좋아요."

아이들은 통합학급 친구들을 최대한 호의를 가지고 대하는 것 같다. 사실 초등학교, 중학교를 거치면서 반에서 힘든 일을 많이 겪었을 텐데 "몇 명을 빼곤 괜찮았어요"한다.

아이들은 태어날 때부터 아주 긴 터널을 지나왔다. 그 시간을 지나오는 동안 아이들이 어떤 일들을 겪었는지 세세히 다 알진 못한다.

초등학교 때는 잘 느끼지 못했을지 몰라도 학년이 올라갈수록 비장애학생들과 우리 아이들의 차이는 더욱 커진다. 학습적인 면 외에도 많은 부분에서 그러하다. 그래서 아이들은 반 아이들 속에 끼지 못하고 주변을 배회한다는 느낌을 많이 받는다. 비장애학생들은 나이 어린 동생을 대하듯 우리 아이들을 대하기도 한다.

그러나 아이들과 이야기를 나누다 보면 나름 담담하게 그것을 받아들이고 스스로 그런 상황을 정리하고 있는 듯한 느낌을 받는다. 이제까지 수많은 시행착오를 거쳤겠지? 참 대견하고, 기특하다.

1년이 몇 개월이야?

어, 어, 60개월?
아. 잠시만요. 365개월?
아. 진짜! 쌤. 지금 방학인데
왜 그걸 지금 물어봐요.
그러니까 1년이 몇 개월이냐고
아, 진짜 쌤. 이상하네.
지금 방학이라구요.
공부를 왜 지금 해요?

아이들은 공부를 싫어한다. 분명히 1년은 12개월이라고 가르쳤음에도 불구하고 아이들에게는 그냥 숫자고 공부다. 제법 수학을 잘하는 재철이에게 일말의 기대를 걸었으나, 역시나 1년은 365일이라는 대답이 돌아왔다. 다시 물으니 그제야 12개월이라고 대답한다. 간단한 암산을 시키거나(심지어 한 자릿수도) 수 단위가 조금이라도 커지는 사칙연산을 계산하게 할 때면 아이들은 금방 풀이 죽고 동공이 흔들리는 모습을 봐야 한다.

특수교육대상학생들은 고3이 되면 '특수교육복지연계형일자리 사업'에 참여한다. 학생들이 조금이라도 더 빨리 현장을 경험하고 직업인으로 제대로 성장하기 위해 정부 지원을 받아 하는 1년짜리 사업이다. 이 사업으로 아이들은 한 달에 56시간을 일하고 최저 임금으로 계산해서 40만 원이 조금 넘는 돈을 월급으로 받는다.

이 돈을 부모님들은 거의 저축하신다. 매달 월급을 받기에 월급을 관리하는 방법에 대한 수업을 하는데, 아이들은 돈에 대한 개념이 많이 부족하다. 1년 동안 한 달에 40만 원을 저축하면 얼마나 될까에 대한 계산을 하려고 1년은 몇 개월이야 하고 물었는데, 아무도 제대로 대답하지 못해 깜짝 놀랐다. 이런 엉뚱한 대답은 직장생활을 하고 있는 졸업생들에게도 똑같이 들을 수 있었다. '너는 왜 그것도 모르냐'고 했더니 '선생님이 안 가르쳐줘서 모른다'고 한다. 하! 억울하다. 진짜!

1년이 몇 개월인지, 자신이 일주일에 몇 시간을 일하고 받는 월급인지 알지 못해도, 자신의 통장으로 들어오는 월급에 대한 자부심이 아이들에게 있다. 그리고 대부분 성실하게 일을 한다.

고3이 되어 아이들은 다양한 진로 프로그램에 참여하고 직무를 체험하고 자신의 진로를 고민한다. 물론 졸업하고 갈 수 있는 곳이 한정되어 있어 현실적인 꿈이 아닐 수도 있지만 아이들도 나름 꿈을 가지고 있다.

동민이는 2년 내내 무슨 일을 하고 싶냐는 말에 '노가다'라고 대답했다. 최근에 들어서 이력서와 자기소개서 쓰기 시간에 다시 물어보니 '회사원'으로 바뀌었다. 공부시간이면 오늘 같은 날은 공부 안 하면 안 되냐고 늘 교사와 협상을 시도하곤 하는 성태는 꿈이 유치원 보조 선생님이다. 글씨도 깨끗하게 잘 써서 우리 학급에서 '서기'를 맡고 있다. 설거지도 꼼꼼하게 잘해서 작년에는 전국장애인기능경진대회 '외식부문'에 참가하기도 했다. 물론 시간 초과로 탈락했지만.

꼼꼼한 재철이는 작은도서관에서, 상철이는 복지관에서 청소를 하고 있다. 재철이와 상철이는 졸업하면 교육청에서 뽑는 '중증장애인 공무직' 사서보조 부문에 도전할 계획이다. 둘은 현실적으로 자신의 꿈을 위해 컴퓨터 자격증에 도전 중이다.

말이 많은 재철이는 아르바이트가 꿈이다. 꿈도 여러 가지여서 그도 안 되면 아버지가 물려주신 가게에 나가면 된다고 한다. 그러면 재철이의 꿈은 CEO일까? 현재로선 가장 실현 가능한 꿈이다. 그만큼 아이들이 졸업 후 갈 수 있는 자리는 적다. 조건이 좋은 자리들은 그야말로 낙타가 바늘구멍 들어가기만큼 어렵다.

엄마랑 반반

월급은 얼마나 받는데?
반. 반.
무슨 반반?
엄마랑 반. 반.
아, 월급 타면 엄마랑 반반 나눈다고?
네에. 네.

며칠 전 지인과 커피숍에 앉아 있는데 아는 얼굴이 보였다. 뭔가를 찾는 듯 창 밖에서 커피숍 안쪽을 쳐다보고 있었는데 내가 예전에 근무하던 학교의 학생이었다.

내가 담임을 맡은 학생은 아니었지만 옆 반 다운증후군 여학생이었다. 너무 반가워서 잠깐 이야기를 하게 되었다. 여전히 귀엽고 당당한 모습이다. 다운증후군 친구들은 사교적이고 자신의 감정을 숨기지 못한다. 중학교 때는 소소하게 문제를 일으키는 학생이었다가 고등학교 때는 무난하게 생활했던 것 같다. 큰 문제없이 학교를 마쳤지만 그렇다고 말을 잘하거나 기능에 있어서 그리 뛰어나지 않은 학생이었다. 지금 뭘 하냐고 하니 직장을 다닌다고 한다. 무슨 일을 하냐고 하자 '어린이집'에 다닌다고 한다.

어린이집에서 아이들에게 밥도 먹이고, 청소도 하고 교사들을 보조해주는 일을 하나보다. 또박또박 자신이 하는 일에 대해 이야기하는 어엿한 어른 한 명을 마주한 기분이었다. 올해 스물세 살인 그녀의 성장이 마냥 신기하고 반가웠다.

스승의 날이면 찾아오는 졸업생들을 만나도 같은 기분이다. 학교 다닐 때는 비장애학생들 틈에서 부족한 것 투성이였던 학생들이 졸업 후 그들의 능력에 맞는 공간에서 어엿하게 자기 몫을 해내는 모습은 가끔 나를 부끄럽게 한다. 경기도로 이사 간 어떤 졸업생은 가끔 전화를 한다.

"상현아, 너 지금 무슨 일 해?"

"코. 펠."

"어? 무슨 일 한다고?"

"코. 펠."

"아 그거 만드는 일 한다고?"

"네."

"월급은 얼마나 받는데?"

"반. 반."

"어?"

"무슨 반반?"

"엄마랑 반. 반."

"아! 월급 타면 엄마랑 반반 나눈다고?"

"네. 네."

"그럼 네가 다니는 데 문자로 보내줄 수 있어?"

"네!"

잠시 뒤 글자 하나 틀리지 않고 자신이 다니는 곳을 문자로 보내줬다.

그런데 나는 그 아이가 무슨 일을 하는지, 얼마만큼 월급을 받는지 끝내 잘 알지 못한다. 그 아이의 말을 잘 알아들었는지 아직도 잘 모른다.

졸업 후 아이들은 장애인고용공단이나 복지관 등의 도움을 받아 프랜차이즈 커피숍, 보호 작업장, 햄버거 가게, 어린이집, 제빵업체, 공무직 등 여러 곳에 취직해 일을 하고 있다. 물론 보호 작업장은 취직이 아닌 훈련생으로 다니는 경우가 많다. 훈련생일 경우 20만 원 전후반대의 훈련비를 받고 다니거나 그마저도 어려운 아이들은 돈을 내고 주간보호센터를 다니는 친구들도 있다. 대개 기능이 좋은 아이들은 어엿하게 노동자가 되어 최저임금을 받으며 생활하고 있다. 노동자로 일할 경우 하루에 4시간 정도 일을 하는 경우가 대부분이며 월급은 70~80만 원 정도 받는다. 일이 많고 작업능력이 뛰어난 친구의 경우 야근이나 주말 출근으로 100만 원이 넘는 월급을 받기도 한다.

월급 관리는 부모님이 맡아 하는 경우가 대부분인데 드물게 똑똑한 친구들은 일정 부분 부모님을 드리고 스스로 알아서 월급 관리를 한다. 우리 동생의 경우도 월급과 장애수당을 합쳐 약 90만 원 정도의 수입이 있지만 동생에게는 월급 관리를 맡기지 못한다. 동생은 사람들에게 돈 쓰기를 좋아하지만, 정작 금액이 큰 돈은 그 크기를 잘 알지 못해 계획성 있게 돈을 쓰지 못하기 때문이다.

졸업 후 꾸준히 만남을 가져온 미선이의 최종 목표는 독립이라고 한다. 하지만 미선이의 어머님은 자신이 죽고 나면 독립하라고 하신단다. 광주에서 비교적 유기농 재료를 쓰는 것으로 유명한 제빵업체에 다니는 진우는 월급을 모아 집이 이사 가는 데 900만 원을 보탰다고 한다.

이제 어엿한 직장인으로, 어른으로 성장한 아이들, 아니 계속 성장 중인 그들에게 박수를 보낸다.

★이야기 둘

마법의 카드 한 장

언니들에게
특히 넷째 언니에게
혼날지 모르지만
그런 건 상관없다.
지금 이 순간 나는 너무 행복하니까.
카드를 손에 넣었다.
은행에 가서 비밀번호를 바꾸고
나는 카드를 손에 넣었다.
이번엔 노란 카드다.
카카오카드.

나에게는 철부지 동생이 있다. 그녀는 사람들을 좋아하고 꾸미는 것을 좋아한다. (특히 채림 스타일-겉모습은 어려 보여도 그녀는 상당히 취향이 올드하다.) 그녀는 웃는 모습이 너무나 매력적이며 애교가 넘친다. 자기가 어떤 표정을 지을 때 사람들이 껌뻑 죽는지 잘 안다. 오래된 발라드 노래를 좋아하고 거짓말도 잘한다.

그런 그녀의 눈에 어느 날 아파트 입구에 떨어진 카드가 보였다. 냉큼 주웠다. 그리고 열심히 썼다. 커피전문점에서만 쓸 수 있는 기프트카드를 사고 5만원씩 충천해서 세 명의 친구들에게 나눠주고 친구들과 함께 노래방에 갔다. 노래방비와 택시비를 주운 카드로 썼다. 정말 아무 문제 없었다. 그런데 편의점에서 평소에 갖고 싶었던 이어폰을 카드로 결제했는데 경찰들이 귀신같이 찾아왔다. 카드 주인이 쓰지도 않은 내역이 문자로 오자 카드 분실신고를 한 것이다.

경찰서 강력계에 언니와 함께 갔다. 사건경위서를 작성하라고 해서 서명을 하고 합의서가 필요하다고 해서 카드 주인도 만났다. 눈물을 글썽이며 사과를 하고 합의서도 받았다. 카드 주인은 내 동생이 귀엽다고 하며 흔쾌히 합의서에 도장을 찍어줬다. 검찰에 송치된 카드절도 사건은 그렇게 기소유예 통지를 받았다.

난리도 그런 난리가 없었다. 설상가상으로 그 일을 처리하는 중에 엄마가 이제까지 관리했던 그녀의 월급통장 현금카드도 재발급해서 쓴 것을 들켜버렸다. 엄마가 은행 CD기계에서 현금을 인출하려 했는데 이상하게 인출이 안 되더란다. 대담하게도 그녀가 병원 간다고 말하고 일찍 나온 날, 은행에 가서 복지카드를 이용하여(주민등록증은 엄마가 가지고 계신다) 카드 분실신고를 하고 비밀번호도 바꾸고 카드를 재발급 받은 것이다.

통장을 찍어보니 100만 원 가까이 되는 돈을 썼다. ○○리너스 기프트 카드를 만들고, 친구들에게 커피도 사주고, 식당에서 음식도 사주고 그렇게 쓴 것이 거의 백만 원이었다. 친구를 좋아하고 친구들에게 베풀기를 좋아하던 그녀는 백만 원에 가까운 돈을 친구들에게 다 쓴 것이다. 돈으로 무슨 일을 하는지는 알았으나 백만 원이 얼마나 큰 돈인지는 몰랐다. 카드로 할 수 있는 일은 알았으나 남의 카드를 쓰면 절도죄가 되는지 몰랐던 것이다.

월급통장 카드는 재발급 받을 수는 있으나 그 돈이 자기가 얼마나 어렵게 일해서 번 돈인지는 몰랐던 것이다. 다시는 안 그러겠다고 대성통곡을 하며 엄마에게 싹싹 빌고 카드는 넷째 언니에게 뺏겼다.

이 문제로 동생이 일을 하고 있는 센터에서 사례회의가 열렸다. 담당자들 중 어떤 분은 감동받았다고 한다. 그런 사고를 칠 수 있는 능력에. 가정과 센터에서 그런 부분에 대해 주의를 주고 같이 일하는 동료들에게도 교육하는 것으로 회의를 마무리지었다.

그러나 몇 달 후 그녀는 똑같은 사고를 쳤다. 카드를 다시 재발급 받은 것이다. 내가 연말 가족모임에 참가했는데 동생의 동료들 세 명이 슬쩍 귀띔해 주었다. 요즘 돈을 너무 많이 쓰고 뭘 자꾸 사준다는 것이다. 뭘로 사주냐고 했더니 노란색 카드라고 한다. 화가 나서 야단을 치는 내게 그녀는 정말이지 천사 같은 얼굴로 다시는 안 그러겠다고 다짐을 하고 또 다짐을 한다.

아! 보기만 해도 좋은 카드, 그녀는 누군가 카드를 쓰면 황홀해서 쳐다본다.

"언니, 이 카드는 뭐야?"

"왜 또 카드 재발급 받게? 으이그."

"아니. 내가 양심이 있지."

그녀의 지갑에는 교통카드밖에 없다. 어쩌다 한번 편의점에서 친구들에게 과자를 사주는 것으로 만족해야 한다. 그러다 가끔 엄마가 계시는 시골에 가기 위한 버스비가 부족할 때면 안면을 튼 버스기사 아저씨께 부탁해 버스비를 외상으로 하기도 한다. 버스기사 아저씨와 엄마는 아주 친하다. 그녀는 그것을 모르고 외상을 했다가 집이 다시 뒤집어졌다.

그녀는 허리가 아파 수술할 때 빼고 한 번도 일을 쉬어 본 적이 없다. 자신이 번 돈으로 예쁜 동생 대학 학비도 보탰다. 통신비가 어떨 때는 60만원씩 나올 때도 있을 정도로 언니들이 막아놓은 핸드폰 이용제한 보안을 귀신같이 풀어내는 핸드폰 이용 신기술도 보유하고 있다. 하도 돈을 통 크게 써대서 이를 막기 위해 그녀의 용돈은 하루에 2,000원으로 제한하게 되었다.

뒤이어 나오는 이야기에서 동생의 가명을 채림이로 정해서 쓰고자 한다. 그녀가 제일 좋아하고 닮고 싶어 하는 연예인이다. 내가 동생의 이야기를, 그것도 자신이 숨기고 싶어 하는 이야기를 썼다는 것을 내 동생이 안다면 너무 싫어할 것이다. 아마 이렇게 말할 것이다.

"나에게도 감추고 싶은 비밀이 있다고. 언니!"

복지카드 한 장에 담긴 시선

우리 모두는
태어나는 것을
선택할 수 없다.
그리고 오늘도
살아가고 있다.

채림이는 서른이 채 되기도 전에 할머니가 되었다. 큰언니의 딸이 아이를 낳은 것이다. 엄마가 암 수술을 받고 시골로 거처를 옮기신 후 큰언니 가족과 함께 살게 된 채림이는 그 손녀들이 태어날 때부터 함께 살았다. 그러다보니 언니나 조카가 바쁠 때 그녀는 퇴근하면서 어린이집 차가 오면 손녀들을 기다렸다 데리고 들어오기도 하고 아이들 밥을 챙겨 먹이기도 하며 서로 의지하며 살아왔다. 사실 이런 경험은 채림이에게 있어 정말 소중한 것이었다. 갓난아기 때부터 아이를 돌보는 엄마의 마음을 경험할 수 있어서 말이다.

채림이는 손녀들을 "내 강아지"라고 부르며 예뻐하고 어렸을 때부터 이모할머니와 함께 살아왔던 손녀들 또한 채림이를 많이 따른다. 서로 애정을 주고, 받으며 그것을 표현하는 모습이 보기 좋고 흐뭇했다. 어느덧 시간이 흘러 두 손녀들 모두 초등학생이 되었다.

손녀들이 다니는 학교에는 특수학급이 있다. 아이들 반에는 장애가 있는 친구들이 함께 통합되어 공부하고 있다. 큰손녀는 지금 3학년인데 그 반에도 지체장애를 가진 친구가 있다고 한다. 그 반은 학급 규칙에 따라 돌아가며 짝꿍을 바꿔가며 생활하는데 반 학생들이 장애학생과 짝이 되면 티가 나게 싫어하는 모양이다. 장애학생이 짝이라는 것을 알게 된 순간, 울어버린 학생도 있었다고 한다. 다행히 큰손녀는 이모할머니를 옆에서 지켜봐서인지 그 거부감이 훨씬 덜하다고 조카는 말한다. 손녀는 자청해서 짝이 되기도 했다. 이것이 바로 통합을 해야 하는 이유가 아닐까 싶다. 어렸을 때부터 장애인과 함께 생활해 본 아이들은 거부감이 훨씬 적은 편이다.

조카의 이야기를 듣는데 자꾸 나는 그 지체장애를 가졌다는 학생이 신경 쓰였다. 태어날 때부터 감추지 못하고 드러난 장애로 인해 그런 대접을 받고 있을 아이의 마음과 고통 받고 있을 아이의 상처가.

얼마나 많은 시간이 흘러야 그런 시간을 극복하게 될까? 사춘기는 또 어떻게 겪게 될까? 그 아이의 가족들은 매일, 매일이 얼마나 지옥일까?

나는 옷차림이 마음에 안 들거나 머리가 이상하게 손질된 날, 하얀 옷에 김칫국물이 튄 날 남들은 신경 쓰지도 않을 그 작은 얼룩이, 거울에 비친 모습이 못내 신경 쓰일 때가 있다. 그런 자잘한 이유로도 남들의 시선을 자꾸 의식하게 되는데 그런 시선을 항상 받아야 한다면 어떤 마음일까?

채림이도 다운증후군이기 때문에 장애가 겉으로 드러난다. 동생과 거리를 걸을 때, 영화를 보러갈 때, 옷을 사러갈 때 느껴지는 시선에 특수교사가 직업인 나도 가끔 움츠러들 때가 있다. 옷가게를 하는 여섯째 동생은 채림이를 데리고 병원에 갔는데 옷가게 단골손님이 자신의 눈을 피하면서 모른 채 하더라는 이야기를 하기도 했다.

다행히도 채림이 자신은 힐끔거리는 시선을 느끼지 못한다. '길을 걸어갈 때 누가 너를 쳐다보고 그러냐'고 했더니 단호하게 "아니!"라고 대답한다. 그래서 그렇게 해맑고 당당할 수 있는 것이다.

채림이는 영화관에 갈 때마다, 톨게이트를 지나칠 때마다 지적장애라고 적혀진 복지카드를 나에게 건네며 자랑스럽게 사용하라고 말한다. 그런 말을 할 때면 그녀 마음에 한 점 구김이 없다. 채림이가 복지카드를 꺼낼 때마다 나는 사실 지적장애라는 단어에 신경이 쓰인다. 채림이는 사실 신경을 전혀 쓰지 않는데 내가 자꾸 신경 쓰이고 그 상황이 싫다. 얼마나 잔인한 일인가? 자신의 장애가 적힌 복지카드를 들고 다녀야 한다는 사실이.

학교에서 만나는 아이들도 대부분 지적장애 학생들이다. 아이들과 함께 복지카드를 사용할 때면 더욱 당당하게 할인 받고 아이들에게 복지카드 활용하는 법을 가르치기도 한다. 아이들에게 '이 카드는 너에게 이익을 많이 가져다 주는 카드'라고 말이다. 고등학교 3학년쯤 되니 아이들은 많은 부분을 포기하고 받아들이는 데 익숙해지며 상처도 덜 받는 것 같다.

그러나 아이들과 복지카드를 사용할 때마다 그 작은 카드 한 장에 담겨 있는 역사를 알기에 순간순간 신경이 쓰인다. 가족이 장애인인 것을 받아들이고 병원을 다니며 치료를 받고 복지카드를 받으며 얼마나 많은 시선들과 싸워야 했을까? 자식이 장애인이라는 것을 받아들이고 인정하기까지 어떤 시간들을 보냈을까?

외로움이 다가올 때

나이 40이 다 되도록
가족과 살고 있는 동생의 친구인 그녀
혼자 살고 있는
그야말로 독립적인 사람이었다.
대단하다는 나의 말끝에 살짝
덧붙인 한마디
"근데, 외로워요."

성인도 참가할 수 있는 어떤 대회에서 우연히 마주친 어떤 어머님께서는 아들이 교육청 교육공무직원이라고 말씀하셔서 관심 있게 대화를 나눴다. 우리 교육청에서는 중증장애인 교육공무직원을 채용하고 있다. 청소보조, 사서보조, 급식보조 분야를 뽑아 필요한 산하기관에 배치하는데 정년이 보장되고 혜택도 좋아 모든 부모님들이 꿈의 직업이라고 생각하신다.

얼마나 자랑스러우실까 생각하는데, 아니나 다를까 급여도 백만 원이 넘고 맞춤형 복지비에 명절 보너스까지 받는다고 깨알 자랑을 하신다. 그런데 그 말씀 뒤에 돈이 너무 작다고 백만 원 넘는 돈 받아서 장가나 보낼 수 있겠냐고 하신다. 깨끗하고 쾌적한 근무환경에서 일할 수 있으며 정년이 보장되고 월급도 많기 때문에 많은 부모님들이 원하는 직장인데 저런 말씀을 하시나 싶었다.

공무직은 특수교사인 내가 보기에도 학생들이 졸업 후 갈 수 있는 최고의 직장이다. 채림이는 이번에 최저임금이 올라가고 센터 사정도 안 좋아져 임금이 많이 줄었다. 거의 반 토막이 되었다. 이에 비해 공무직은 그럴 염려가 없는 안정적인 일자리이다.

그러나 진짜 어머님 말씀대로 만약 비장애 성인이라면 그 월급에 결혼도 하고 가정을 이루긴 어려울 것이다.

대부분 우리 아이들은 학교를 졸업하고 직업을 가져도 가정에서 부모님과 함께 생활하며 나이를 먹어간다. 나의 경우도 그런 모습을 계속 봐왔기에 장애인들은 항상 가족이든 누군가에게 짐이 되는 존재, 평생 가족의 돌봄을 받고 살아가야 한다는 생각이 뿌리 깊게 자리한 건 아닐까 하는 생각이 든다.

채림이의 직장 동료 중 부모님은 타 지역에 계시고 오빠는 결혼해서 혼자 자취를 하는 친구가 있다. 동생과 나이는 같지만 훨씬 어른스러운 아이이다. 둘이 만나 노래방도 가고 논다 하기에 함께 식사를 한 적이 있었다. 식사하는 내내 채림이가 철이 없다고 채림이도 혼자 살아봐야 한다고 말한다. 하지만 그녀는 북적북적 여러 식구들 틈에서 외로울 틈 없이 간섭받고 살아가는 채림이와 달리 집에서 혼자 보내는 시간이 많다고 한다.

그러면서 말끝에 외롭다고 말한다. 비장애인들은 가족과 함께 살아도 다들 자신의 사회적인 영역 안에서 학교 동창, 직장 동료, 연인, 취미 생활을 같이 하는 동호회 등 복잡한 인간관계를 맺어가며 바쁘게 살아간다.

그러나 우리 아이들은 대개 일을 마치면 집으로, 부모님에게로 간다. 단편적이고 단순하며 제한된 인간관계를 맺고 살아가는 것이다. 노는 것도 자리를 만들어줘야 하고 옆에서 도와주는 사람이 있어야 놀 수 있는 경우가 많은 것이다.

졸업생 중에서 고등학교 때부터 장애인 축구팀에서 활동하는 남학생이 있다. 그 아이는 주말에 거기 형들하고 어울린다고 한다. 그 형들과 가끔 술도 마신다고 한다. 그러나 그런 경우는 많지 않다. 대개 복지관이나 보호 작업장 등에서는 이용자들을 위해 취미생활을 함께하는 동아리를 만들어 운영하기도 한다. 해외로 여행을 가기도 한다. 하지만 모든 시간을 사회복지기관에서 책임질 수는 없다. 그래서 그 문제는 다시 가족의 문제로 돌아간다. 다시 개인이 가지고 있는 조건의 문제로 돌아간다.

그런 고민을 하다 보니 '결혼해서 가정을 이루기에는 어림도 없는 돈'이라는 어머님의 말씀에 거부감을 느낀 나의 부족한 인식이 한없이 부끄러워진다. 특수교사인 나조차도 이런 형편없는 인식 안에 갇혀 있다니!

결혼, 독을 품은 사과

안녕하세요.
저기요.
제가 지적장애 3급인데요.
장애인은 결혼을 못하나요?
답변 좀요.

동생은 이목구비가 크고 다정다감한 이성에게 호감을 느낀다. 그래서 여섯째 형부가 그녀에겐 이상형이다. 그녀에게 결혼이란 사랑하는 사람과 그림처럼 예쁘게 사는 것이다. 바로 드라마 주인공들이 어떤 시련에도 굴하지 않고 사랑을 지켜내고 결국엔 결혼을 해서 알콩달콩 사는 그런 로맨틱한 결혼 말이다. 노래도 애절한 발라드만 듣는다. 짝사랑만 백번쯤 했던 그녀가 가족들 몰래 남자친구를 사귀었다. 그러나 그 남자친구로 인해 동생은 많이 무서워하고 많이 울었다. 그 남자친구는 드라마 주인공처럼 달콤하지도 자신을 귀하게 대해주지도 않았으며 자꾸 신체 접촉을 원했던 것이다.

장애인에게 결혼의 걸림돌은 성 문제와 임신이다. 나의 경우 학교에서 만나는 학생들 대부분이 지적장애인이며 채림이가 지적장애를 가졌기 때문에 아무래도 지적장애인의 결혼문제에 관심이 많다. 2014년 장애인실

태조사 보고서를 보자면, 자녀의 장애 여부를 묻는 질문에 지적장애의 응답률이 24.6%로 제일 높다. 이런 유전학적인 이유로 일본을 비롯해 미국, 독일 등 여러 나라에서는 장애인의 출산을 강제하는 법률이 있기도 하였다. 아래는 일본의 '우생보호법'의 희생자인 60대 여성의 손해배상소송에 관한 기사에서 발췌한 것이다.

우월한 유전자를 보호한다. 불량한 자손의 출생을 방지한다.

나치 정권의 단종법을 바탕으로 만든 일본의 우생보호법이다. 1948년부터 1996년까지 반세기 가까이 존재했던 이 법을 바탕으로 일본 정부는 장애인이나 나병환자에게 강제로 불임 수술을 시켰다.

법이 폐지된 지 20여 년 만에 한 60대 여성이 30일 국가를 상대로 1100만엔(약 1억850만 원) 상당의 손해배상 소송을 제기했다. 불임수술 피해자가 국가배상청구소송을 제기한 건 이번이 처음이다.

미야기(宮城)현에 거주하는 이 여성은 어릴 적 병원에서 유전성 정신박약이라는 진단을 받았다. 이에 따라 열다섯 살 때 동의 없이 강제로 난소를 적출하는 수술을 받아야 했다. 불임 때문에 결혼도 어려웠다. 심지어 유전성 정신질환이라는 진단도 오진이었다. 피해 여성의 언니는 기자회견에서 "여동생은 그 법 때문에 괴로워하면서 40년을 지내왔다. 장애인이라도 밝은 생활을 할 수 있는 사회가 되었으면 한다"고 말했다.

- 日우생보호법 강제 불임수술 피해자, 첫 국가배상 소송

  (서울=뉴스1) 김윤정 기자 2018년 1월 30일

엄마는 옛날 분이어서 오래 전부터 동생의 결혼 상대를 찾고 계셨다. 이유는 돌아가시기 전에 가정을 이루게 해주고 싶다는 거였다. 다른 딸들은 다 결혼해서 자식을 낳고 가정을 꾸려가는데 일곱째 딸만 혼자 늙어가는 게 안타깝다고 하셨다. 본인이 죽고 난 후가 걱정되어 든든한 울타리를 만들어 주고 떠나고 싶으신 거다. 정작 본인은 아빠를 만나 평생 폭력과 외도에 괴로워하고, 육아에 경제적인 부분까지 챙겨가며 고단하게 살아왔으면서도 결혼이 동생의 울타리가 될 줄 알고 계셨나보다.

신체나이는 서른아홉 살이지만 정신연령이 딱 9~10세 수준인 동생은 가끔 말도 안 되는 고집을 부리기도 하고 삐지면 꿈쩍도 안 하고 몇 시간을 버티기도 한다. 소소하게 설거지를 하거나 청소를 하고 시간에 맞춰 아이를 데려오고 밥을 먹이는 등의 일은 할 수 있으나 결혼은 훨씬 더 복잡한 기술을 요하고 좋은 배우자를 만나기가 하늘의 별따기만큼 어렵다.

결혼을 해본 나로서는 짝만 만나고 결혼만 하면 모두가 행복한 결말로 이어지는 것이 아니라는 것을 아는지라 동생의 결혼을 찬성할 수 없었다. 또한 실제 특수교사로 있으면서 지적장애아의 학부모님도 지적장애인인 경우를 많이 보아왔다. 장애를 가진 자녀가 태어나면 부모가 장애 특히 지적장애를 가졌을 때 친가나 외가 쪽 조부모들이 아이들의 양육을 책임지고 있는 경우를 많이 볼 수 있는데, 그조차도 없을 때는 아이들이 방치되는 경우가 많았다.

다음 표는 2014 장애인실태조사의 내용이다. 본인의 장애로 인해 자녀의 성장, 발달에의 지장 여부를 묻는 질문에 지적장애의 48.4퍼센트가 '매우 많다'라고 응답했다.

본인의 장애로 인한 자녀의 성장발달에의 지장 여부

(단위: %, 명)

구분	지체장애	뇌병변장애	시각장애	청각장애	언어장애	지적장애	자폐성장애	정신장애	신장장애	심장장애	호흡기장애	간장애	안면장애	장루요루장애	뇌전증장애	전체
전혀없다	46.9	27.3	35.5	29.2	50.0	7.6	–	12.0	43.1	42.9	63.2	50.5	0.0	17.0	6.2	39.6
별로없다	28.6	18.8	32.3	33.9	25.6	15.4	–	17.9	22.5	20.5	11.6	10.1	0.0	34.1	24.3	28.0
약간많다	17.2	33.0	19.2	17.2	19.4	28.6	–	31.9	24.5	36.7	23.5	37.2	63.8	44.4	30.1	19.8
매우많다	7.3	20.9	13.0	19.7	5.5	48.4	–	38.3	9.9	0.0	1.7	2.2	36.2	4.4	39.5	12.5
계	100.0	100.0	100.0	100.0	100.0	100.0	–	100.0	100.0	100.0	100.0	100.0	100.0	100.0	100.0	100.0
전국추정수	579,398	68,137	134,861	117,861	3,797	24,309	–	33,39	22,968	2,960	5,606	4,888	874	2,662	3,534	1,004,872

주: 무응답 제외

　　이제 마흔 살이 되는 동생은 영원한 아이로 살아야 하는 것일까? 조카들이 낳은 손녀들과 함께 있는 채림이의 모습을 보며 가끔 혼란스럽다. 물론 손녀들을 질투하고 아이처럼 굴기도 하지만 말이다. 그 아이에게 조금이라도 주어진 양육자로서의 충만함이 있다는 것에 그나마 다행이라는 말로 자조 섞인 한숨을 내쉬는 나 자신에게 '이게 과연 최선일까? 과연 최선일까?'라는 질문을 던져본다.

그럼에도 불구하고

제가 너무나
이제는 억울하게 장애 있어서
아무튼 저희 부모 걱정하고
결혼 못하게 하니깐
억울해서
지적 장애 있어서
속상했습니다.

위의 글은 어느 복지관에서 데이트기술 훈련 중 학습지에 지적장애인이 쓴 글이다.

나의 경우 내 인생을 두 부분으로 나눈다면 결혼을 하기 전과 결혼을 하고 난 후로 나눌 수 있을 것 같다. 조금 이른 나이에 결혼을 했으나 나를 존중해주는 배우자를 만나 평범한 가정을 이루고 아들, 딸을 두고 있다. 물론 결혼으로 인한 제약도 많았고 감당해야 할 것들이 분명 존재했지만 결혼이 긍정적인 부분이 많다고 생각한다.

나라는 사람 하나를 놓고 봤을 때 결혼이 나의 인생을 훨씬 풍족하고 성숙하게 만들어 주었던 듯하다. 물론 어떤 배우자를 만나느냐에 따라 결혼에 대한 만족도는 너무나 다르다. 그것이 결혼이 가지는 가장 큰 함정이며 장애인이든 비장애인이든 똑같이 적용된다.

장애인의 결혼, 특히 지적장애인의 결혼을 이야기할 때 특수교사들은 대개 결론을 내지 못한다. 그리고 대부분 부정적으로 생각하고 있다. 100% 공감된다. 결혼한다는 것은 성생활을 전제하에 두고 하는 것이며 특수교사에게 있어 성문제는 일종의 금기어이며, 제일 난해한 문제이기 때문이다.

성문제가 생기면 특수교사들은 너무나 힘들다. 중·고등학교에 근무하면서 우리가 만나는 학생들은 장애를 가진 미성년자들이기 때문이다. 아직 미성년인 학생들이 성매매에 노출되거나 무분별하게 욕구를 해소하는 과정에서 생기는 성(性)문제로 골머리를 앓은 경험들이 많다. 성문제는 물론 비장애인에게도 마찬가지고 머리가 아픈 문제지만 지적장애인의 경우 지능이 낮아 이용당하거나 현실적인 판단의 어려움으로 인해 문제가 커지는 사례들이 많기 때문에 더욱 어려운 문제인 것 같다.

원론적으로 보면 결혼을 지지해주는 것이 맞지만 현실에서 지적장애인, 특히 여성들이 성문제와 결혼 생활로 인해 고통을 겪는 사례는 셀 수 없이 많다.

이 글을 쓰면서 나는 장애인의 성과 결혼 그리고 임신, 출산을 다룬 여러 가지 글을 찾아 읽었다. 현재 많은 단체와 개인들이 이 부분에 대한 적극적인 고민과 해결방안을 모색하고 있는 듯하다. 어떤 사회복지단체에서는 연애부터 결혼까지 성공한 케이스에 대해 이야기한다. 장애인의 데이트 기술, 건강한 성생활과 피임을 위한 성교육 자료들, 결혼에 필요한 제도적 지원부터 실질적인 결혼 가정을 위한 자잘한 지원 내용까지 생각보다 자료들도 많고 예전에 비해 매우 활발하게 논의들이 진행되는 듯하다.

내용의 핵심은 장애인 스스로가 선택해야 한다는 것이다. 지체장애인이나, 감각장애인들의 경우 대개 자신의 문제에 대해 스스로 고민하고 결정하는 경우가 많다. 하지만 지적장애인은 자기 결정권에 대한 부분부터 교육하여야 한다. 연습하여야 한다. 그리고 정말 많은 문제를 내포하고 있기에 현실적으로 구체적인 해결방안보다는 원론적인 문제로 접근할 수밖에 없다.

장애를 가지고 태어났다고 해서 혹시나 모를 장애자녀 출산에 대한 걱정 때문에 결혼하지 말아야 한다고 접근하지 말고, 올바르게 자기 결정권을 행사할 수 있도록 지지하고 교육하고 끊임없이 제도를 만들어나가면서 장애인의 삶의 질을 향상시키기 위해 노력해야 한다는 것이다.

이런 노력들을 통해 아직 음지에 있는 지적장애인의 결혼 문제가 수면 위로 올라오고, 이로 인해 사회 전반적인 인식이 바뀌어야 한다. 새로운 정책을 만들고 비단 장애인의 삶에만 영향을 미치는 것이 아니라 인간이란 이름으로 태어난 모든 사람들을 위한 방향으로 바뀌는 데 기여하지 않을까?